A correspondência de Fradique Mendes

Livros do autor na Coleção **L&PM** POCKET:

Alves & cia.
A cidade e as serras
A correspondência de Fradique Mendes
O crime do Padre Amaro
A ilustre casa de Ramires
Os Maias (em dois volumes)
O mandarim
O primo Basílio
A relíquia

Tradução:
As minas de Salomão – Rider Haggard

Eça de Queiroz

A correspondência de Fradique Mendes

Apresentação, posfácio e notas de
FABIO BORTOLAZZO PINTO

www.lpm.com.br

L&PM POCKET

Coleção **L&PM** POCKET, vol. 36

Texto de acordo com a nova ortografia.

Primeira edição na Coleção **L&PM** POCKET: junho de 1997
Segunda edição na Coleção **L&PM** POCKET: janeiro de 2008
Esta reimpressão: janeiro de 2012

Apresentação, posfácio e notas: Fabio Bortolazzo Pinto
Capa: Ivan Pinheiro Machado
Revisão: Larissa Roso e Fernanda Lisbôa

CIP-Brasil. Catalogação na Fonte
Sindicato Nacional dos Editores de livros, RJ

Q42c
2.ed.

Queiroz, Eça de, 1845-1900
    A correspondência de Fradique Mendes / Eça de Queiroz ; [introdução, biografia e notas de Fabio Bortolazzo Pinto]. – 2.ed. – Porto Alegre, RS: L&PM, 2012.
    240p. – (Coleção L&PM POCKET ; v.36)

    ISBN 978-85-254-1075-7

    1. Literatura portuguesa. I. Título. II. Série.

08-0152.   CDD: 869.3
                                           CDU: 821.134.3-3

© Apresentação, posfácio e notas, L&PM Editores, 2008

Todos os direitos desta edição reservados a L&PM Editores
Rua Comendador Coruja, 314, loja 9 – Floresta – 90.220-180
Porto Alegre – RS – Brasil / Fone: 51.3225.5777 – Fax: 51.3221.5380

PEDIDOS & DEPTO. COMERCIAL: vendas@lpm.com.br
FALE CONOSCO: info@lpm.com.br
www.lpm.com.br

Impresso no Brasil
Verão de 2012

Sumário

Um velho romance contemporâneo / 7

A correspondência de Fradique Mendes / 15
    Parte I – Memórias e notas / 17
    Parte II – As cartas / 124

Eça de Queiroz e seu tempo / 221

UM VELHO ROMANCE CONTEMPORÂNEO

Fabio Bortolazzo Pinto[1]

A correspondência de Fradique Mendes (1900) é um dos romances mais inventivos e elaborados de Eça de Queiroz. O livro é dividido em duas partes, intituladas, respectivamente, "Memórias e notas" e "As cartas", sendo a primeira uma biografia do protagonista, Carlos Fradique Mendes, e a segunda, parte da correspondência deste protagonista, selecionada pelo narrador da primeira.

Na época em que o romance foi escrito, fazia grande sucesso a publicação da correspondência de personagens ilustres, de modo que *A correspondência de Fradique Mendes* é, antes de qualquer coisa, uma crítica ao interesse do público leitor pela vida íntima destes personagens e uma ironia com relação à impressão de veracidade, de documento indiscutível, que este tipo de publicação deveria causar. A ironia e a crítica residem, sobretudo, no fato de que Carlos Fradique Mendes jamais existiu.

Criação coletiva de Eça, Antero de Quental e Jaime Batalha Reis, o fictício Carlos Fradique fez sua estreia em 1869, nas páginas do jornal *A Revolução de Setembro*. Com o nome de seu personagem, Eça, Antero e Batalha Reis assinaram poemas ultrarromânticos como "Serenata de Satã às estrelas" e "As flores do asfalto". Tais poemas causaram certo furor entre a juventude lisboeta, que buscou, durante algum tempo, nas livrarias, outras publicações de Fradique e dos poetas do grupo de que ele faria parte, os "satanistas do norte". Os "satanistas",

---

1.Mestre em Literatura Brasileira pela UFRGS.

apresentados na introdução aos poemas de Fradique publicados no jornal, eram, obviamente, tão inventados quanto ele.

Um ano depois da brincadeira com os leitores de *A Revolução de Setembro*, Fradique voltaria a aparecer, desta vez como personagem de *O mistério da estrada de Sintra* (1870), romance de Eça e Ramalho Ortigão. Ali, é, ainda, um poeta satanista.

Somente em 1888 é que Eça começaria a criar uma biografia e uma correspondência para Fradique, que seriam publicadas em 1900 sob o título de *A correspondência de Fradique Mendes*. Na primeira parte desse romance, o narrador, que em momento algum se apresenta como o próprio Eça (mas que também não afasta essa possibilidade), conta a história de sua amizade com Fradique. Na narrativa, há vários pontos de contato entre a trajetória do personagem e a do próprio Eça; tudo para dar a impressão de que Fradique realmente existiu.

O narrador inicia esta primeira parte contando do fascínio que exerceram sobre ele certos poemas que leu em um exemplar de 1867 do jornal *A Revolução de Setembro*. Sob o título de "Lapidárias", os versos em questão são de autoria de Carlos Fradique Mendes. Perceba-se que o nome do jornal não é fictício. O ano da publicação, ainda que não seja o mesmo em que surgiram os poemas "satanistas" atribuídos a Fradique por Eça, Batalha Reis e Antero, corresponde ao ano em que Eça começa a escrever um folhetim desvairadamente romântico no jornal *Gazeta de Portugal*.

Seguindo na narrativa, encontramos a descrição do primeiro encontro, cara a cara, entre o narrador e Fradique, muito semelhante à descrição feita por Eça, algum tempo antes, de seu primeiro encontro com Antero de Quental. Desse primeiro encontro, o narrador sai impressionado, tanto com a originalidade das opiniões do protagonista quanto com seu ar *blasé* e levemente esnobe. O narrador fica chocado, por exemplo, com a iconoclastia de Fradique, capaz de menosprezar a poesia francesa, Baudelaire e Victor Hugo, tema e autores, aparentemente, intocáveis:

Vejo, então – disse ele (Fradique) –, que é um devoto do maganão das Flores do Mal!

> *Corei, àquele espantoso termo de "maganão". E, muito grave, confessei que para mim Baudelaire dominava, à maneira de um grande astro, logo abaixo de Hugo, na moderna poesia. Então Fradique, sorrindo paternalmente, afiançou que bem cedo eu perderia essa ilusão! Baudelaire (que ele conhecera) não era verdadeiramente um poeta. Poesia subentendia emoção; e Baudelaire, todo intelectual, não passava de um psicólogo, de um analista – um dissecador de estados mórbidos. (...) De resto, em França (acrescentou o estranho homem) não havia poetas. A genuína expressão da clara inteligência francesa era a prosa. (...) Boileau continuaria a ser um clássico e um imortal, quando já ninguém se lembrasse em França do tumultuoso lirismo de Hugo.*[2]

Certo tempo depois, o narrador volta a encontrar Fradique, no Egito. Data de 1871 esse encontro. Dois anos antes, na vida real, Eça havia feito, na companhia de Luiz Manuel da Natividade, o 5º Conde de Rezende, uma viagem ao Egito e a Israel. É a partir das reminiscências dessa viagem que Eça constrói o cenário para o encontro do narrador com Fradique. Encontram-se no hotel Sheaperd, o mesmo em que Eça hospedou-se com o Conde de Rezende, e percorrem, narrador e personagem, os caminhos que Eça descreve em suas notas de viagens, compiladas em *O Egito* (1926). Fradique causa, novamente, ao narrador, forte impressão, principalmente ao demonstrar absoluta familiaridade com a cultura oriental e contar que havia se tornado, durante certo tempo, membro de uma seita religiosa, o "babismo".

Assim como havia se convertido ao babismo "por curiosidade crítica, para observar como nasce e se funda uma religião", Fradique converte-se a várias outras crenças (e afasta-se delas quando não lhe oferecem mais novidade). Do hinduísmo ao budismo, passando pelos rituais africanos, vai fundo na incorporação de qualquer doutrina, curioso e inquieto diletante que é, interessado em tudo que o engenho humano é capaz de produzir. O próprio Fradique se define como um *touriste*,

---

2. QUEIROZ, Eça de. *A correspondência de Fradique Mendes*. Porto Alegre: L&PM, 1997. p. 26-27.

como alguém interessado em tudo, mas incapaz de fixar-se por muito tempo em uma ideia, em uma doutrina, em apenas uma área de conhecimento.

O anseio pela absorção do saber humano até o esgotamento é típico da aristocracia ilustrada do século XIX. Numa época de grandes transformações, em que a ciência e o *glamour* andam de braços dados, torna-se obrigatória essa postura de *touriste*, adotada tanto por Fradique quanto pelo próprio Eça. O diletantismo aproxima autor e personagem a ponto de levar diversos críticos a apontarem em Fradique um heterônimo de Eça. O que os distancia são certos traços físicos e, principalmente, a iniciativa. O porte atlético e a saúde inabalável de Fradique, por exemplo, são características de Ramalho Ortigão. O amor à aventura, à busca por cantos inexplorados do planeta, lembra o caráter intempestivo de Antero de Quental.

Fradique é Ramalho, é Antero, é Jaime Batalha Reis, é Eduardo Prado (outro grande amigo de Eça). Fradique é um retrato dos amigos que, para o autor, representavam sua época, mas não só isso. A estrutura do romance não seria tão engenhosa caso Eça se limitasse a contar a história de Fradique e, assim, forjar um autorretrato espelhado em seus contemporâneos. Há a segunda parte do romance, e é no contraste entre a primeira e a segunda que o jogo narrativo se explicita e acaba lembrando, em determinados aspectos que veremos a seguir, as estruturas romanescas típicas da pós-modernidade.

Na segunda parte, ganha voz o próprio Fradique, através de suas cartas. Nessas cartas, desfaz-se a idealizada descrição que o narrador faz do personagem. A brilhante personalidade de Fradique, apresentada por um narrador que é seu admirador confesso, que o descreve como uma espécie de herói oitocentista, é desmontada através das constantes reclamações, da ironia cáustica e, muitas vezes, gratuita, do destempero, enfim, que dá o tom das cartas de Fradique. É, sobretudo, nessas cartas que o personagem torna-se palpável ao leitor, ganha contornos de figura real, humana.

O desequilíbrio estabelecido entre a primeira e segunda parte compõe um efeito humorístico inusitado. Levando-se em conta que é o narrador da primeira parte que "seleciona", da copiosa correspondência de Fradique, as cartas que considera mais expressivas, e que tais cartas dão testemunho dos principais defeitos do personagem – avareza, superficialidade, sentimentalismo, conservadorismo, etc. –, o leitor pode concluir duas coisas: que o narrador, fascinado pela figura de Fradique, é incapaz de enxergar tais defeitos ou que o discurso laudatório foi construído com a intenção de tornar gritantes, pelo contraste, esses defeitos.

Uma das poucas cartas que não produz efeito histriônico – se lida sob o prisma da tese defendida por Eça no romance *A cidade e as serras*, publicado em 1901 (a de que o mundo urbano é sórdido, enquanto o mundo rural é íntegro e salutar) – é aquela em que Fradique descreve, com lirismo comovente, à Madame de Jouarre (uma das mais frequentes destinatárias de suas cartas), sua estadia numa quinta do Minho. Na descrição dos habitantes desse lugar pródigo e natural, o leitor encontra um Fradique embevecido, humilde e inspirado:

Ceres nestes sítios benditos permanece verdadeiramente, como no Lácio, a deusa da Terra, que tudo propicia e socorre. Ela reforça o braço do lavrador, torna refrescante o seu suor, e da alma lhe limpa todo o cuidado escuro. Por isso os que a servem mantêm uma serenidade risonha na tarefa mais dura. Essa era a ditosa feição da vida antiga.[3]

Em outras cartas, o missivista demonstra grande afetação, valendo-se de uma retórica e de uma erudição desproporcionais aos temas, ou derrama-se num sentimentalismo exagerado, em tudo contrário à fleuma que o narrador da primeira parte diz ser característica na relação de Fradique com as mulheres. Uma das cartas à amada Clara é de uma pieguice constrangedora:

É que, longe da tua presença, cesso de viver, as coisas para mim cessam de ser – e fico como um morto jazendo no meio de um mundo morto. Apenas, pois, me finda esse perfeito

---

3. QUEIROZ, Eça de. *A correspondência de Fradique Mendes*. Porto Alegre: L&PM, 1997. p. 172.

e curto momento de vida que me dás, só com pousar junto de mim e murmurar o meu nome – recomeço a aspirar desesperadamente para ti como para uma ressurreição![4]

Há, ainda, as cartas em que Fradique é intencionalmente cômico, como aquelas em que apresenta, com saborosa ironia, personagens portugueses como Pinho, o parasita do governo, e Pacheco, político de "imenso talento". Esse Pacheco é um achado na obra de Eça, da mesma estirpe e tão engraçado quanto o célebre conselheiro Acácio, personagem de *O primo Basílio* (1878). Nas palavras de Fradique:

Eu casualmente conheci Pacheco. Tenho presente, como num resumo, a sua figura e a sua vida. Pacheco não deu ao seu país nem uma obra, nem uma fundação, nem um livro, nem uma ideia. Pacheco era entre nós superior e ilustre unicamente porque "tinha um imenso talento". (...) este talento, que duas gerações tão soberbamente aclamaram, nunca deu, de sua força, uma manifestação positiva, expressa, visível! O talento imenso de Pacheco ficou sempre calado, recolhido nas profundidades de Pacheco.[5]

A contemporaneidade de *A correspondência de Fradique Mendes* reside na utilização de uma forma da literatura íntima, como a carta, para criar a ilusão de realidade. Obviamente, o uso desse recurso não é novo; há pelo menos dois conhecidos romances epistolares anteriores ao de Eça, *Os sofrimentos do jovem Werther* (1774), de Goethe, e *As ligações perigosas* (1782), de Choderlos de Laclos. A novidade das cartas de Fradique está na função que a correspondência ficcional tem dentro da estrutura do romance. Nas obras de Goethe e Laclos, a carta serve para dar uma impressão de intimidade com as personagens, para colocar o leitor na condição de confidente que acompanha, furtivo, uma série de confissões e intrigas que não lhe dizem respeito. Já no romance de Eça, dá-se o

---

4. Idem. p.174-175.
5. QUEIROZ, Eça de. *A correspondência de Fradique Mendes*. Porto Alegre: L&PM, 1997. p.142.

contrário: a correspondência de Fradique não é íntima. Além de ter passado pelo crivo de um organizador, é composta, em grande parte, por manifestações do personagem acerca de assuntos de caráter pouco ou nada secretos (como a construção de uma estrada de ferro em um sítio histórico ou a inutilidade do aprendizado de uma língua estrangeira). A correspondência e a biografia de Fradique cruzam-se na composição de um personagem ao mesmo tempo vazio e complexo, que é quase sobre-humano, visto de fora, e é quase igual ao comum dos mortais, quando se expressa com voz própria.

Outro recurso utilizado no intuito de dar vida a Fradique – este sim, absolutamente contemporâneo – é o de obscurecer os limites entre a realidade e a ficção, com o desfile de personagens e cenários reais, em meio aos quais Fradique transita com familiaridade. Eça propõe ao leitor, com esse jogo que alterna verossimilhança e fantasia, a "suspensão da descrença", essencial, no caso, para desvelar a relação de simbiose estabelecida entre o autor, sua época e o protagonista da *Correspondência*. Ambos, Eça e Fradique, são homens de seu tempo, e, através de seu personagem, o autor parece apresentar as idiossincrasias de sua própria visão de mundo. A proximidade entre o narrador e o personagem, além do fato de, em nenhum momento da narrativa, afirmar-se que Fradique é ficcional, deixa no leitor a impressão de que ele poderia ter realmente existido. Basta querer acreditar nisso.

Não é difícil, pois, entrar no jogo proposto em *A correspondência de Fradique Mendes*; pelo contrário: a fruição da leitura do romance está em aceitar as regras e deixar-se apanhar em tão divertida e tão bem articulada armadilha ficcional.

A correspondência de Fradique Mendes

Parte I

Memórias e notas

I

A minha intimidade com Fradique Mendes começou em 1880, em Paris, pela Páscoa – justamente na semana em que ele regressara da sua viagem à África austral. O meu conhecimento porém com esse homem admirável datava de Lisboa, do ano remoto de 1867. Foi no verão desse ano, uma tarde, no Café Martinho, que encontrei, num número já amarrotado da *Revolução de Setembro*[1], este nome de C. Fradique Mendes, em letras enormes, por baixo de versos que me maravilharam.

Os temas ("os motivos emocionais", como nós dizíamos em 1867) dessas cinco ou seis poesias, reunidas em folhetim sob o título de "Lapidárias", tinham logo para mim uma originalidade cativante e bem-vinda. Era o tempo em que eu e os meus camaradas de cenáculo, deslumbrados pelo lirismo épico da *Légende des Siècles*[2] – "o livro que um grande vento nos trouxera de Guernesey" –, decidíramos abominar e combater a rijos brados o lirismo íntimo, que, enclausurado nas duas polegadas do coração, não compreendendo de entre todos os rumores do universo senão o rumor das saias de Elvira[3], tornava a poesia, sobretudo em Portugal, uma monótona e

---

1. Jornal português do qual eram assíduos colaboradores Eça, Antero de Quental e outros escritores do grupo chamado "Cenáculo". Foi, efetivamente, nesse jornal que apareceram os poemas assinados por Carlos Fradique Mendes.
2. Poema épico publicado em três partes (1859, 1877 e 1883) pelo francês Victor Hugo (1802-1885), escrito durante o exílio do autor na ilha britânica de Guernesey.
3. Referência ao poema "À Elvire", de Alphonse de Lamartine (1790-1869), escritor romântico francês cuja obra é marcada pelo lirismo emotivo e pela religiosidade. "À Elvire" foi publicado em *Méditations Poétiques* (1820).

interminável confidência de glórias e martírios de amor. Ora Fradique Mendes pertencia evidentemente aos poetas novos que, seguindo o mestre sem igual da *Légende des Siècles*, iam, numa universal simpatia, buscar motivos emocionais fora das limitadas palpitações do coração – à história, à lenda, aos costumes, às religiões, a tudo que através das idades, diversamente e unamente, revela e define o Homem. Mas além disso Fradique Mendes trabalhava um outro filão poético que me seduzia – o da Modernidade, a notação fina e sóbria das graças e dos horrores da Vida, da Vida ambiente e costumada, tal como a podemos testemunhar ou pressentir nas ruas que todos trilhamos, nas moradas vizinhas das nossas, nos humildes destinos deslizando em torno de nós por penumbras humildes.

Esses poemetos das "Lapidárias" desenrolavam, com efeito, temas magnificamente novos. Aí um santo alegórico, um solitário do século VI, morria uma tarde sobre as neves da Silésia[4], assaltado e domado por uma tão inesperada e bestial rebelião da Carne, que, à beira da Bem-Aventurança, subitamente a perdia, e com ela o fruto divino e custoso de cinquenta anos de penitência e de ermo; um corvo, facundo[5] e velho além de toda a velhice, contava façanhas do tempo em que seguira pelas Gálias[6], num bando alegre, as legiões de César, depois as hordas de Alarico[7] rolando para a Itália, branca e toda de mármores sobre o azul; o bom cavaleiro Percival[8], espelho e flor de Idealistas, deixava por cidades e campos o sulco silencioso da sua armadura de ouro, correndo o mun-

---

4. Região que se localiza entre a Polônia, a República Checa e a Alemanha.
5. Eloquente, falador.
6. Antigo nome da região que abrangia a França, algumas partes da Bélgica, da Alemanha e do norte da Itália e era habitada por povos celtas (gauleses). A região das Gálias foi conquistada pelo imperador romano Júlio César entre 58 e 51 a.C.
7. Alarico I (375-410 d.C.) foi rei dos visigodos. Tomou Roma depois de servir durante anos ao imperador romano Teodósio I (346-395 d.C.).
8. Um dos cavaleiros da chamada "Távola Redonda", que serviam ao lendário Rei Artur, personagem principal das histórias medievais inglesas compiladas e romanceadas no século XII pelo francês Chrétien de Troyes (1135-1183).

do, desde longas eras, à busca do San Graal[9], o místico vaso cheio de sangue de Cristo, que, numa manhã de Natal, ele vira passar e lampejar entre nuvens por sobre as torres de Camerlon[10]; um Satanás de feitio germânico, lido em Espinosa[11] e Leibnitz[12], dava numa viela de cidade medieval uma serenada irônica aos astros, "gotas de luz no frio ar geladas"... E, entre estes motivos de esplêndido simbolismo, lá vinha o quadro de singela modernidade, as "Velhinhas", cinco velhinhas, com xales de ramagens pelos ombros, um lenço ou um cabaz[13] na mão, sentadas sobre um banco de pedra, num longo silêncio de saudade, a uma réstia de sol de outono.

Não asseguro todavia a nitidez destas belas reminiscências. Desde essa sesta de agosto, no Martinho, não encontrei mais as "Lapidárias"; e, de resto, o que nelas então me prendeu não foi a Ideia, mas a Forma – uma forma soberba de plasticidade e de vida, que ao mesmo tempo me lembrava o verso marmóreo de Leconte de Lisle[14], com um sangue mais quente nas veias do mármore, e a nervosidade intensa de Baudelaire[15] vibrando com mais norma e cadência. Ora, precisamente,

---

9. Também conhecido como "Cálice Sagrado". Teria sido usado por Jesus Cristo na Última Ceia. O Rei Artur e os cavaleiros da Távola Redonda partiram, segundo a lenda, em busca do Santo Graal.

10. O narrador refere-se ao reino mais conhecido como Camelot, cujo soberano era o rei Artur.

11. Baruch de Espinosa (ou Spinoza) (1632-1677), filósofo holandês, um dos grandes racionalistas da filosofia moderna. Foi excomungado pela comunidade judaica em 1656 por questionar a natureza de Deus.

12. Gottfried Wilhelm von Leibnitz (1646-1716), filósofo, cientista e matemático alemão. É considerado um dos responsáveis, juntamente com Isaac Newton (1643-1727), pelo desenvolvimento dos conceitos aplicados ao cálculo moderno.

13. Cesto de vime, junco ou outro material, utilizado para carregar alimentos.

14. Leconte de Lisle (1818-1894), poeta francês. Um dos mais conhecidos autores do parnasianismo francês. Dentre outras obras, escreveu *Poémes Antiques* (1852) e *Poésies Barbares* (1862).

15. Charles-Pierre Baudelaire (1821-1867), poeta, tradutor e crítico de arte francês, considerado um dos precursores do simbolismo. Sua postura desregrada, boêmia e crítica foi imitada e inspirou artistas tanto de sua época como contemporâneos. Sua obra mais conhecida é o conjunto de poemas publicados sob o título de *Les fleurs du mal* (*As flores do mal*), em 1857.

nesse ano de 1867, eu, J. Teixeira de Azevedo[16] e outros camaradas tínhamos descoberto no céu da Poesia Francesa (único para que nossos olhos se erguiam) toda uma plêiade[17] de estrelas novas onde sobressaíam, pela sua refulgência superior e especial, esses dois sóis – Baudelaire e Leconte de Lisle. Victor Hugo, a quem chamávamos já "Papá Hugo" ou "Senhor Hugo Todo-Poderoso", não era para nós um astro – mas o Deus mesmo, inicial e imanente, de quem os astros recebiam a luz, o movimento e o ritmo. Aos seus pés Leconte de Lisle e Baudelaire faziam duas constelações de adorável brilho; e o seu encontro fora para nós um deslumbramento e um amor! A mocidade de hoje, positiva e estreita, que pratica a política, estuda as cotações da Bolsa e lê George Ohnet[18], mal pode compreender os santos entusiasmos com que nós recebíamos a iniciação dessa Arte Nova, que em França, nos começos do Segundo Império, surgira das ruínas do romantismo como sua "derradeira encarnação, e que nos era trazida em poesia pelos versos de Leconte de Lisle, de Baudelaire, de Coppée[19], de Dierx[20], de Mallarmé[21] e de outros menores; e menos talvez pode compreender tais fervores essa parte da mocidade culta

---

16. Provável pseudônimo de Jaime Batalha Reis (1847-1935), agrônomo e poeta português. Batalha Reis era do grupo Cenáculo e foi um dos criadores, juntamente com Eça e Antero de Quental, de Carlos Fradique Mendes.

17. Grupo de figuras ilustres.

18. George Ohnet é pseudônimo literário de Georges Henot (1848-1918), escritor francês de grande sucesso em toda a Europa durante o século XIX.

19. François Édouard Joachim Coppée (1843-1908), poeta e romancista francês ligado à escola parnasiana. Coppée é autor de, entre outras obras, *Henriette* (1889) e *Olivier* (1876).

20. Léon Dierx (1838-1912), pintor e poeta parnasiano francês. Autor de, entre outras obras, *Les lèvres closes* (1867) e *Les amants* (1879).

21. Étienne (Stéphane) Mallarmé (1842-1868), poeta e crítico literário francês ligado, primeiramente, ao parnasianismo e, depois, ao simbolismo (escola literária sobre a qual teorizou e da qual é considerado precursor). Tornou-se muito conhecido através de poemas como *L'aprés-midi d'un faune* (1876) e *Un coup de dés* (1897).

que logo desde as escolas se nutre de Spencer[22] e de Taine[23], e que procura com ânsia e agudeza exercer a crítica, onde nós, outrora, mais ingênuos e ardentes, nos abandonávamos à emoção. Eu mesmo sorrio hoje ao pensar nessas noites em que, no quarto de J. Teixeira de Azevedo, enchia de sobressalto e dúvida dois cônegos que ao lado moravam, rompendo por horas mortas a clamar a *Charogne*[24] de Baudelaire, trêmulo e pálido de paixão:

> *Et pourtant vous serez semblable à cette ordure,*
> *A cette horrible infection,*
> *Étoile de mes yeux, soleil de ma nature,*
> *Vous, mon ange et ma passion!*[25]

Do outro lado do tabique sentíamos ranger as camas dos eclesiásticos, o raspar espavorido de fósforos. E eu, mais pálido, num êxtase tremendo:

> *Alors, oh ma beauté, dites à la vermine*
> *Qui vous mangera de baisers,*
> *Que j'ai gardé la forme et l'essence divine*
> *De mes amours décomposés!*[26]

Certamente Baudelaire não valia este tremor e esta palidez. Todo culto sincero, porém, tem uma beleza essencial,

---

22. Herbert Spencer (1820 -1903), filósofo inglês, representante e divulgador do Positivismo – corrente filosófica e sociológica criada por Augusto Comte (1798-1857).
23. Hippolyte Adolphe Taine (1828-1893), crítico e historiador francês. Sua teoria determinista acerca da literatura e da arte tiveram grande destaque durante a segunda metade do século XIX.
24. Significa, literalmente, "carniça". O narrador refere-se ao poema "Une charogne", de Baudelaire, publicado em *Les fleurs du mal*.
25. "Pois há de ser como essa coisa apodrecida,/ Essa medonha corrupção/ Estrela de meus olhos, sol da minha vida,/ Tu, meu anjo e minha paixão" (Tradução de Ivan Junqueira e Jamil Haddad).
26. "Então, querida, dize à carne que se arruína,/ ao verme que te beija o rosto/Que eu preservarei a forma e a substância divina/ Do meu amor já decomposto" (Tradução de Ivan Junqueira e Jamil Haddad).

independente dos merecimentos do deus para quem se evola. Duas mãos postas com legítima fé serão sempre tocantes – mesmo quando se ergam para um santo tão afetado e postiço como São Simeão Estilita[27]. E o nosso transporte era cândido, genuinamente nascido do ideal satisfeito, só comparável àquele que outrora invadia os navegadores peninsulares ao pisarem as terras nunca dantes pisadas, eldorados maravilhosos, férteis em delícias e tesouros, onde os seixos das praias lhes pareciam logo diamantes a reluzir.

Li algures que Juan Ponce de Léon[28], enfastiado das cinzentas planícies de Castela-a-Velha – não encontrando também já encanto nos pomares verde-negros da Andaluzia[29] –, se fizera ao mar, para buscar outras terras e *mirar algo nuevo*[30]. Três anos sulcou incertamente a melancolia das águas atlânticas; meses tristes errou perdido nos nevoeiros das Bermudas; toda a esperança findara, já as proas gastas se voltavam para os lados onde ficara a Espanha. E eis que, numa manhã de grande sol, em Dia de São João, surgem ante a armada extática os esplendores da Flórida! *Gracias te sean, mi San Juan bendito, que he mirado algo nuevo!*[31] As lágrimas corriam-lhe pelas barbas brancas – e Juan Ponce de Léon morreu de emoção. Nós não morremos; mas lágrimas congêneres como as do velho mareante saltaram-me dos olhos, quando pela primeira vez penetrei por entre o brilho sombrio e os perfumes acres das *Flores do mal*. Éramos assim absurdos em 1867!

De resto, exatamente como Ponce de Léon, eu só procurava em literatura e poesia *algo nuevo que mirar*. E, para um meridional de vinte anos, amando sobretudo a Cor e o Som na plenitude da sua riqueza, que poderia ser esse *algo nuevo*

---

27. Simeão Estilita (+ ou – 459 d. C.) nasceu e viveu na Síria e foi canonizado como santo depois de passar 37 anos em cima de uma coluna, segundo consta, para afastar-se das impurezas terrestres e da multidão que o acompanhava em busca de milagres.

28. Juan Ponce de Léon (1460-1521), navegador espanhol. Saiu em expedição em busca da "fonte de juventude". Acredita-se que foi o primeiro europeu a visitar a região do atual estado da Flórida, nos Estados Unidos.

29. Castela, a velha, e Andaluzia são regiões da Espanha.

30. "Ver algo novo".

31. "Graças te sejam dadas, meu bendito São João, porque vi algo novo."

senão o luxo novo das formas novas? A Forma, a beleza inédita e rara da Forma, eis realmente, nesses tempos de delicado sensualismo, todo o meu interesse e todo o meu cuidado! Decerto eu adorava a Ideia na sua essência – mas quanto mais o Verbo que a encarnava! Baudelaire, mostrando à sua amante na *Charogne* a carcaça podre do cão e equiparando em ambas as misérias da carne, era para mim de magnífica surpresa e enlevo; e diante desta crespa e atormentada sutilização do sentir, que podia valer o fácil e velho Lamartine no *Lago*, mostrando a Elvira a cansada Lua, e comparando em ambas a palidez e a graça meiga? Mas, se este áspero e fúnebre espiritualismo de Baudelaire me chegasse expresso na língua lassa e mole de Casimir Delavigne[32], eu não lhe teria dado mais apreço do que a versos vis do *Almanaque de lembranças*[33].

Foi sensualmente enterrado nesta idolatria da Forma, que deparei com essas "Lapidárias" de Fradique Mendes, onde julguei ver reunidas e fundidas as qualidades discordantes de majestade e de nervosidade que constituíam, ou me pareciam constituir, a grandeza dos meus dois ídolos – o autor das *Flores do mal* e o autor dos *Poemas bárbaros*[34]. A isto acrescia, para me fascinar, que este poeta era português, cinzelava assim preciosamente a língua que até aí tivera como joias aclamadas o "Noivado do sepulcro"[35] e o "Ave César!"[36], habitava Lisboa, pertencia aos Novos, possuía decerto na alma, talvez no viver, tanta originalidade poética como nos seus poemas! E esse folhetim amarrotado da *Revolução de Setembro* tomava assim a importância de uma revelação de arte, uma aurora

---

32. Jean-François Casimir Delavigne (1793-1843), poeta e dramaturgo francês, autor de, entre outras obras, *Louis XI* (1832) e *Don Juan D'Autriche* (1835).

33. Publicação portuguesa muito popular no século XIX. Era um almanaque de variedades em que se encontravam desde poesias e artigos de divulgação científica até charadas e receitas culinárias.

34. Baudelaire (*As flores do mal*) e Leconte de Lisle (*Poemas bárbaros*).

35. "Noivado do sepulcro" é o poema mais famoso do escritor português "ultrarromântico" António Augusto Soares de Passos (1826-1860), muito ironizado pelos escritores da escola "realista".

36. Referência a um poema do escritor "ultrarromântico" português José da Silva Mendes Leal (1820-1886).

de poesia, nascendo para banhar as almas moças na luz e no calor especial a que elas aspiravam, meio adormecidas, quase regeladas sob o álgido[37] luar do romantismo. Graças te sejam dadas, meu Fradique bendito, que na minha velha língua *he mirado algo nuevo!* Creio que murmurei isto, banhado em gratidão. E, com o número da *Revolução de Setembro*, corri à casa de J. Teixeira de Azevedo, à travessa do Guarda-Mor[38], a anunciar o advento esplêndido!

Encontrei-o, como de costume, nos silenciosos vagares das tardes de verão, em mangas de camisa, diante de uma bacia que trasbordava de morangos e de vinho de Torres. Com vozes clamorosas, atirando gestos até o teto, declamei-lhe "A morte do santo". Se bem recordo, este asceta[39], ao findar sobre as neves da Silésia, era miserrimamente traído pela desleal Natureza! Todos os apetites da paixão e do corpo, tão laboriosamente recalcados por ele durante meio século de ermo, irrompiam de repente, à beira da Eternidade, num tumulto bestial, não querendo para sempre findar com a carne que ia findar – antes de serem uma vez satisfeitos! E os anjos que, para o receber, desciam de asa serena, sobraçando molhos de palmas e cantando os epitalâmios[40], encontravam, em vez de um santo, um sátiro[41], senil e grotesco – que de rojos[42], entre bramidos sórdidos, mordia com beijos vorazes a neve, a macia alvura da neve, onde o seu delírio furiosamente imaginava nudezas de cortesãs!... Tudo isto era aratado com uma grandeza sóbria e rude que me parecia sublime. J. Teixeira de Azevedo achou também "sublime – mas brejeiro". E concordou que convinha desentulhar Fradique Mendes da obscuridade e erguê-lo no alto do escudo como o radiante mestre dos Novos.

---

37. Muito frio, glacial.

38. Travessa que ficava no Bairro-alto, em Lisboa. Era na casa de Jaime Batalha Reis (o J. Teixeira de Azevedo), na travessa do Guarda-Mor, que se reuniam os escritores do grupo Cenáculo.

39. Pessoa que se dedica à oração e aos exercícios espirituais de autodisciplina.

40. Hino nupcial, canto ou poema composto para celebrar um casamento.

41. Semideus africano, parecido com o fauno da mitologia grega. O termo também tem o sentido de homem devasso, luxurioso.

42. O mesmo que de rastos, arrastando-se.

Fui logo nessa noite à *Revolução de Setembro*, procurar um companheiro meu de Coimbra, Marcos Vidigal, que, nos nossos alegres tempos de Direito Romano e Canônico, ganhara, por tocar concertina[43], ler a *História da Música,* de Scudo[44], e lançar através da Academia os nomes de Mozart[45] e de Beethoven[46], uma soberba autoridade sobre música clássica. Agora, vadiando em Lisboa, escrevia na *Revolução*, aos domingos, uma "crônica lírica" – para gozar gratuitamente o bilhete de São Carlos[47].

Era um moço com cabelos ralos e cor de manteiga, sardento, apagado de ideias e de modos – mas que despertava e se iluminava todo quando lograva "*a chance* (como ele dizia) de roçar por um homem célebre, ou de arrancar[48] numa coisa original"; e isto tornara-o a ele, pouco a pouco, quase original e quase célebre. Nessa noite, que era sábado e de pesado calor, lá estava à banca, com uma quinzena de alpaca[49], suando, bufando, a espremer do seu pobre crânio, como de um limão meio seco, gotas de uma crônica sobre a Volpini. Apenas eu aludi a Fradique Mendes, àqueles versos que me tinham maravilhado – Vidigal arrojou a pena, já risonho, com um clarão alvoroçado na face mole:

– Fradique? Se conheço o grande Fradique? É meu parente! É meu patrício! É meu parceiro!

– Ainda bem, Vidigal, ainda bem!

Fomos ao Passeio Público (onde Marcos se ia encontrar com um agiota). Tomamos sorvetes debaixo das acácias; e pelo cronista da *Revolução* conheci a origem, a mocidade, os feitos do poeta das "Lapidárias".

---

43. Espécie de gaita, acordeão antigo.

44. Paul Scudo (1806-1864), literato, musicólogo e compositor francês.

45. Wolfgang Amadeus Mozart (1756-1791), compositor e músico austríaco, um dos mais importantes e populares nomes de música erudita.

46. Ludwig Van Beethoven (1770-1827), compositor erudito alemão, considerado o maior e mais influente compositor do século XIX.

47. Referência ao Teatro Nacional de São Carlos, em Lisboa, inaugurado em 1793.

48. No contexto, aproximar-se, acercar-se.

49. Jaquetão leve, feito de lã de alpaca (espécie de lhama, de tamanho menor), usado em cima do terno.

Carlos Fradique Mendes pertencia a uma velha e rica família dos Açores; e descendia por varonia[50] do navegador Dom Lopo Mendes[51], filho segundo da Casa da Troba e donatário de uma das primeiras capitanias criadas nas ilhas por começos do século XVI. Seu pai, homem magnificamente belo, mas de gostos rudes, morrera (quando Carlos ainda gatinhava) de um desastre, na caça. Seis anos depois sua mãe, senhora tão airosa[52], pensativa e loura, que merecera de um poeta da Terceira o nome de "Virgem de Ossian[53]", morria também de uma febre trazida dos campos, onde andara bucolicamente, num dia de sol forte cantando e ceifando feno. Carlos ficou em companhia e sob a tutela de sua avó materna, Dona Angelina Fradique, velha estouvada, erudita e exótica que colecionava aves empalhadas, traduzia Klopstock[54] e perpetuamente sofria dos "dardos de amor"[55]. A sua primeira educação fora singularmente emaranhada: o capelão de Dona Angelina, antigo frade beneditino, ensinou-lhe o latim, a doutrina, o horror à maçonaria e outros princípios sólidos; depois um coronel francês, duro jacobino que se batera em 1830 na barricada de Saint-Merry[56], veio abalar estes alicerces espirituais fazendo

---

50. Descendente por linha paterna, por parte de pai.

51. Dom Lopo Mendes de Vasconcelos foi capitão de uma das naus comandadas por Vasco da Gama (1469-1524), seu cunhado, em uma das três expedições de Vasco às Índias.

52. Elegante.

53. Ossian foi uma criação do poeta escocês James Macpherson (1736-1796). Publicados em 1762, os poemas épicos *Temora* e *Fingal*, supostamente traduzidos do gaélico por Macpherson, foram atribuídos a Ossian, que era apresentado como um poeta guerreiro irlandês, precursor do romantismo.

54. Friedrich Gottlieb Klopstock (1724-1803), poeta alemão, autor de, entre outras obras, *An Meine Freund* (1747) e *Messias* (1749).

55. Referência a uma passagem das *Confissões*, de Santo Agostinho (354-430), em que o autor diz que, para despertar o amor no coração dos homens, Deus teria lhes acertado com vários "dardos de amor".

56. Referência aos levantes ocorridos em julho de 1830, em Paris, quando o povo e as sociedades secretas republicanas, liderados pela burguesia liberal (que contava com o apoio dos jacobinos), ergueram várias barricadas (como a que se localizou próxima à igreja de Saint-Merry) e conseguiram se opor aos desmandos do rei Carlos X.

traduzir ao rapaz a "Pucelle" de Voltaire[57] e a *Declaração dos Direitos do Homem*[58]; e finalmente um alemão, que ajudava Dona Angelina a enfardelar[59] Klopstock na vernaculidade[60] de Filinto Elísio[61], e se dizia parente de Emanuel Kant[62], completou a confusão, iniciando Carlos, ainda antes de lhe nascer o buço, na *Crítica da razão pura*[63] e na heterodoxia metafísica dos professores de Tubingen[64]. Felizmente Carlos já então gastava longos dias a cavalo pelos campos, com a sua matilha de galgos – e, da anemia que lhe teriam causado as abstrações do raciocínio, salvou-o o sopro fresco dos montados e a natural pureza dos regatos em que bebia.

A avó, tendo imparcialmente aprovado estas embrulhadas linhas de educação, decidiu de repente, quando Carlos completou dezesseis anos, mandá-lo para Coimbra, que ela considerava um nobre centro de estudos clássicos e o derradeiro refúgio das humanidades. Corria, porém, na ilha, que a tradutora de Klopstock, apesar dos sessenta anos que lhe revestiam a face de um pelo mais denso que a hera

---

57. François-Marie Arouet (1694-1778), mais conhecido como Voltaire, foi poeta, ensaísta, dramaturgo, filósofo e historiador francês. Suas ideias liberais e democráticas, sempre expressas com bom humor e um forte teor crítico, são inspiradas principalmente nos ideais iluministas. "La Pucelle" é um longo poema publicado por Voltaire em 1762 e conta, de forma satírica, a história de Joana D'arc (1412-1431), a santa guerreira, padroeira da França.

58. A *Declaração dos Direitos do Homem e do Cidadão* foi assinada na França em 26 de agosto de 1789 e serviu de preâmbulo à redação da Constituição francesa de 1791.

59. Transformar em fardo, colocar em embalagem.

60. Aquilo que é próprio de um país, de uma região. No contexto, traduzir para a língua portuguesa.

61. Filinto Elísio é o pseudônimo arcáde do padre Francisco Manuel do Nascimento (1734-1819), importante poeta neoclássico português.

62. Emanuel ou Immanuel Kant (1724-1804), filósofo prussiano, representante do Iluminismo. Suas ideias e teorias influenciaram primeiramente as filosofias idealistas do século XIX e os autores ligados ao romantismo alemão.

63. A *Crítica da razão pura* (1781) é a obra mais conhecida de Immanuel Kant e uma das mais influentes da história da filosofia ocidental.

64. A cidade de Tübingen, na Alemanha, é famosa por sua universidade, fundada em 1477, que surgiu como um seminário teológico de natureza católica, tornou-se luterana e se firmou com um centro heterodoxo de estudos sobre religião.

de uma ruína, decidira afastar o neto – para casar com o boleeiro[65].

Durante três anos Carlos tocou guitarra pelo Penedo da Saudade[66], encharcou-se de carrascão[67] na tasca das Camelas[68], publicou na *Ideia* sonetos ascéticos e amou desesperadamente a filha de um ferrador de Lorvão[69]. Acabava de ser reprovado em Geometria quando a avó morreu subitamente, na sua Quinta das Tornas, num caramanchão de rosas, onde se esquecera toda uma sesta de junho, tomando café e escutando a viola que o cocheiro repicava com os dedos carregados de anéis.

Restava a Carlos um tio, Tadeu Mendes, homem de luxo e de boa mesa, que vivia em Paris preparando a salvação da Sociedade com Persigny[70], com Morny[71] e com o príncipe Luís Napoleão[72] de quem era devoto e credor. E Carlos foi para Paris estudar Direito nas cervejarias que cercam a Sorbonne[73], à espera da maioridade que lhe devia trazer as heranças acumuladas do pai e da avó – calculadas por Vidigal num farto milhão de cruzados. Vidigal, filho de uma sobrinha de Dona Angelina, nascido na Terceira, possuía por legado, conjuntamente com

---

65. Cocheiro, condutor de carruagens.

66. Parque e miradouro da cidade de Coimbra, construído em 1849.

67. Vinho português muito forte e áspero. Seu nome é um aumentativo de carrasco, e se refere ao castigo a que submete a garganta de seus consumidores.

68. Espécie de taberna localizada na rua do Borralho, em Coimbra. No século XIX, era ponto de encontro de boêmios, músicos, artistas e intelectuais.

69. Figueira de Lorvão é uma povoação próxima ao Concelho de Penacova, parte de um distrito de Coimbra, Portugal.

70. Jean-Gilbert Victor Fialin (1808-1872), o conde de Persigny, foi um estadista francês partidário do bonapartismo. Foi um dos organizadores do golpe de Estado de 1851, que alçou Luís Bonaparte (1808-1873) ao poder.

71. Charles August Louis Joseph (1811-1865), o conde de Morny, financista e político francês. Foi um dos responsáveis, junto com Fialin e outros, pelo golpe de Estado de 1851.

72. Charles Louis Napoléon Bonaparte (1808-1873), sobrinho de Napoleão Bonaparte (1769-1821), foi presidente e, posteriormente (com o golpe de 1851), imperador da França, quando assumiu o título de Napoleão III.

73. A universidade de Sorbonne, fundada em 1257, é um estabelecimento francês de ensino superior localizado no Quartier Latin, bairro central de Paris.

Carlos, uma quinta chamada o Corvovelo. Daí lhe vinha ser "parente, patrício e parceiro" do homem das "Lapidárias".

Depois disto Vidigal sabia apenas que Fradique, livre e rico, saíra do Quartier Latin a começar uma existência soberba e fogosa. Com um ímpeto de ave solta, viajara logo por todo o mundo, a todos os sopros do vento, desde Chicago até Jerusalém, desde a Islândia até o Saara. Nestas jornadas, sempre empreendidas por uma solicitação da inteligência ou por ânsia de emoções, achara-se envolvido em feitos históricos e tratara altas personalidades do século. Vestido com a camisa escarlate, acompanhara Garibaldi[74] na conquista das Duas Sicílias[75]. Incorporado no Estado-Maior do velho Napier[76], que lhe chamava *the portuguese lion* (o leão português), fizera toda a campanha da Abissínia. Recebia cartas de Mazzini[77]. Havia apenas meses que visitara Hugo no seu rochedo de Guernesey...

Aqui recuei, com os olhos esbugalhados! Victor Hugo (todos ainda se lembram), desterrado então em Guernesey, tinha para nós, idealistas e democratas de 1867, as proporções sublimes e lendárias de um São João em Patmos[78]. E recuei

---

74. Giuseppe Garibaldi (1807-1882), guerrilheiro italiano, participou de diversos conflitos na Itália e na América do Sul (destacou-se na Guerra dos Farrapos, por exemplo).

75. Em 1861, Garibaldi participa, junto a Camilo Benso (1810-1861), o conde de Cavour, à campanha de unificação do reino das Duas Sicílias (até então sob domínio espanhol) à Itália. O reino das Duas Sicílias corresponde à atual região da Sicília.

76. O narrador refere-se, provavelmente, a Robert Cornelis Napier (1810-1890), militar inglês, primeiro barão Napier de Magdala (cidade próxima à capital da Abissínia), que comandou uma expedição de resgate a diplomatas ingleses aprisionados na região.

77. Giuseppe Mazzini (1805-1872), político e revolucionário italiano ligado ao movimento chamado "Risorgimento" (que buscou, entre 1815 e 1870, unificar o país, até então formado de pequenos estados submetidos a potências estrangeiras).

78. Depois de sofrer perseguição por pregar a palavra de Jesus (+ ou - 8/4 a.C-29/36 d.C), São João Evangelista (8 a.C.-103 d.C.) foi exilado na ilha de Patmos, onde, segundo a Bíblia, sentiu-se próximo de Deus e de Jesus Cristo e teria recebido dos anjos celestiais a revelação das cenas finais da história do mundo, registradas no que depois viria a ser o último livro do Novo Testamento, o Apocalipse.

protestando, com os olhos esbugalhados, tanto se me afigurava fora das possibilidades que um português, um Mendes, tivesse apertado nas suas a mão augusta que escrevera a *Lenda dos séculos*! Correspondência com Mazzini, camaradagem com Garibaldi, vá! Mas na ilha sagrada, ao rumor das ondas da Mancha[79], passear, conversar, cismar com o vidente dos *Miseráveis* parecia-me a impudente exageração de um ilhéu que me queria intrujar[80]...

– Juro! – gritou Vidigal, levantando a mão verídica às acácias que nos cobriam.

E imediatamente, para demonstrar a verosimilhança daquela glória, já altíssima para Fradique, contou-me outra, bem superior, e que cercava o estranho homem de uma auréola mais refulgente. Não se tratava já de ser estimado por um homem excelso – mas, coisa preciosa entre todas, de ser amado por uma excelsa mulher. Pois bem! Durante dois anos, em Paris, Fradique fora o eleito de Ana de Léon, a gloriosa Ana de Léon, a mais culta e bela cortesã (Vidigal dizia "o melhor bocado") do Segundo Império[81], de que ela, pela graça especial da sua voluptuosidade inteligente, como Aspásia[82] no século de Péricles[83], fora a expressão e a flor!

Muitas vezes eu lera no *Figaro*[84] os louvores de Ana de Léon, e sabia que poetas a tinham celebrado sob o nome de "Vênus Vitoriosa". Os amores com a cortesã não me impres-

---

79. Referência ao Canal da Mancha, braço de mar do Oceano Atlântico que separa o noroeste da França da ilha da Grã-Bretanha e banha, entre outras, a ilha de Guernesey.

80. Enganar.

81. Regime monárquico bonapartista implantado na França por Napoleão III de 1852 a 1870, entre os períodos da Segunda e da Terceira Repúblicas.

82. Aspásia de Mileto (440 a.C.) foi amante de Péricles (c. 495 a.C.-429 a.C.), com quem vivia, na condição de concubina. Tinha liberdade (por não ser ateniense mas "estrangeira") de sair de casa e frequentar os lugares que quisesse. Participava, assim, dos círculos literários, políticos e filosóficos de Atenas, destacando-se neles por sua inteligência, sensatez e sabedoria.

83. Péricles (c. 495 a.C.-429 a.C.), estrategista e político grego, um dos principais líderes democráticos de sua época.

84. O *Le Figaro*, fundado em 1826, é o jornal mais lido e difundido na França.

sionaram decerto tanto como a intimidade com o homem das *Contemplações*[85]; mas a minha incredulidade cessou – e Fradique assumiu para mim a estatura de um desses seres que, pela sedução ou pelo gênio, como Alcibíades[86] ou como Goethe[87], dominam uma civilização, e dela colhem deliciosamente tudo o que ela pode dar em gostos e em triunfos.

Foi por isso talvez que corei, intimidado, quando Vidigal, reclamando outro sorvete de leite, se ofereceu para me levar ao surpreendente Fradique. Sem me decidir, pensando em Novalis[88], que também assim hesitava, enleado, ao subir uma manhã em Berlim as escadas de Hegel[89] – perguntei a Vidigal se o poeta das "Lapidárias" residia em Lisboa... Não! Fradique viera de Inglaterra visitar Sintra, que adorava, e onde comprara a Quinta da Saragoça, no caminho dos Capuchos, para ter de verão em Portugal um repouso fidalgo. Estivera lá desde o Dia de Santo Antônio – e agora parara em Lisboa, no Hotel Central, antes de recolher a Paris, seu centro e seu lar. De resto, acrescentou Marcos, não havia como Fradique ninguém tão simples, tão alegre, tão fácil. E, se eu desejava conhecer um homem genial, que esperasse ao outro

---

85. Referência à obra *As contemplações* (1856), de Victor Hugo.
86. Alcibíades Clinias Escambónidas (450 a.C.-404 a.C.), general e político grego, foi educado por Péricles, seu tio, e, na idade adulta, tornou-se um dos dirigentes da democracia ateniense. Foi grande amigo de Sócrates (470 a.C.-399 a.C.), é citado em *O banquete*, de Platão (427 a.C.-347 a.C.) e na peça *As rãs*, de Aristófanes (c. 447 a.C.-c. 385 a.C.)
87. Johann Wolfgang von Goethe (1749-1832), o mais famoso escritor alemão. Foi também filósofo, cientista e botânico. É autor de obras-primas da literatura mundial como *Fausto* (1806 – parte I e 1833 – parte II) e *Os sofrimentos do jovem Werther* (1774).
88. Novalis é pseudônimo de Georg Philipp Friedrich Freiherr von Hardenberg (1772-1801), poeta e filósofo alemão ligado ao movimento romântico. Escreveu romances que deixou incompletos e coletâneas de fragmentos filosóficos. Sua obra mais conhecida é a seleta de poemas intitulada *Hinos à noite* (1800).
89. Georg Wilhelm Friedrich Hegel (1770-1831), filósofo alemão que construiu um sistema para entender a história (da filosofia e do mundo) geralmente chamado de dialética. Foi o grande inspirador do materialismo histórico de Karl Marx (1818-1883). Dentre as obras mais famosas e influentes de Hegel está a *Fenomenologia do espírito* (1806).

dia, domingo, às duas, depois da missa do Loreto, à porta da Casa Havanesa[90].

– Valeu? Às duas, religiosamente, depois da missa!

Bateu-me o coração. Por fim, com um esforço, como Novalis no patamar de Hegel, afiancei, pagando os sorvetes, que ao outro dia, às duas, religiosamente, mas sem missa, estaria no portal da Havanesa!

II

Gastei a noite preparando frases, cheias de profundidade e beleza, para lançar a Fradique Mendes! Tendiam todas à glorificação das "Lapidárias". E lembro-me de ter, com amoroso cuidado, burilado e repolido esta: "A forma de Vossa Excelência é um mármore divino com estremecimentos humanos!"

De manhã apurei requintadamente a minha *toilette* como se, em vez de Fradique, fosse encontrar Ana de Léon – com quem já nessa madrugada, num sonho repassado de erudição e sensibilidade, eu passeara na Via Sagrada que vai de Atenas a Elêusis, conversando, por entre os lírios que desfolhávamos, sobre o ensino de Platão[91] e a versificação das "Lapidárias". E às duas horas, dentro de uma tipoia[92], para que o macadame[93] regado me não maculasse o verniz dos sapatos, parava na Havanesa, pálido, perfumado, comovido, com uma tremenda rosa de chá na lapela. Éramos assim em 1867!

Marcos Vidigal já me esperava, impaciente, roendo o charuto. Saltou para a tipoia; e batemos[94] através do Loreto, que escaldava ao sol de agosto.

---

90. Em Lisboa, a missa da Igreja do Loreto, construída no século XVIII, marcava o momento do encontro de pessoas "chiques" e "instruídas" da capital portuguesa, que logo depois se dirigiam à livraria e tabacaria chamada Casa Havanesa, onde se recebiam os telegramas, os jornais e os livros do restante da Europa (da França, principalmente).

91. Platão (428/7 a.C.-347 a.C), um dos mais conhecidos filósofos gregos, discípulo de Sócrates e mestre de Aristóteles (384-322 a.C.).

92. Carruagem simples, carro de aluguel.

93. O macadame é um revestimento de ruas e estradas composto por uma mistura de pedras britadas, breu e areia.

94. No contexto, "fomos".

Na rua do Alecrim (para combater a pueril emoção que me enleava), perguntei ao meu companheiro quando publicaria Fradique as "Lapidárias". Por entre o barulho das rodas, Vidigal gritou:

– Nunca!

E contou que a publicação daqueles trechos na *Revolução de Setembro* quase ocasionara, entre Fradique e ele, "uma pega intelectual". Um dia, depois de almoço, em Sintra, enquanto Fradique fumava o seu *chibouk* persa, Vidigal, na sua familiaridade, como patrício e como parente, abrira sobre a mesa uma pasta de veludo negro. Descobrira, surpreendido, largas folhas de versos, numa tinta já amarelada. Eram as "Lapidárias". Lera a primeira, a "Serenada de Satã aos astros". E, maravilhado, pedira a Fradique para publicar na *Revolução* algumas dessas estrofes divinas. O primo sorrira, consentira – com a rígida condição de serem firmadas por um pseudônimo. Qual?... Fradique abandonava a escolha à fantasia de Vidigal. Na redação, porém, ao rever as provas, só lhe acudiram pseudônimos decrépitos e safados, o "Independente", o "Amigo da Verdade", o "Observador" – nenhum bastante novo para dignamente firmar poesia tão nova. Disse consigo: "Acabou-se! Sublimidade não é vergonha. Ponho-lhe o nome!" Mas quando Fradique viu a *Revolução de Setembro* ficou lívido, e chamou, regeladamente, a Vidigal, "indiscreto, burguês e filisteu[95]"! – E aqui Vidigal parou para me pedir a significação de "filisteu". Eu não sabia; mas arquivei gulosamente o termo, como amargo. Recordo até que logo nessa tarde, no Martinho[96], tratei de "filisteu" o autor considerável do *Ave César*.

– De modo que – rematou Vidigal – é melhor não lhe falares nas "Lapidárias"!

Sim!, pensava eu. Talvez Fradique, à maneira do chanceler Bacon e de outros homens grandes pela ação, deseje es-

---

95. Os filisteus foram um povo, inimigo dos hebreus, que habitava a Filisteia ou Palestina. Chama-se assim, de forma pejorativa, àquele que é inculto, que só tem interesses materiais, vulgares e convencionais.

96. Referência ao Martinho da Arcada, o café mais antigo de Lisboa, fundado por volta de 1782.

conder deste mundo de materialidade e de força o seu fino gênio poético! Ou talvez essa ira, ao ver o seu nome impresso debaixo de versos com que se orgulharia Leconte de Lisle, seja a do artista nobremente e perpetuamente insatisfeito, que não aceita ante os homens como sua a obra onde sente imperfeições! Estes modos de ser, tão superiores e novos, caíam na minha admiração como óleo numa fogueira. Ao pararmos no Central tremia de acanhamento.

Senti um alívio quando o porteiro anunciou que o sr. Fradique Mendes, nessa manhã, cedo, tomara uma caleche[97] para Belém. Vidigal empalideceu, de desespero:

– Uma caleche! Para Belém!... Há alguma coisa em Belém?

Murmurei, numa ideia de arte, que havia os Jerônimos[98]. Nesse instante uma tipoia, lançada a trote, estacou na rua, com as pilecas[99] fumegando. Um homem desceu, ligeiro e forte. Era Fradique Mendes.

Vidigal, alvoroçado, apresentou-me como um "poeta seu amigo". Ele adiantou a mão sorrindo – mão delicada e branca onde vermelhejava um rubi. Depois, acariciando o ombro do primo Marcos, abriu uma carta que lhe estendia o porteiro.

Pude então, à vontade, contemplar o cinzelador das "Lapidárias", o familiar de Mazzini, o conquistador das Duas Sicílias, o bem-adorado de Ana de Léon! O que me seduziu logo foi a sua esplêndida solidez, a sã e viril proporção dos membros rijos, o aspecto calmo de poderosa estabilidade com que parecia assentar na vida, tão livremente e tão firmemente, como sobre aquele chão de ladrilhos onde pousavam os seus largos sapatos de verniz, resplandecendo sob polainas de linho. A face era do feitio aquilino e grave que se chama cesariano, mas sem as linhas empastadas e a espessura flácida que a tradição das Escolas invariavelmente atribui aos Césares, na tela ou no gesso, para os revestir de majestade; antes pura e

---

97. Tipo de carruagem com quatro rodas e dois assentos, puxada por uma parelha de cavalos.

98. Referência ao Mosteiro dos Jerônimos, grande atração turística da região de Belém, em Portugal.

99. Palavra usada de forma irônica como referência a cavalos reles, pangarés.

fina como a de um Lucrécio[100] moço, em plena glória, todo nos sonhos da Virtude e da Arte. Na pele, de uma brancura láctea e fresca, a barba, por ser pouca decerto, não deixava depois de escanhoada nem aspereza nem sombra; apenas um buço crespo e leve lhe orlava os lábios que, pela vermelhidão úmida e pela sinuosidade sutil, pareciam igual e superiormente talhados para a Ironia e para o Amor. E toda a sua finura, misturada de energia, estava nos olhos – olhos pequenos e negros, brilhantes como contas de ônix, de uma penetração aguda, talvez insistente demais, que perfurava, se enterrava sem esforço, como uma verruma de aço em madeira mole.

Trazia uma quinzena solta, de uma fazenda preta e macia, igual à das calças que caíam sem um vinco; o colete de linho branco fechava por botões de coral pálido; e o laço da gravata de cetim negro, dando relevo à altura espelhada dos colarinhos quebrados, oferecia a perfeição concisa que já me encantara no seu verso.

Não sei se as mulheres o considerariam belo. Eu achei-o um varão magnífico – dominando, sobretudo, por uma graça clara que saía de toda a sua força máscula. Era o seu viço que deslumbrava. A vida de tão várias e trabalhosas atividades não lhe cavara uma prega de fadiga. Parecia ter emergido, havia momentos, assim de quinzena preta e barbeado, do fundo vivo da Natureza. E, apesar de Vidigal me ter contado que Fradique festejara os "trinta e três" em Sintra, pela festa de São Pedro, eu sentia naquele corpo a robustez tenra e ágil de um efebo[101], na infância do mundo grego. Só quando sorria ou quando olhava se surpreendiam imediatamente nele vinte séculos de literatura.

Depois de ler a carta, Fradique Mendes abriu os braços, num gesto desolado e risonho, implorando a misericórdia de Vidigal. Tratava-se, como sempre, da Alfândega, fonte perene das suas amarguras! Agora tinha lá encalhado um caixote, contendo uma múmia egípcia...

– Uma múmia?...

---

100. Titus Lucretius Carus (c. 98 a.C.-55 a.C.) foi um poeta e filósofo latino, autor do poema *De rerum natura* (*Sobre a natureza das coisas*).
101. Adolescente, homem de pouco mais de quinze anos.

Sim, perfeitamente, uma múmia histórica, o corpo verídico e venerável de Pentaour, escriba ritual do templo de Amnon em Tebas, o cronista de Ramesses II[102]. Mandara-o vir de Paris para dar a uma senhora da Legação de Inglaterra, *Lady* Ross, sua amiga de Atenas, que, em plena frescura e plena ventura, colecionava antiguidades funerárias do Egito e da Assíria... Mas, apesar de esforços sagazes, não conseguia arrancar o defunto letrado aos armazéns da Alfândega – que ele enchera de confusão e de horror. Logo na primeira tarde, quando Pentaour desembarcara, enfaixado dentro do seu caixão, a Alfândega, aterrada, avisou a polícia. Depois, calmadas as desconfianças de um crime, surgira uma insuperável dificuldade: que artigo de pauta se poderia aplicar ao cadáver de um hierogramata[103] do tempo de Ramesses? Ele, Fradique, sugerira o artigo que taxa o arenque defumado. Realmente, no fundo, o que é um arenque defumado senão a múmia, sem ligaduras e sem inscrições, de um arenque que viveu? Ter sido peixe ou escriba nada importava para os efeitos fiscais. O que a Alfândega via diante de si era o corpo de uma criatura, outrora palpitante, hoje secada ao fumeiro[104]. Se ela em vida nadava num cardume nas ondas do Mar do Norte, ou se, nas margens do Nilo, há quatro mil anos, arrolava as reses de Amnon e comentava os "capítulos de fim de dia"[105] – não era certamente da conta dos Poderes Públicos. Isto parecia-lhe lógico. Todavia as autoridades da Alfândega continuavam a hesitar, coçando o queixo, diante do cofre sarapintado que encerrava tanto saber e tanta piedade! E agora naquela carta os amigos Pintos Bastos aconselhavam, como mais nacional e mais rápido, que se arrancasse um "empenho" do Ministério da Fazenda para fazer sair sem direitos o corpo augusto do escriba de Ramesses. Ora, este empenho, quem melhor

---

102. Ramesses ou Ramsés II foi o terceiro faraó da 19ª dinastia egípcia. Reinou entre, aproximadamente, 1279 e 1213 a.C.

103. Escriba egípcio.

104. Espaço entre o fogão e o telhado, nas casas de campo, onde se acumula a fumaça a que serão expostos certos alimentos.

105. Entre as tarefas atribuídas aos escribas no Egito estavam as de listar as reses e fazer uma espécie de relato, de crônica sobre os acontecimentos do dia.

para o alcançar que Marcos – esteio da Regeneração[106] e seu cronista musical?

Vidigal esfregava as mãos, iluminado. Aí estava uma coisa bem digna dele, "bem catita[107]" – salvar do fisco a múmia "de um figurão faraônico"! E arrebatou a carta dos Pintos Bastos, enfiou para a tipoia, gritou ao cocheiro a morada do ministro, seu colega na *Revolução de Setembro*. Assim fiquei só com Fradique – que me convidou a subir aos seus quartos, e esperar Vidigal, bebendo uma "soda e limão".

Pela escada, o poeta das "Lapidárias" aludiu ao tórrido calor de agosto. E eu que, nesse instante, defronte do espelho no patamar, revistava, com um olhar furtivo, a linha da minha sobrecasaca e a frescura da minha rosa – deixei estouvadamente escapar esta coisa hedionda:

– Sim, está de escachar[108]!

E ainda o torpe som não morrera, já uma aflição me lacerava, por esta chulice de esquina de tabacaria, assim atabalhoadamente lançada como um pingo de sebo sobre o supremo artista das "Lapidárias", o homem que conversara com Hugo à beira-mar!... Entrei no quarto atordoado, com bagas de suor na face. E debalde rebuscava desesperadamente uma outra frase sobre o calor, bem-trabalhada, toda cintilante e nova! Nada! Só me acudiam sordidezes paralelas, em calão teimoso: – "É de rachar"! "Está de ananases[109]"! "Derrete os untos[110]"!... Atravessei ali uma dessas angústias atrozes e grotescas, que, aos vinte anos, quando se começa a vida e a literatura, vincam a alma – e jamais esquecem.

Felizmente Fradique desaparecera por trás de um reposteiro de alcova. Só, limpando o suor, considerando que altos pensadores se exprimem assim, com uma simplicidade rude,

---

106. Período da Monarquia Constitucional portuguesa que se seguiu à insurreição militar de 1851. A Regeneração foi caracterizada pelo esforço de desenvolvimento econômico e modernização de Portugal.

107. Bonita, admirável.

108. No contexto, "rachar".

109. Termo que provavelmente faz referência à temperatura ideal para o cultivo de ananases (abacaxis), ou seja, ao calor.

110. Gorduras de porco, banhas.

serenei. E à perturbação sucedeu a curiosidade de descobrir em torno, pelo aposento, algum vestígio da originalidade intensa do homem que o habitava. Vi apenas cansadas cadeiras de repes[111] azul-ferrete, um lustre embuçado em tule e um console, de altos pés dourados, entre as duas janelas que respiravam para o rio. Somente, sobre o mármore do console, e por meio dos livros que atulhavam uma velha mesa de pau-preto, pousavam soberbos ramos de flores; e a um canto afofava-se um espaçoso divã, instalado decerto por Fradique com colchões sobrepostos, que dois cobrejões[112] orientais revestiam de cores estridentes. Errava além disso em toda a sala um aroma desconhecido, que também me pareceu oriental, como feito de rosas de Esmirna[113], mescladas a um fio de canela e manjerona.

Fradique Mendes voltara de dentro, vestido com uma cabaia chinesa! Cabaia de mandarim, de seda verde, bordada a flores de amendoeira – que me maravilhou e que me intimidou. Vi então que tinha o cabelo castanho-escuro, fino e levemente ondeado sobre a testa, mais polida e branca que os marfins de Normandia. E os olhos, banhados agora numa luz franca, não apresentavam aquela negrura profunda que eu comparara ao ônix, mas uma cor quente de tabaco escuro da Havana. Acendeu uma *cigarette* e ordenou a "soda e limão" a um criado surpreendente, muito louro, muito grave, com uma pérola espetada na gravata, largas calças de xadrez verde e preto, e o peito florido por três cravos amarelos! (Percebi que este servo magnífico se chamava Smith). O meu enleio crescia. Por fim Fradique murmurou, sorrindo, com sincera simpatia:

– Aquele Marcos é uma flor!

Concordei, contei a velha estima que me prendia a Vidigal, desde o primeiro ano de Coimbra, dos nossos tempos estouvados de Concertina e Sebenta. Então, alegremente, recor-

---

111. Tecidos próprios para estofamentos.

112. Espécie de manta com a qual, geralmente, se cobre a montaria quando está sem arreios.

113. Esmirna fica na Turquia, na costa do mar Egeu. É uma das cidades mais antigas da bacia do mediterrâneo. No século XV, ficou famosa pela grande variedade de produtos que exportava para a Europa, como figos secos, tapetes e rosas.

dando Coimbra, Fradique perguntou-me pelo Pedro Penedo, pelo Pais, por outros lentes[114] ainda, do antigo tipo fradesco e bruto; depois pelas tias Camelas, essas encantadoras velhas, que, escrupulosamente, através de lascivas gerações de estudantes, tinham permanecido virgens, para poderem no Céu, ao lado de Santa Cecília, passar toda uma eternidade a tocar harpa... Era uma das suas memórias melhores de Coimbra essa taverna das tias Camelas, e as ceias desabaladas que custavam setenta réis, comidas ruidosamente na penumbra fumarenta das pipas, com o prato de sardinhas em cima dos joelhos, por entre temerosas contendas de Metafísica e de Arte. E que sardinhas! Que arte divina em frigir o peixe! Muitas vezes em Paris se lembrara das risadas, das ilusões e dos pitéus[115] de então!...

Tudo isto vinha num tom muito moço, sincero, singelo – que eu mentalmente classificava de cristalino. Ele estirara-se no divã; eu ficara rente da mesa, onde um ramo de rosas se desfolhava ao calor sobre volumes de Darwin[116] e do padre Manuel Bernardes[117]. E então, dissipado o acanhamento, todo no apetite de revolver com aquele homem genial ideias de literatura, sem me lembrar que, como Bacon[118], ele desejava esconder o seu gênio poético, ou artista insatisfeito, nunca reconheceria a obra imperfeita – aludi às "Lapidárias".

---

114. Referência a certos professores (lentes) da universidade de Coimbra.

115. Petisco, iguaria delicada.

116. Charles Robert Darwin (1809-1882), naturalista britânico que se notabilizou pela teoria da seleção natural e da evolução das espécies, que explica, biologicamente, como surgiu e se desenvolveu a espécie humana, por exemplo. A maior parte de sua teoria está em *A origem das espécies*, de 1859.

117. Manuel Bernardes (1644-1710), padre português famoso por seus tratados sobre espiritualidade e seus guias morais, como a famosa coletânea de ditos sentenciosos *A nova floresta*, em cinco volumes, publicada entre 1706 e 1728.

118. Francis Bacon (1561-1626), filósofo, ensaísta e político inglês, autor de, entre outras obras, *Novum Organon* (1620), texto em que expõe suas teorias filosóficas, voltadas ao conhecimento científico baseado no empirismo. Durante algum tempo, acreditou-se que a obra de Shakespeare (1564-1616) – que, segundo essa crença, nunca teria existido – era, na verdade, de autoria de Francis Bacon. Talvez seja a este "gênio poético" de Bacon que o narrador esteja aludindo.

Fradique Mendes tirou a *cigarette* dos lábios para rir – com um riso que seria genuinamente galhofeiro, se de certo modo o não contradissesse um laivo de vermelhidão que lhe subira à face cor de leite. Depois declarou que a publicação desses versos, "com a sua assinatura", fora uma perfídia do leviano Marcos. Ele não considerava "assináveis" esses pedaços de prosa rimada, que decalcara, havia quinze anos, na idade em que se imita, sobre versos de Leconte de Lisle, durante um verão de trabalho e de fé numa trapeira[119] de Luxemburgo, julgando-se a cada rima um inovador genial...

Eu acudi afirmando, todo em chama, que depois da obra de Baudelaire nada em arte me impressionara como as "Lapidárias"! E ia lançar a minha esplêndida frase, burilada nessa noite com paciente cuidado: "A forma de Vossa Excelência é um mármore divino..." Mas Fradique deixara o divã e pousava em mim os olhos finos de ônix, com uma curiosidade que me verrumava:

– Vejo, então – disse ele –, que é um devoto do maganão[120] das *Flores do mal*!

Corei, àquele espantoso termo de "maganão". E, muito grave, confessei que para mim Baudelaire dominava, à maneira de um grande astro, logo abaixo de Hugo, na moderna poesia. Então Fradique, sorrindo paternalmente, afiançou que bem cedo eu perderia essa ilusão! Baudelaire (que ele conhecera) não era verdadeiramente um poeta. Poesia subentendia emoção; e Baudelaire, todo intelectual, não passava de um psicólogo, de um analista – um dissecador sutil de estados mórbidos. As *Flores do mal* continham apenas resumos críticos de torturas morais que Baudelaire muito finamente compreendera, mas nunca pessoalmente sentira. A sua obra era como a de um patologista, cujo coração bate normal e serenamente, enquanto descreve, à banca, numa folha de papel, pela erudição e observação acumuladas, as perturbações temerosas de uma lesão cardíaca. Tanto assim que Baudelaire compusera primeiro em prosa as *Flores do mal* – e só mais tarde, depois de retificar a justeza das análises, as passara a verso, laborio-

---

119. Água-furtada, último andar de uma casa, cujas janelas dão para o telhado.
120. Figurão, brincalhão.

samente, com um dicionário de rimas!... De resto, em França (acrescentou o estranho homem) não havia poetas. A genuína expressão da clara inteligência francesa era a prosa. Os seus mais finos conhecedores prefeririam sempre os poetas, cuja poesia se caracterizasse pela precisão, lucidez, sobriedade – que são qualidades de prosa; e um poeta tornava-se tanto mais popular quanto mais visivelmente possuía o gênio do prosador. Boileau continuaria a ser um clássico e um imortal, quando já ninguém se lembrasse em França do tumultuoso lirismo de Hugo...

Dizia estas coisas enormes numa voz lenta, penetrante – que ia recortando os termos com a certeza e a perfeição de um buril. E eu escutava, varado! Que um Boileau, um pedagogo, um lambão de corte, permanecesse nos cimos da poesia francesa, com a sua "Ode à Tomada de Namur"[121], a sua cabeleira e a sua férula[122], quando o nome do poeta da *Lenda dos séculos* fosse como um suspiro do vento que passou – parecia-me uma dessas afirmações, de rebuscada originalidade, com que se procura assombrar os simples, e que eu mentalmente classificava de "insolente". Tinha mil coisas, abundantes e esmagadoras, a contestar; mas não ousava, por não poder apresentá-las naquela forma translúcida e geométrica do poeta das "Lapidárias". Essa covardia, porém, e o esforço para reter os protestos do meu entusiasmo pelos mestres da minha mocidade sufocavam-me, enchiam-me de mal-estar; e ansiavam só por abalar daquela sala, onde – com tão bolorentas opiniões clássicas, tanta rosa nas jarras e todas as moles exalações de canela e manjerona – se respirava conjuntamente um ar abafadiço de serralho[123] e de academia.

---

121. Nicolas Boileau-Despréaux (1636-1711), poeta, historiador e crítico francês cuja obra é caracterizada pela técnica, pelo racionalismo e pelo classicismo. Dentre suas obras encontramos a "Ode à Tomada de Namur", que faz parte da coletânea póstuma de seus textos intitulada *Œuvres de Boileau* (1740).

122. No contexto, rigor disciplinar, poder de guiar pensamentos, opiniões e comportamentos.

123. Harém, palácio destinado às mulheres do rei, por extensão de sentido, bordel, casa de prostituição.

Ao mesmo tempo julgava humilhante ter soltado apenas, naquela conversação com o familiar de Mazzini e de Hugo, miúdos reparos sobre o Pedro Penedo e o carrascão das Camelas. E, na justa ambição de deslumbrar Fradique com um resumo crítico, provando as minhas finas letras, recorri à frase, à lapidada frase, sobre a forma do seu verso. Sorrindo, retorcendo o buço, murmurei: "Em todo caso a forma de Vossa Excelência é um mármore..." Subitamente, à porta que se abrira com estrondo, surgiu Vidigal:

– Tudo pronto! – gritou. – Despachei o defunto!

O ministro, homem de poesia e de eloquência, interessara-se francamente por aquela múmia de um "colega", e jurara logo poupar-lhe o opróbrio de ser tarifada como peixe salgado. Sua Excelência tinha mesmo ajuntado: "Não, senhor! Não, senhor! Há-de entrar livremente, com todas as honras devidas a um clássico!" E logo de manhã Pentaour deixaria a Alfândega, de tipoia!

Fradique riu daquela designação de "clássico" dada a um hierogramata do tempo de Ramesses – e Vidigal, triunfante, abancando ao piano, entoou com ardor a "Grã-Duquesa". Então eu, tomado estranhamente, sem razão, por um sentimento de inferioridade e de melancolia, estendi a mão para o chapéu. Fradique não me reteve; mas os dois passos com que me acompanhou no corredor, o seu sorriso e o seu *shake-hands*[124] foram perfeitos. Apenas na rua, desabafei: "Que pedante!"

Sim, mas inteiramente "novo", dissemelhante de todos os homens que eu até aí conhecera! E à noite, na travessa do Guarda-Mor (ocultando a escandalosa apologia de Boileau, para nada dele mostrar imperfeito), espantei J. Teixeira de Azevedo com um Fradique idealizado, em que tudo era irresistível, as ideias, o verbo, a cabaia de seda, a face marmórea de Lucrécio moço, o perfume que esparzia, a graça, a erudição e o gosto!

J. Teixeira de Azevedo tinha o entusiasmo difícil e lento em fumegar. O homem deu-lhe apenas a impressão de ser postiço e teatral. Concordou no entanto que convinha ir estudar "um maquinismo de pose montado com tanto luxo!".

---

124. Aperto de mão.

Fomos ambos ao Central, dias depois, no fundo de uma tipoia. Eu, engravatado em cetim, de gardênia ao peito. J. Teixeira de Azevedo, caracterizado de "Diógenes[125] do século XIX", com um pavoroso cacete ponteado de ferro, chapéu braguês orlado de sebo, jaquetão encardido e remendado que lhe emprestara o criado, e grossos tamancos rurais!... Tudo isto arranjado com trabalho, com despesa, com intenso nojo, só para horrorizar Fradique – e, diante desse homem de ceticismo e de luxo, altivamente afirmar, como democrata e como idealista, a grandeza moral do remendo e a filosófica austeridade da nódoa! Éramos assim em 1867!

Tudo perdido! Perdida a minha gardênia, perdida a imundície estoica do meu camarada! O sr. Fradique Mendes (disse o porteiro) partira na véspera num vapor que ia buscar bois a Marrocos.

III

Alguns anos passaram. Trabalhei, viajei. Melhor fui conhecendo os homens e a realidade das coisas, perdi a idolatria da Forma, não tornei a ler Baudelaire. Marcos Vidigal, que, através da *Revolução de Setembro*, trepara da crônica musical à Administração Civil, governava a Índia como secretário-geral, de novo entregue, nesses ócios asiáticos que lhe fazia o Estado, à *História da Música* e à concertina; e, levado assim esse grato amigo do Tejo para o Mandovi[126], eu não soubera mais do poeta das "Lapidárias". Nunca porém se me apagara a lembrança do homem singular. Antes por vezes me sucedia de repente "ver", claramente "ver" – num relevo quase tangível – a face ebúrnea[127] e fresca, os olhos cor de tabaco insistentes

---

125. Diógenes de Sínope (c. 413 a.C.-c. 323 a.C.), filósofo grego, maior representante do *cinismo*, escola filosófica que pregava o desapego aos bens materiais e externos. Segundo a tradição, Diógenes vivia, por opção, na mais absoluta miséria. Seus únicos bens eram um alforje, um bastão e uma tigela (que simbolizavam o desapego e a autossuficiência perante o mundo). Era conhecido como "o filósofo que vivia como um cão".

126. Rio que banha a antiga cidade de Goa, na Índia.

127. Da cor do marfim, ou seja, muito branca.

e verrumando, o sorriso sinuoso e cético onde viviam vinte séculos de literatura.

Em 1871, percorri o Egito. Uma ocasião, em Mênfis, ou no sítio em que foi Mênfis, navegava nas margens inundadas do Nilo, por entre palmeirais que emergiam da água e reproduziam sobre um fundo radiante de luar oriental o recolhimento e a solenidade triste de longas arcarias de claustros. Era uma solidão, um vasto silêncio de terra morta, apenas docemente quebrado pela cadência dos remos e pelo canto dolente do arrais[128]... E eis que subitamente (sem que recordação alguma evocasse até esta imagem) – "vejo", nitidamente "vejo", avançando com o barco, e com ele cortando as faixas de luz e sombra, o quarto do Hotel Central, o grande divã de cores estridentes, e Fradique, na sua cabaia de seda, celebrando por entre o fumo da *cigarette* a imortalidade de Boileau! E eu mesmo já não estava no Oriente, nem em Mênfis, sobre as imóveis águas do Nilo; mas lá, entre o repes azul, sob o lustre embuçado em tule, diante das duas janelas que miravam o Tejo, sentindo embaixo as carroças de ferragens rolarem para o Arsenal[129]. Perdera porém o acanhamento que então me enleava. E, durante o tempo que assim remamos nesta decoração faraônica para a morada do *sheik* de Abu-Kair, fui argumentando com o poeta das "Lapidárias", e enunciando enfim, na defesa de Hugo e Baudelaire, as coisas finas e tremendas com que o devia ter emudecido naquela tarde de agosto! O arrais cantava os vergéis[130] de Damasco. Eu berrava mentalmente: "Mas veja Vossa Excelência nos *Miseráveis* a alta lição moral..."

Ao outro dia, que era o da festa do Beiram[131], recolhi ao Cairo pela hora mais quente, quando os muezins[132] cantam a terceira oração. E, ao apear do meu burro, diante do Hotel

---

128. Barqueiro, indivíduo que conduz uma embarcação.

129. Rua do Arsenal, em Lisboa.

130. Jardins, pomares.

131. A festa do sacrifício ou "Kurban Bairam" (aportuguesada para "Beiram" por Eça) é a comemoração islâmica do sacrifício do cordeiro por Abraão (em lugar de seu filho, Ismael). Aqueles que estão aptos a fazer a peregrinação a Meca fazem-na imediatamente antes desta data.

132. Os muezins são aqueles que chamam, do alto dos minaretes, os fiéis islâmicos às cinco orações diárias.

Sheperd, nos jardins do Ezbekieh[133], quem hei-de eu avistar? Que homem, de entre todos os homens, avistei eu no terraço, estendido numa comprida cadeira de vime, com as mãos cruzadas por trás da nuca, o *Times*[134] esquecido sobre os joelhos, embebendo-se todo de calor e de luz? Fradique Mendes.

Galguei os degraus do terraço, lançando o nome de Fradique, por entre um riso de transbordante prazer. Sem desarranjar a sua beatitude, ele descruzou apenas um braço que me estendeu com lentidão. O encanto do seu acolhimento esteve na facilidade com que me reconheceu, sob as minhas lunetas azuis e o meu vasto chapéu panamá:

– Então, como vai desde o Hotel Central?... Há quanto tempo pelo Cairo?

Teve ainda outras palavras indolentes e afáveis. Num banco ao seu lado, todo eu sorria, limpando o pó que me empastara a face com uma espessura de máscara. Durante o curto e doce momento que ali conversamos, soube que Fradique chegara havia uma semana de Suez, vindo das margens do Eufrates e da Pérsia, por onde errara, como nos contos de fadas, um ano inteiro e um dia; que tinha um *debarieh*[135] com o lindo nome de *Rosa das Águas*, já tripulado e amarrado à sua espera no cais de Boulak[136]; e que ia nele subir o Nilo até o Alto Egito, até a Núbia[137], ainda para além de Ibsambul[138]...

Todo o sol do Mar Vermelho e das planícies do Eufrates não lhe tostara a pele láctea. Trazia, exatamente como no Hotel Central, uma larga quinzena preta e um colete branco fechado por botões de coral. E o laço da gravata de cetim negro representava bem, naquela terra de roupagens soltas e rutilantes, a precisão formalista das ideias ocidentais.

---

133. Parque famoso que fica no centro da cidade do Cairo.
134. Um dos mais lidos jornais ingleses. Foi fundado em 1788.
135. Provavelmente um tipo de embarcação.
136. Porto do Cairo, às margens do rio Nilo.
137. Região situada no vale do rio Nilo, atualmente partilhada pelo Egito e pelo Sudão.
138. O templo de Ibsambul (ou Abu Simbel) foi esculpido na rocha por ordem do faraó Ramsés, o Grande. Fica ao norte da fronteira entre o Egito e o Sudão.

Perguntou-me pela pachorrenta Lisboa, por Vidigal que burocratizava entre os palmares bramânicos[139]... Depois, como eu continuava a esfregar o suor e o pó, aconselhou que me purificasse num banho turco, na piscina que fica ao pé da Mesquita de El-Monyed, e que repousasse toda a tarde, para percorrermos à noite as iluminações do Beiram.

Mas, em lugar de descansar, depois do banho lustral[140], tentei ainda, ao trote doce de um burro, através da poeira quente do deserto líbico, visitar fora do Cairo as sepulturas dos califas. Quando à noite, na sala do Sheperd, me sentei diante da sopa de rabo de boi, a fadiga tirara-me o ânimo de pasmar para outras maravilhas muçulmanas. O que me apetecia era o leito fresco, no meu quarto forrado de esteiras, onde tão romanticamente se ouviam cantar no jardim as fontes entre os rosais.

Fradique Mendes já estava jantando, numa mesa onde flamejava, entre as luzes, um ramo enorme de cactos. Ao seu lado pousava de leve, sobre um escabelo mourisco[141], uma senhora vestida de branco, a quem eu só via a massa esplêndida dos cabelos louros e as costas, perfeitas e graciosas, como as de uma estátua de Praxíteles[142] que usasse um colete de Madame Marcel; defronte, numa cadeira de braços, alastrava-se um homem gordo e mole, cuja vasta face, de barbas encaracoladas, cheia de força tranquila como a de um Júpiter[143], eu já decerto encontrara algures, ou viva ou em mármore. E caí logo nesta preocupação. Em que rua, em que museu admirara eu já aquele rosto olímpico, onde apenas a fadiga do olhar, sob as pálpebras pesadas, traía a argila mortal?

Terminei por perguntar ao negro de Seneh[144] que servia o macarrão. O selvagem escancarou um riso de faiscante alvura

---

139. Referência aos brâmanes, casta indiana formada por sacerdotes.

140. Banho de purificação.

141. Pequeno banco árabe, com vários assentos.

142. Praxíteles (390 a.C. -330 a.C.) foi um dos mais famosos escultores gregos, autor do primeiro nu feminino em tamanho natural: a estátua de Afrodite de Cnido.

143. Júpiter é, na mitologia romana, o deus supremo. Corresponde, na mitologia romana, a Zeus, o mais poderoso dos deuses do Olimpo.

144. Proveniente da região onde fica o monte Sinai, no Egito, entre os golfos de Suez e Aqaba.

no ébano do carão redondo, e, através da mesa, grunhiu com respeito: – *Cé-le-dieu*... Justos Céus! *Le Dieu!* Intentaria o negro afirmar que aquele homem de barbas encaracoladas *era um deus*! – *o deus* especial e conhecido que habitava o Sheperd! Fora, pois, num altar, numa tela devota, que eu vira essa face, dilatada em majestade pela absorção perene do incenso e da prece? De novo interroguei o núbio[145] quando ele voltou erguendo nas mãos espalmadas uma travessa que fumegava. De novo o núbio me atirou, em sílabas claras, bem feridas, dissipando toda a incerteza: – *C'est le dieu!*[146]

Era um deus! Sorri a esta ideia de literatura – um deus de rabona[147], jantando à mesa do Hotel Sheperd. E, pouco a pouco, da minha imaginação esfalfada foi-se evolando não sei que sonho, esparso e tênue, como o fumo que se eleva de uma braseira meio apagada. Era sobre o Olimpo[148], e os velhos deuses, e aquele amigo de Fradique que se parecia com Júpiter. Os deuses (cismava eu, colhendo garfadas lentas da salada de tomates) não tinham talvez morrido; e, desde a chegada de São Paulo à Grécia, viviam refugiados num vale da Lacônia[149], outra vez entregues, nos ócios que lhes impusera o deus novo, às suas ocupações primordiais de lavradores e pastores. Somente, já pelo hábito que os deuses nunca perderam de imitar os homens, já para escapar aos ultrajes de uma Cristandade pudibunda[150], os olímpicos abafavam sob saias e jaquetões o esplendor das nudezas que a Antiguidade adorara; e, como tomavam outros costumes humanos, ora por necessidade (cada dia se torna mais difícil ser deus), ora por curiosidade (cada dia se torna mais divertido ser homem), os deuses iam lentamente consumindo a sua humanização. Já por vezes deixavam a doçura do seu vale bucólico; e com baús, com sacos de ta-

---

145. Natural da Núbia, região da África que corresponde à extremidade sul do Egito.
146. "É o deus."
147. Fraque ou jaquetão de abas curtas.
148. O monte Olimpo localiza-se ao norte da Grécia. É o ponto mais alto do país e, segundo a mitologia grega, a morada dos deuses.
149. Estado da Grécia, localizado na região da península do Peloponeso. Sua capital é a cidade histórica de Esparta.
150. O mesmo que pudica, recatada, tímida.

pete, viajavam por distração ou negócios, folheando os *Guias Bedecker*. Uns iam estudar nas cidades, entre a civilização, as maravilhas da imprensa, do parlamentarismo e do gás; outros, aconselhados pelo erudito Hermes[151], cortavam a monotonia dos longos estios da Ática[152], bebendo as águas em Vichy[153] ou em Carlsbad[154]; outros ainda, na saudade imperecível das onipotências passadas, peregrinavam até as ruínas dos templos onde outrora lhes era ofertado o mel e o sangue das reses. Assim se tornava verossímil que aquele homem – cuja face cheia de majestade e força serena reproduzia as feições com que Júpiter se revelou à *Escola de Atenas*[155] – fosse na realidade Júpiter, o Tonante, o Fecundador, pai inesgotável dos deuses, criador da Regra e da Ordem. Mas que motivo o traria ali, vestido de flanela azul, pelo Cairo, pelo Hotel Sheperd, comendo um macarrão que profanadoramente se prendia às barbas divinas por onde a ambrósia escorrera? Certamente o doce motivo que através da Antiguidade, em Céu e Terra, sempre inspirara os atos de Júpiter – do frascário[156] e femeeiro[157] Júpiter. O que o podia arrastar ao Cairo senão *alguma saia*, esse desejo esplendidamente insaciável de deusas e de mulheres – que outrora tornava pensativas as donzelas da Helênia ao decorarem na *Cartilha Pagã* as datas em que ele batera as asas de cisne entre os joelhos de Leda[158], sacudira as pontas de touro entre

---

151. Hermes é um deus grego que corresponde ao Mercúrio da mitologia romana. Sua função era a de mensageiro e intérprete da vontade dos outros deuses do Olimpo.

152. Estado no centro da Grécia onde se encontra a capital do país, Atenas.

153. Vichy é uma cidade francesa famosa por suas estações de águas termais.

154. Carlsbad (Karlsbad ou Karlovy Vary) é uma "cidade-spa" alemã localizada na região da Boêmia.

155. *Escola de Atenas* é o nome de um famoso afresco do pintor renascentista Rafael Sanzio (1483-1520), em que aparecem, ao centro, Platão e Aristóteles. Ao fundo, além de Zeus (Júpiter), aparecem Apolo e Atena, deuses patronos das artes, segundo a mitologia grega.

156. Libertino, devasso.

157. Mulherengo.

158. De acordo com a mitologia grega, Leda era esposa de Tíndaro e rainha de Esparta. Zeus (ou Júpiter) teria transformado-se em cisne para seduzi-la.

os braços de Europa[159], gotejara em pingos de ouro sobre o seio de Danae[160], pulara em línguas de fogo até os lábios de Egina[161], e mesmo um dia, enojando Minerva[162] e as damas sérias do Olimpo, atravessara toda a Macedônia[163] com uma escada ao ombro para trepar ao alto eirado da morena Sêmele[164]? Agora, evidentemente, viera ao Cairo passar umas férias sentimentais, longe da Juno[165] mole e conjugal, com aquela viçosa mulher, cujo busto irresistível provinha das artes conjuntas de Praxíteles e de Madame Marcel. E ela, quem seria ela? A cor das suas tranças, a suave ondulação dos seus ombros, tudo indicava claramente uma dessas deliciosas ninfas das ilhas da Jônia, que outrora os diáconos cristãos expulsavam dos seus frescos regatos, para neles batizar centuriões[166] caquéticos e comidos de dívidas, ou velhas matronas com pelo no queixo, trôpegas do incessante peregrinar aos altares de Afrodite[167]. Nem ele nem ela, porém, podiam esconder a sua origem divina; através do vestido de cassa[168] o corpo da ninfa

---

159. Filha do mitológico rei da Fenícia, Agenor (bisneto de Zeus). Europa foi raptada por Zeus, que, na ocasião, se disfarçara de touro.

160. Segundo a mitologia grega, Danae era filha de Acrísio, rei de Argos. Danae foi fecundada por Zeus transformado em chuva de ouro.

161. Para raptar a ninfa Egina, Zeus transformou-se, segundo a mitologia grega, em águia.

162. Deusa da mitologia romana que corresponde à deusa grega Atena. Filha de Júpiter (Zeus), Minerva é a deusa da sabedoria, das artes e da guerra.

163. Antigo país situado ao norte da Grécia, entre a Trácia, a Ilíria e a Peônia.

164. Sêmele, segundo a mitologia grega, era filha de Cadmo e de Hermone. Manteve relações amorosas com Zeus e morreu fulminada quando ele se apresentou a ela em todo o seu esplendor divino. O filho dos dois, Dionísio, foi concebido por Sêmele e "transferido" do ventre de sua falecida mãe para a coxa do pai até estar pronto para nascer.

165. Juno, na mitologia romana, equivale a Hera, esposa de Zeus (Júpiter), com quem teve dois filhos, Marte (Ares) e Vulcano (Hefesto).

166. Os centuriões eram soldados romanos responsáveis pelo comando da "centúria", formação básica de guerra composta de dez fileiras com dez homens cada. Apesar de sua posição de destaque, o centurião lutava junto com os soldados e locomovia-se a pé. Equivale ao posto de capitão na atual hierarquia militar.

167. Deusa grega da beleza, do sexo, da fecundidade e do casamento. Equivale à Vênus da mitologia romana.

168. Tecido fino, transparente, de linho ou algodão.

irradiava uma claridade; e, atendendo bem, ver-se-ia a fronte marmórea de Júpiter arfar em cadência, no calmo esforço de perpetuamente conceber a Regra e a Ordem.

Mas Fradique? Como se achava ali Fradique, na intimidade dos Imortais, bebendo com eles champanhe Clicquot, ouvindo de perto a harmonia inefável da palavra de Jove[169]? Fradique era um dos derradeiros crentes do Olimpo, devotamente prostrado diante da Forma e transbordando de alegria pagã. Visitara a Lacônia; falava a língua dos deuses; recebia deles a inspiração. Nada mais consequente do que descobrir Júpiter no Cairo e prender-se logo ao seu serviço, como cicerone, nas terras bárbaras de Alá. E certamente com ele e com a ninfa da Jônia ia Fradique subir o Nilo, na *Rosa das Águas*, até os derrocados templos onde Júpiter poderia murmurar, pensativo, e indicando ruínas de aras[170] com a ponta do guarda-sol: "Abichei[171] aqui muito incenso!"

Assim, através da salada de tomates, eu desenvolvia e coordenava estas imaginações – decidido a convertê-las num conto para publicar em Lisboa na *Gazeta de Portugal*. Devia chamar-se "A derradeira campanha de Júpiter" – e nele obtinha o fundo erudito e fantasista para incrustar todas as notas de costumes e de paisagens colhidas na minha viagem do Egito. Somente para dar ao conto um relevo de modernidade e de realismo picante, levaria a ninfa das águas, durante a jornada do Nilo, a enamorar-se de Fradique e a trair Júpiter! E ei-la aproveitando cada recanto de palmeiral e cada sombra lançada pelos velhos pilones[172] de Osíris[173] para se pendurar do pescoço do poeta das "Lapidárias", murmurar-lhe coisas em grego mais doces que os versos de Hesíodo[174], deixar-lhe nas flanelas o seu aroma de ambrósia, e ser por todo esse vale do Nilo imensamente *cochone* – enquanto o Pai dos Deuses,

---

169. Outro nome de Júpiter ou Zeus.

170. Altares para sacrifícios.

171. Obtive, consegui.

172. Pórticos de templos egípcios.

173. Deus da mitologia egípcia associado à vegetação e à vida no além.

174. Hesíodo (século VIII a.C.), poeta grego, autor de *Os trabalhos e os dias* (c. 750 a.C.) e de uma das mais antigas histórias do mundo e dos deuses, a *Teogonia*.

cofiando as barbas encaracoladas, continuaria imperturbavelmente a conceber a Ordem, supremo, augusto, perfeito, ancestral e cornudo!

Entusiasmado, já construía a primeira linha do conto: "Era no Cairo, nos jardins de Choubra[175], depois do jejum do Rhamadan[176]..." – quando vi Fradique adiantar-se para mim, com a sua chávena de café na mão. Júpiter também se erguera, cansadamente. Pareceu-me um deus pesado e mole, com um princípio de obesidade, arrastando a perna tarda, bem próprio para o ultraje que eu lhe preparava na *Gazeta de Portugal*. Ela porém tinha a harmonia, o aroma, o andar, a irradiação de uma deusa!... Tão realmente divina que resolvi logo substituir-me a Fradique no conto, ser eu o cicerone, e com os Imortais vogar à vela e à sirga[177] sobre o rio de imortalidade! Junto à minha face, não à de Fradique, balbuciaria ela, desfalecendo de paixão entre os granitos sacerdotais de Medinet-Abu[178], as coisas mais doces da "Antologia"! Ao menos, em sonho, realizava uma triunfal viagem a Tebas[179]. E faria pensar aos assinantes da *Gazeta de Portugal*: "O que ele por lá gozou!"

Fradique sentara-se, recebendo, de Jove e da ninfa que passavam, um sorriso cuja doçura também me envolveu. Vivamente puxei a cadeira para o poeta das "Lapidárias":

– Quem é este homem? Conheço-lhe a cara...

– Naturalmente, de gravuras... É Gautier[180]!

Gautier! Teófilo Gautier! O grande Teo! O mestre impecável! Outro ardente enlevo da minha mocidade! Não me

---

175. Choubra al-Kheima é um bairro popular da periferia norte do Cairo.

176. Nono mês, de trinta dias, do calendário islâmico, durante o qual os muçulmanos devem jejuar do nascer ao pôr do sol.

177. Cabo usado para rebocar navios.

178. Templo egípcio que fica nas proximidades da cidade de Tebas (Uaset).

179. A Tebas egípcia, também chamada de Uaset, foi a capital do reino durante o "império novo" (1550 a.C.). Localiza-se nas proximidades da cidade de Luxor.

180. Pierre Jules Téophile Gautier (1811-1872), escritor, poeta, jornalista e crítico literário francês. Como poeta, cultivava a forma e militava pela causa da "arte pela arte". Influenciou a geração de escritores ligados ao parnasianismo. É autor de, entre outras obras, *Mademoiselle de Maupin* (1835) e *Le capitaine Fracasse* (1863).

enganara, pois, inteiramente. Se não era um olímpico – era pelo menos o derradeiro pagão, conservando, nestes tempos de abstrata e cinzenta intelectualidade, a religião verdadeira da Linha e da Cor! E esta intimidade de Fradique com o autor de *Mademoiselle de Maupin*, com o velho paladino de *Hernâni*[181], tornou-me logo mais precioso este compatriota que dava à nossa gasta pátria um lustre tão original! Para saber se ele preferia anis ou genebra acariciei-lhe a manga com meiguice. E foi em mim um êxtase ruidoso, diante da sua agudeza, quando ele me aclarou o grunhir do negro de Seneh. O que eu tomara pelo anúncio de uma presença divina significava apenas – *c'est le deux*![182] Gautier no hotel ocupava o quarto número dois. E, para o bárbaro, o plástico mestre do romantismo era apenas – *o dois*.

Contei-lhe então a minha fantasia pagã, o conto que ia trabalhar, os perfeitos dias de paixão que lhe destinava na viagem para a Núbia. Pedi mesmo permissão para lhe dedicar a "Derradeira Campanha de Júpiter". Fradique sorriu, agradeceu. Desejaria bem (confessou ele) que essa fosse a realidade, porque não se podia encontrar mulher de mais genuína beleza e de mais aguda sedução do que essa ninfa das águas, que se chamava Jeanne Morlaix, e era comparsa dos Délassements-Comiques[183]. Mas, para seu mal, a radiosa criatura estava caninamente namorada de um Sicard, corretor de fundos, que a trouxera ao Cairo, e que fora nessa tarde, com banqueiros gregos, jantar aos jardins de Choubra...

– Em todo caso – acrescentou o originalíssimo homem – nunca esquecerei, meu caro patrício, a sua encantadora intenção!

Descartes, zombando, creio eu, da física epicuriana ou atomista, fala algures das afeições produzidas pelos *atomes crochus*, átomos recurvos, em forma de colchete ou de anzol, que se engancham invisivelmente de coração a coração, e formam essas cadeias, resistentes como o bronze de Samo-

---

181. *Hernâni* (1830) é um drama teatral romântico de Victor Hugo.

182. "É o dois!"

183. O Théâtre des Délassements-Comiques foi uma pequena sala de espetáculos parisiense fundada em 1785 e demolida em 1862.

trácia[184], que para sempre ligam e fundem dois seres, numa constância vencedora da sorte e sobrevivente à vida. Um qualquer nada provoca esse fatal ou providencial enlaçamento de átomos. Por vezes um olhar, como desastradamente em Verona sucedeu a Romeu e Julieta: por vezes o impulso de duas crianças para o mesmo fruto, num vergel real, como na amizade clássica de Orestes e Pílades[185]. Ora, por esta teoria (tão satisfatória como qualquer outra em psicologia afetiva), a esplêndida aventura de amor, que eu tão generosamente reservara a Fradique na "Última Campanha de Júpiter", seria a causa misteriosa e inconsciente, o nada que determinou a sua primeira simpatia para comigo, desenvolvida, solidificada depois em seis anos de intimidade intelectual.

Muitas vezes, no decurso da nossa convivência, Fradique aludiu gratamente a essa minha encantadora intenção de lhe atar, em torno do pescoço, os braços de Jeanne Morlaix. Fora ele cativado pela sinuosa e poética homenagem que eu assim prestava às suas seduções de homem? Não sei. Mas, quando nos erguemos para ir ver as iluminações do Beiram, Fradique Mendes, com um modo novo, aberto, quente, quase íntimo, já me tratava por você.

As iluminações no Oriente consistem, como as do Minho, de tigelinhas de barro e de vidro onde arde um pavio ou uma mecha de estopa. Mas a descomedida profusão com que se prodigalizam as tigelinhas (quando as paga o paxá[186]) torna as velhas cidades meio arruinadas, que assim se enfeitam em louvor de Alá, realmente deslumbrantes – sobretudo para um ocidental besuntado de literatura, e inclinado a ver por toda

---

184. A Samotrácia era uma pequena ilha grega, localizada na costa da Trácia, famosa por seus templos e santuários.

185. Segundo a mitologia grega, Orestes, filho do rei Agamenon, teria conhecido Pílades, filho do rei Estrófio (tio de Orestes), quando se refugiou no reino de Estrófio para fugir dos assassinos de seu pai, Egisto e Clitemnestra. Clitemnestra era mãe de Orestes e amante de Egisto. A amizade e a cumplicidade entre Orestes e Pílades é referida na *Electra*, de Eurípedes (485 a.C. - 406 a.C.).

186. Homem importante, influente, sultão, rei de país menor.

parte, reproduzidas no moderno Oriente, as muito lidas maravilhas dessas *Mil e uma noites*[187] que ninguém jamais leu.

Na celebração do Beiram (custeada pelo quediva[188]), as tigelinhas eram incontáveis – e todas as linhas do Cairo, as mais quebradas e as mais fugidias, ressaltavam na escuridão, esplendidamente sublinhadas por um risco de luz. Longas fieiras de pontos refulgentes marcavam a borda dos eirados[189]; as portas abriam-se sob ferraduras de lumes; dos toldos pendia uma franja que faiscava; um brilho tremia, com a aragem, sobre cada folha de árvore; e os minaretes[190], que a poesia oriental classicamente compara desde séculos aos braços da Terra levantados para o Céu, ostentavam, como braços em noite de festa, um luxo de braceletes fulgindo na treva serena. Era (lembrei eu a Fradique) como se durante todo o dia tivesse caído sobre a sórdida cidade uma grossa poeirada de ouro, pousando em cada friso de *mouchraabieh*[191] e em cada grade de varandim, e agora rebrilhasse, com radiosa saliência, na negrura da noite calma.

Mas, para mim, a beleza especial e nova estava na multidão festiva que atulhava as praças e os bazares – e que Fradique, através do rumor e da poeira, me explicava como um livro de estampas. Com quanta profundidade e miudeza conhecia o Oriente este patrício admirável! De todas aquelas gentes, intensamente diversas desde a cor até o traje – ele sabia a raça, a história, os costumes, o lugar próprio na civilização muçulmana. Devagar, abotoado num paletó de flanela, com um chicote de nervo[192] (que é no Egito o emblema de autoridade) entalado debaixo do braço, ia apontando, nomeando

---

187. *As mil e uma noites* é uma obra clássica da literatura árabe. Trata-se de uma coleção de contos orientais reunidos provavelmente entre os séculos XIII e XVI. O orientalista Antoine Galland foi o responsável por tornar o livro conhecido no Ocidente (a partir de 1704).

188. Título equivalente ao de vice-rei conferido ao paxá do Egito pelos turcos.

189. Terraços, coberturas.

190. Torre alta e fina que, nas mesquitas, é ocupada pelo muezim.

191. Pequeno dispositivo, espécie de janela que permite ver (de dentro) sem ser visto, típica dos palácios orientais.

192. Chicote feito de nervo de boi.

à minha curiosidade flamejante, essas estranhas figuras, que eu comparava, rindo, às de uma mascarada fabulosa, arranjada por um arqueólogo em noite de folia erudita para reproduzir as "modas" dos semitas[193] e os seus tipos através das idades – aqui *fellahs*[194], ridentes e ágeis na sua longa camisa de algodão azul; além beduínos sombrios, movendo gravemente os pés entrapados em ligaduras, com o pesado alfange de bainha escarlate pendurado no peito; mais longe *abadiehs*[195], de grenha[196] em forma de meda[197], eriçada de longas cerdas de porco-espinho, que os coroam de uma auréola negra... Estes, de porte insolente, com compridos bigodes esvoaçando ao vento, armas ricas reluzindo nas cintas de seda, e curtos saiotes tufados e encanudados, eram arnautas[198] da Macedônia; aqueles, belas estátuas gregas esculpidas em ébano, eram homens do Senar; os outros, com a cabeça envolta num lenço amarelo cujas franjas imensas lhes faziam uma romeira de fios de ouro, eram cavaleiros do Hedjaz[199]... E quantos ainda ele me fazia distinguir e compreender! Judeus imundos, de caracóis frisados; coptas[200] togados à maneira de senadores; soldados pretos do Darfour[201], com fardetas de linho enodoadas de poeira e sangue; ulemas[202] de turbante verde; persas de mitra de feltro; mendigos de mesquita, cobertos de chagas; amanuenses turcos, pomposos e anafados[203], de colete bordado a ouro...

---

193. Grupo étnico ou linguístico que compreende hebreus, assírios, aramaicos, fenícios e árabes.

194. "Camponeses".

195. Provenientes da cidade iraniana de Abadeh.

196. Cabelo emaranhado, desalinhado.

197. Amontoado de feixes de trigo ou palha, arrumados uns sobre os outros, em forma proximamente cônica, e apoiados em uma vara vertical.

198. Nome turco dado aos albaneses.

199. Hedjaz é uma área do noroeste da Arábia Saudita atual. Sua cidade principal é Djeddah, mas a cidade mais conhecida da região é Meca.

200. Os coptas são, entre a população egípcia, aqueles que descendem do povo do Egito antigo (com o qual mantém continuidade racial).

201. Darfour é uma região do oeste do Sudão, no deserto do Saara.

202. Teólogos, indivíduos sábios e versados em leis e religião, entre os muçulmanos.

203. Bem alimentados, bem criados.

Que sei eu! Um carnaval rutilante, onde a cada momento passavam, sacudidos pelo trote dos burros sobre albardas vermelhas, enormes sacos enfunados – que eram mulheres. E toda esta turba magnífica e ruidosa se movia entre invocações a Alá, repiques de pandeiretas, gemidos estridentes partindo das cordas das *dourbakas*[204], e cantos lentos – esses cantos árabes, de uma voluptuosidade tão dolente e tão áspera, que Fradique dizia passarem na alma com uma "carícia rascante". Mas, por vezes, entre o casario decrépito e rendilhado, surgia uma frontaria[205] branca, casa rica de *sheik* ou de paxá, com a varanda em arcarias, por onde se avistavam lá dentro, num silêncio de harém, sedas colgantes, recamos de ouro, um tremor de lumes no cristal dos lustres, formas airosas sob véus claros... Então a multidão parava, emudecia, e de todos os lábios saía um grande "Ah!" lânguido e maravilhado.

Assim caminhávamos, quando, ao sair do Moujik, Fradique Mendes parou, e, muito gravemente, trocou com um moço pálido, de esplêndidos olhos, o *salam*[206] – essa saudação oriental em que os dedos três vezes batem a testa, a boca e o coração. E como eu, rindo, lhe invejava aquela intimidade com um "homem de túnica verde e de mitra persa":

– É um ulema de Bagdá – disse Fradique – de uma casta antiga, superiormente inteligente... Uma das personalidades mais finas e mais sedutoras que encontrei na Pérsia.

Então, com a familiaridade que se ia entre nós acentuando, perguntei a Fradique o que o detivera assim na Pérsia um ano inteiro e um dia como nos contos de fadas. E Fradique, com toda a singeleza, confessou que se demorara tanto nas margens do Eufrates, por se achar casualmente ligado a um movimento religioso que, desde 1849, tomava na Pérsia um desenvolvimento quase triunfal, e que se chamava o babismo[207]. Atraído para essa nova seita por curiosidade crítica,

---

204. Instrumento egípcio típico.

205. Fachada, frontispício.

206. Saudação cerimoniosa entre os muçulmanos. Além do gestual, pronuncia-se "salam alayk", que significa "a paz esteja contigo".

207. O babismo é o nome dado no ocidente a religião messiânica fundada na Pérsia em 1844.

para observar como nasce e se funda uma religião, chegara pouco a pouco a ganhar pelo babismo um interesse militante – não por admiração da doutrina, mas por veneração dos apóstolos. O babismo (contou-me ele, seguindo por uma viela mais solitária e favorável às confidências) tivera por iniciador certo Mirza-Mohamed[208], um desses messias que cada dia surgem na incessante fermentação religiosa do Oriente, onde a religião é a ocupação suprema e querida da vida. Tendo conhecido os Evangelhos cristãos por contato com os missionários; iniciado na pura tradição mosaísta pelos judeus do Hiraz; sabedor profundo do guebrismo, a velha religião nacional da Pérsia, Mirza-Mohamed amalgamara estas doutrinas com uma concepção mais abstrata e pura do maometismo[209], e declarara-se *Bab*. Em persa *Bab* quer dizer porta. Ele era, pois, a *porta* – a única *porta* através da qual os homens poderiam jamais penetrar na Absoluta Verdade. Mais literalmente, Mirza-Mohamed apresentava-se como o grande porteiro, o homem eleito entre todos pelo Senhor para abrir aos crentes a porta da Verdade – e, portanto, do Paraíso. Em resumo era um messias, um Cristo. Como tal atravessou a clássica evolução dos messias; teve por primeiros discípulos, numa aldeia obscura, pastores e mulheres; sofreu a sua tentação na montanha; cumpriu as penitências expiadoras; pregou parábolas; escandalizou em Meca os doutores; e padeceu a sua paixão, morrendo, não me lembro se degolado, se fuzilado, depois de jejum do Rhamadan, em Tabriz[210].

Ora, dizia Fradique, no mundo muçulmano há duas divisões religiosas – os Sieds e os Sunis. Os persas são Sieds, como os turcos são Sunis. Essas diferenças porém, no fundo, têm um caráter mais político e de raça do que teológico e de dogma; ainda que um *fellah* do Nilo desprezará sempre um persa do Eufrates como *herético* e *sujo*. A discordância ressalta, mais viva e teimosa, logo que Sieds ou Sunis necessitem

---

208. Mirza 'Ali Mohamed (1820-1850), maior de todos os profetas do babismo (ou bahaísmo), foi reconhecido em 1844 como o "bab" (a porta), o prometido.

209. O mesmo que islamismo, religião monoteísta fundada pelo profeta Maomé (c. 570 - 632).

210. Tabriz é a capital e a maior cidade da província do Azerbaijão Oriental, no Irã.

pronunciar-se perante uma nova interpretação de doutrina ou uma nova aparição de profeta. Assim, o babismo, entre os Sieds, topara com uma hostilidade que se avivou até à perseguição – e isto desde logo indicava que seria acolhido pelos Sunis com deferência e simpatia.

Partindo desta ideia, Fradique, que em Bagdá se ligara familiarmente com um dos mais vigorosos e autorizados apóstolos do babismo, Said-El-Souriz (a quem salvara o filho de uma febre paludosa com aplicações de *fruit-salt*[211]), sugerira-lhe um dia, conversando ambos no eirado, sobre estes altos interesses espirituais, a ideia de apoiar o babismo nas raças agrícolas do vale do Nilo e nas raças nômades da Líbia. Entre homens de seita Suni, o babismo encontraria um campo fácil às conversações; e, pela tradicional marcha dos movimentos sectários, que no Oriente, como em toda a parte, sobem das massas sinceras do povo até as classes cultas, talvez essa nova onda de emoção religiosa, partindo dos *fellahs* e dos beduínos, chegasse a penetrar no ensino de algumas das mesquitas do Cairo, sobretudo na Mesquita de El-Azhar[212], a grande Universidade do Oriente, onde os ulemas mais moços formam uma corte de entusiastas, sempre disposta às inovações e aos apostolados combatentes. Ganhando aí autoridade teológica, e literariamente polido, o babismo poderia então atacar com vantagem as velhas fortalezas do muçulmanismo dogmático. Esta ideia penetrara profundamente em Said-El-Souriz. Aquele moço pálido, com quem ele trocara o *salam*, fora logo mandado como emissário babista a Medinet-Abu (a antiga Tebas), para sondar o *sheik* Ali-Hussein, homem de decisiva influência em todo o vale do Nilo pelo seu saber e pela sua virtude; e ele, Fradique, não tendo agora no Ocidente ocupações atrativas, cheio de curiosidade por este pitoresco advento, partia também para Tebas, devendo encontrar-se com o babista à lua minguante, em Beni-Suef[213], no Nilo...

---

211. "Sal de frutas".
212. A mesquita de El-Azhar foi construída pelos "fatimis" ou fatimitas, fundadores do Cairo, no ano de 972. A mesquita, com a sua universidade, é hoje considerada como a meca cultural do mundo islâmico.
213. Beni-Suef é a capital do estado de Beni-Suef, a 115 km do Cairo.

Não recordo, depois de tantos anos, se estes eram os fatos certos. Só sei que as revelações de Fradique, lançadas assim através do Cairo em festa, me impressionaram indizivelmente. À medida que ele falava do *Bab*, dessa missão apostólica ao velho *sheik* de Tebas, de uma outra fé surgindo no mundo muçulmano com o seu cortejo de martírios e de êxtases, da possível fundação de um império babista – o homem tomava aos meus olhos proporções grandiosas. Não conhecera jamais ninguém envolvido em coisas tão altas; e sentia-me ao mesmo tempo orgulhoso e aterrado de receber este segredo sublime. Outra não seria minha comoção se, nas vésperas de São Paulo embarcar para a Grécia, a levar a palavra aos gentílicos, eu tivesse com ele passeado pelas ruas estreitas de Seleucia[214], ouvindo-lhe as esperanças e os sonhos!

Assim conversando, penetramos no adro da Mesquita de El-Azhar, onde mais fulgurante e estridente tumultuava a festa do Beiram. Mas já não me prendiam as surpresas daquele arraial muçulmano – nem *almées*[215] dançando entre brilhos de vermelho e de ouro; nem poetas do deserto recitando as façanhas de Antar[216]; nem dervixes[217], sob as suas tendas de linho, uivando em cadência os louvores de Alá... Calado, invadido pelo pensamento do Bab, revolvia comigo o confuso desejo de me aventurar nessa campanha espiritual! Se eu partisse para Tebas com Fradique?... Por que não? Tinha a mocidade, tinha o entusiasmo. Mais viril e nobre seria encetar no Oriente uma carreira de evangelista que banalmente recolher à banal Lisboa, a escrevinhar tiras de papel, sob um bico de gás, na *Gazeta de Portugal*! E pouco a pouco este desejo, como de uma água que ferve, ia subindo o vapor lento de uma visão. Via-me discípulo do Bab – recebendo nessa noite, do ulema de Bagdá, a iniciação da Verdade. E partia logo a pregar, a

---

214. Seleucia (Selêucia do Tigre) foi a primeira capital do império selêucida (por volta de 305 a.C.). Localiza-se na margem ocidental do rio Tigre.

215. Bailarinas orientais.

216. Antar (morto em 580 a.C), herói e poeta árabe da época pré-islâmica, famoso tanto por sua poesia quanto por sua vida de aventuras.

217. Os dervixes são os membros de qualquer ordem monacal muçulmana. Fazem, geralmente, votos de pobreza, humildade e castidade.

espalhar o verbo babista. Aonde iria? A Portugal certamente, levando de preferência a salvação às almas que me eram mais caras. Como São Paulo, embarcava numa galera; as tormentas assaltavam a minha proa apostólica; a imagem do *Bab* aparecia-me sobre as águas, e o seu sereno olhar enchia minha alma de fortaleza indomável. Um dia, por fim, avistava terra, e na manhã clara sulcava o claro Tejo, onde há tantos séculos não entra um enviado de Deus. Logo de longe lançava uma injúria às igrejas de Lisboa, construções de uma fé vetusta e menos pura. Desembarcava. E, abandonando as minhas bagagens, num desprendimento já divino de bens ainda terrestres, galgava aquela bendita rua do Alecrim, e em meio do Loreto, à hora em que os diretores-gerais sobem devagar da Arcada, abria os braços e bradava: "Eu sou a Porta!"

Não mergulhei no apostolado babista – mas sucedeu que, enlevado nestas fantasmagorias, me perdi de Fradique. E não sabia o caminho do Hotel Sheperd – nem, para dele me informar, outros termos úteis, em árabe, além de *água* e *amor*! Foram angustiosos momentos em que farejei estonteado pelo largo de El-Azhar, tropeçando nos fogareiros onde fervia o café, esbarrando inconsideradamente contra rudes beduínos armados. Já por sobre a turba atirava, aos brados, o nome de Fradique – quando topei com ele olhando placidamente uma *almée* que dançava...

Mas seguiu logo, encolhendo os ombros. Nem me permitiu adiante admirar um poeta, que, em meio de *fellahs* pasmados e de maghrebinos[218] arrimados às lanças, lia, numa toada langorosa e triste, tiras de papel ensebado. A dança e a poesia, afirmava Fradique, as duas grandes artes orientais, iam em misérrima decadência. Numa e outra se tinham perdido as tradições do estilo puro. As *almées*, pervertidas pela influência dos cassinos do Ezbequieh, onde se perneia o cancã, já poluíam a graça das velhas danças árabes, atirando a perna pelos ares à moda vil de Marselha! E na poesia triunfava a mesma banalidade, mesclada de extravagância. As formas delicadas do classicismo persa nem se respeitavam, nem quase se co-

---

218. Povo oriundo do Maghreb, região formada pelos três países da África do Norte, Argélia, Tunísia e Marrocos.

nheciam; a fonte da imaginação secava entre os muçulmanos; e a pobre poesia oriental, tratando temas vetustos com uma ênfase preciosa, descambara, como a nossa, num parnasianismo bárbaro...

– De sorte – murmurei – que o Oriente...

– Está tão medíocre como o Ocidente.

E recolhemos ao hotel, devagar, enquanto Fradique, findando o charuto, me contava que o espírito oriental, hoje, vive só da atividade filosófica, agitado cada manhã por uma nova e complicada concepção da moral, que lhe oferecem os lógicos dos bazares e os metafísicos do deserto...

Ao outro dia acompanhei Fradique a Boulak, onde ele ia embarcar para o Alto Egito. O seu *deburieh* esperava, amarrado à estacaria, rente das casas do Velho Cairo, entre barcas de Assouan[219], carregadas de lentilha e de cana-doce. O Sol mergulhava nas areias líbicas; e, no alto, o céu adormecia, sem uma sombra, sem uma nuvem, puro em toda a sua profundidade, como a alma de um justo. Uma fila de mulheres coptas, com o cântaro amarelo pousado no ombro, descia cantando para a água do Nilo, bendita entre todas as águas. E os íbis[220], antes de recolher aos ninhos, vinham, como no tempo em que eram deuses, lançar por sobre os eirados, com um bater de asas contentes, a bênção crepuscular.

Baixei, atrás de Fradique, ao salão do *debarieh*, envidraçado, estofado, com armas penduradas para as manhãs de caça, e rumas[221] de livros para as sestas de estudo e de calma quando lentamente se navega à sirga. Depois, durante momentos, no convés, contemplamos silenciosamente aquelas margens que, através das compridas idades, têm feito o enlevo de todos os homens, por todos sentirem que nelas a vida é cheia de bens maiores e de doçura suprema. Quantos, desde os rudes pasto-

---

219. Assouan é uma cidade localizada ao sul do Egito, a 843 km do Cairo. Fica às margens do rio Nilo e, sendo a cidade mais meridional do país, serviu, durante muito tempo, como porto de entrada e saída para a África.

220. Íbis é uma ave pernalta, de pescoço e bico longos. No antigo Egito, era um animal venerado e associado ao deus Toth.

221. Pilhas, montes.

res que arrasaram Tanis[222], aqui pararam como nós, alongando para estas águas, para estes céus, olhos cobiçosos, estáticos ou saudosos: reis de Judá[223], reis de Assíria[224], reis da Pérsia[225]; os ptolomeus[226] magníficos; prefeitos de Roma e prefeitos de Bizâncio[227]; Amrou enviado de Maomé[228]; São Luís enviado de Cristo; Alexandre, "o Grande"[229], sonhando o império do

---

222. A cidade de Tanis foi fundada na vigésima dinastia que comandou o antigo Egito e transformou-se, durante a 21ª dinastia (reinado do faraó Ramsés II), em capital do norte do país. Foi destruída, durante o declínio do império egípcio, pelos diversos povos estrangeiros que se apoderaram, consecutivamente, da região.

223. O reino de Judá (ou reino de Israel Meridional) formou-se após a divisão do reino de Israel, logo no início do reinado de Roboão, filho de Salomão.

224. A Assíria foi um reino que se formou no alto Tigre em 2000 a.C., expandindo-se posteriormente.

225. A área comandada pelo império persa corresponde aos atuais Irã, Afeganistão, Tadjiquistão, Uzbequistão e Azerbaijão. O império teve diversas dinastias: aquemênida (rei Aquêmenes), selêucida, arsácida, sassânida e outras.

226. Claudius Ptolomaeus (c. 85-c. 165), mais conhecido apenas como Ptolomeu, foi um cientista grego que viveu durante o período helenista, provavelmente em Alexandria (Egito). É reconhecido pelos seus trabalhos em matemática, astrologia, astronomia, geografia e cartografia. Realizou também trabalhos importantes em ótica e teoria musical. Sua obra mais conhecida é o *Almagesto* ("grande tratado"), um dos mais influentes estudos sobre astronomia da antiguidade.

227. Bizâncio é o nome original da cidade de Istambul, na Turquia. A cidade também já se chamou Constantinopla e foi capital do império romano do oriente.

228. Muhammad, Muḥammad, Moḥammed ou Maomé (c. 570-632), líder religioso e político árabe, fundador do islamismo, segundo seus seguidores, profeta da linhagem de Abraão. Maomé foi o responsável pela unificação das tribos árabes em torno dos ensinamentos do Alcorão, livro sagrado em que apresenta as revelações que lhe foram feitas por Allah (Deus) através do arcanjo Gabriel.

229. Alexandre (356 a.C.-323 a.C.), cognominado "o grande" ou "magno", rei da Macedônia. Tentou criar uma síntese entre o Oriente e Ocidente – encorajou o casamento entre seus oficiais e mulheres persas, além de utilizar persas ao seu serviço; respeitou os povos derrotados, permitindo que as cidades que conquistava mantivessem seus governantes, sua religião, sua língua e seus costumes. Admirador das ciências e das artes (fundou, entre algumas dezenas de cidades homônimas, Alexandria, que viria a se tornar o maior centro cultural, científico e econômico da Antiguidade por mais de trezentos anos, até ser substituída por Roma).

Oriente; Bonaparte retomando o imenso sonho; e ainda os que vieram só para contar da terra adorável, desde o loquaz Heródoto[230] até o primeiro romântico, o homem pálido de grande pose que disse as dores de "René"[231]! Bem conhecida é ela, a paisagem divina e sem igual. O Nilo corre, paternal e fecundo. Para além verdejam, sob o voo das pombas, os jardins e os pomares de Rhodah. Mais longe as palmeiras de Giseh[232], finas e como de bronze sobre o ouro da tarde, abrigam aldeias que têm a simplicidade de ninhos. À orla do deserto, erguem-se, no orgulho da sua eternidade, as três Pirâmides. Apenas isto – e para sempre a alma fica presa e lembrando, e para viver nesta suavidade e nesta beleza os povos travam entre si longas guerras.

Mas a hora chegara: abracei Fradique com singular emoção. A vela fora içada à brisa suave que arrepiava a folhagem das mimosas. À proa o arrais, espalmando as mãos para o Céu, clamou: "Em nome de Alá que nos leve, clemente e misericordioso!" Ao redor, de outras barcas, vozes lentas murmuraram: "Em nome de Alá que vos leve!" Um dos remadores, sentado à borda, feriu as cordas da *dourbaka*, outro tomou uma flauta de barro. E entre bênçãos e cantos a vasta barca fendeu as águas sagradas, levando para Tebas o meu incomparável amigo.

IV

Durante anos não tornei a encontrar Fradique Mendes, que concentrara as suas jornadas dentro da Europa Ocidental – enquanto eu errava pela América, pelas Antilhas, pelas re-

---

230. Heródoto (485 a.C.-420 a.C.), historiador grego. Foi o autor da história da invasão persa da Grécia nos princípios do século V a.C., conhecida simplesmente como *As histórias de Heródoto*. Essa obra foi reconhecida como uma nova forma de literatura logo após seu surgimento.

231. Referência ao escritor e poeta francês François-René Chateaubriand (1768-1848), autor pré-romântico que exerceu grande influência junto aos poetas do movimento romântico europeu, e à sua novela *René* (1802).

232. Giseh (ou Gizé) é uma cidade egípcia, próxima ao Cairo, a cerca de trinta quilômetros ao norte do palácio de Mênfis, na margem ocidental do Nilo. É lá que se encontram as pirâmides de Quéops, Quéfren e Miquerinos e a Esfinge.

públicas do Golfo do México. E, quando a minha vida enfim se aquietou num velho condado rural da Inglaterra, Fradique, retomado por essa "bisbilhotice etnográfica" a que ele alude numa carta a Oliveira Martins[233], começava a sua longa viagem ao Brasil, aos Pampas, ao Chile e à Patagônia.

Mas o fio de simpatia, que nos unira no Cairo, não se partiu; nem nós, apesar de tão tênue, o deixamos perder por entre os interesses mais fortes das nossas fortunas desencontradas. Quase todos os três meses trocávamos uma carta – cinco ou seis folhas de papel que eu tumultuosamente atulhava de imagens e impressões, e que Fradique miudamente enchia de ideias e de fatos. Além disso, eu sabia de Fradique por alguns dos meus camaradas, com quem, durante uma residência mais íntima em Lisboa, do outono de 1875 ao verão de 1876, ele criara amizades onde todos encontraram proveito intelectual e encanto.

Todos, apesar das dissemelhanças de temperamentos ou das maneiras diferentes de conceber a vida, tinham como eu sentido a sedução daquele homem adorável. Dele me escrevia em novembro de 1877 o autor do *Portugal Contemporâneo*[234]: "Cá encontrei o teu Fradique, que considero o português mais interessante do século XIX. Tem curiosas parecenças com Descartes! É a mesma paixão das viagens, que levava o filósofo a fechar os livros *para estudar o grande livro do mundo*; a mesma atração pelo luxo e pelo ruído, que em Descartes se traduzia pelo gosto de frequentar as *cortes e os exércitos*; o mesmo amor do mistério e das súbitas desaparições; a mesma vaidade, nunca confessada, mas intensa, do nascimento e da fidalguia; a mesma coragem serena; a mesma singular mistura de instintos romanescos e de razão exata, de fantasia e de geometria. Com tudo isto falta-lhe na vida um fim sério e supremo, que estas qualidades, em si excelentes, concorressem a realizar. E receio que em lugar do *Discurso sobre o*

---

233. Joaquim Pedro de Oliveira Martins (1845-1894), político e cientista social português, contemporâneo e amigo de Eça de Queiroz. Oliveira Martins é autor de, entre outras obras, *O Brasil e as colônias portuguesas* (1880) e *História de Portugal* (1879).

234. Obra de Joaquim Pedro de Oliveira Martins publicada em 1881.

método venha só a deixar um *vaudeville*²³⁵." Ramalho Ortigão²³⁶, pouco tempo depois, dizia dele numa carta carinhosa: "Fradique Mendes é o mais completo, mais acabado produto da civilização em que me tem sido dado embeber os olhos. Ninguém está mais superiormente apetrechado para triunfar na Arte e na Vida. A rosa da sua botoeira é sempre a mais fresca, como a ideia do seu espírito é sempre a mais original. Marcha cinco léguas sem parar, bate ao remo os melhores remadores de Oxford, mete-se sozinho ao deserto a caçar o tigre, arremete com um chicote na mão contra um troço de lanças abissínias – e à noite, numa sala, com a sua casaca de Cook²³⁷, uma pérola negra no esplendor do peitilho, sorri às mulheres com o encanto e o prestígio com que sorrira à fadiga, ao perigo e à morte. Faz armas como o cavaleiro de Saint-Georges²³⁸ e possui as noções mais novas e mais certas sobre física, sobre astronomia, sobre filologia e sobre metafísica. É um ensino, uma lição de alto gosto, vê-lo no seu quarto, na vida íntima de *gentleman* em viagem, entre as suas malas de couro da Rússia, as grandes escovas de prata lavrada, as cabaias de seda, as carabinas de Winchester, preparando-se, escolhendo um perfume, bebendo goles de chá que lhe manda o grão-duque Vladimir²³⁹, e ditando a um criado de calção, mais veneravel-

---

235. *Vaudeville* é o nome dado às comédias musicais apresentadas nos teatros franceses. Foram muito populares no século XIX.

236. José Duarte Ramalho Ortigão (1836-1915), escritor e polemista português, amigo e parceiro de Eça de Queiroz, com quem escreveu *O mistério da estrada de Sintra* (1884) e uma série de crônicas reunidas e publicadas em 1871 sob o título de *As farpas (uma campanha alegre)*. Além dessas obras em parceria com Eça, Ramalho também escreveu *Rei d. Carlos, o martirizado* (1908) e *John Bull* (1887).

237. *Cook* significa, literalmente, "cozinheiro". Depreende-se, do contexto, que seja um tipo de roupa de uso doméstico.

238. Saint-Georges (conhecido nos países de língua portuguesa como São Jorge), cavaleiro e santo lendário que teria nascido na antiga Capadócia (região atualmente pertencente à Turquia). A devoção ao santo guerreiro disseminou-se durante as cruzadas e se mantém forte ainda hoje. É padroeiro da Inglaterra e da Catalunha.

239. Vladimir Alexandrovich (1847-1909), grão-duque Vladimir da Rússia, foi senhor da Casa dos Romanov (segunda e última dinastia imperial da Rússia) durante o reinado do Czar Nicholas II.

mente correto que um mordomo de Luís XVI, telegramas que vão levar notícias suas aos *boudoirs*[240] de Paris e de Londres. E depois de tudo isto fecha a sua porta ao mundo – e lê Sófocles[241] no original".

O poeta da *Morte de D. João* e da *Musa em férias*[242] chamava-lhe "um Saint-Beuve[243] encadernado em Alcides[244]". E explicava assim, numa carta desse tempo que conservo, a sua aparição no mundo: "Deus um dia agarrou num bocado de Henri Heine[245], noutro de Chateaubriand[246], noutro de Brummel[247], em pedaços ardentes de aventureiros da Renascença, e em fragmentos ressequidos de sábios do Instituto de França[248],

---

240. *Bodouir* significa, literalmente, penteadeira, toucador. No contexto, parece referir-se ao espaço íntimo feminino.

241. Sófocles (496 a.C.-406 a.C.), um dos mais importantes dramaturgos gregos, autor de tragédias famosas, ainda encenadas, como *Édipo rei* e *Antígona*.

242. Referência a dois textos de Abílio Manuel de Guerra Junqueiro (1850-1923), escritor, poeta, deputado e jornalista português. O texto satírico *A morte de D. João* foi publicado em 1874 e *Musa em férias*, reunião da maior parte de sua produção poética, foi publicado em 1879.

243. Charles Augustin Saint-Beuve (1804-1869), escritor e crítico literário francês, famoso por seu método de interpretação literária. De acordo com esse método, através da "intenção" e dos reflexos da biografia do autor, explica-se e compreende-se a obra. É autor de vários ensaios biográficos, romances – como *Volupté* (1835) –, e volumes de poesias – *Les consolations* (1830), dentre outros.

244. Alcides é personagem da mitologia grega, irmão, por parte de mãe (Alcmena), de Hércules (ou Herácles).

245. Christian Johann Heinrich Heine (1797-1856) foi um importante poeta alemão, de ascendência judaica, conhecido por sua poesia lírica. Grande parte dela foi orquestrada por compositores como Schumann, Schubert e Richard Wagner.

246. François-René Chateaubriand (1768-1848), escritor e diplomata francês. Exerceu grande influência, por sua obra grandiloquente e lírica, entre os românticos europeus. É autor de, entre outros textos, *René* (1802) e *Memórias de além-túmulo* (1848-1850).

247. George Bryan Brummel (1778-1840), dândi inglês, mais conhecido como Beau Brummel. Foi o "rei da elegância" na Inglaterra durante o século XVIII, amigo do príncipe de Gales e conselheiro de moda da realeza.

248. O Instituto de França é uma instituição acadêmica francesa, fundada em 1795, que agrupa as cinco grandes academias, entre elas a prestigiosa Academia de Ciências. O Instituto de França administra cerca de um milhão de fundações, museus, castelos e palácios abertos à visitação pública.

entornou-lhe por cima champanhe e tinta de imprensa, amassou tudo nas suas mãos onipotentes, modelou à pressa Fradique, e arrojando-o à Terra disse: *Vai, e veste-te no Poole!*" Enfim, Carlos Mayer[249], lamentando, como Oliveira Martins, que às múltiplas e fortes aptidões de Fradique faltassem coordenação e convergência para um fim superior, deu um dia sobre a personalidade do meu amigo um resumo sagaz e profundo: "O cérebro de Fradique está admiravelmente construído e mobiliado. Só lhe falta uma ideia que o alugue, para viver e governar lá dentro. Fradique é um gênio com escritos!"

Também Fradique, nesse inverno, conheceu o pensador das *Odes modernas*[250], de quem, numa das suas cartas a Oliveira Martins, fala com tanta elevação e carinho. E último companheiro da minha mocidade que se relacionou com o antigo poeta das "Lapidárias" foi J. Teixeira de Azevedo, no verão de 1877, em Sintra, na Quinta da Saragoça, onde Fradique viera repousar da sua jornada ao Brasil e às repúblicas do Pacífico. Tinham aí conversado muito, e divergido sempre. J. Teixeira de Azevedo, sendo um nervoso e um apaixonado, sentia uma insuperável antipatia pelo que ele chamava "linfatismo crítico" de Fradique. Homem todo de emoção, não se podia fundir intelectualmente com aquele homem todo de análise. O extenso saber de Fradique também não o impressionava. "As noções desse guapo erudito (escrevia ele em 1879) são bocados do Larousse[251] diluídos em água-de-colônia." E enfim certos requintes de Fradique (escovas de prata e camisas de seda), a sua voz mordente recortando o verbo com perfeição e precio-

---

249. Carlos Lima Mayer (1846-1910), médico e gestor de empresas financeiras português, fez parte do grupo de intelectuais e figuras políticas portuguesas batizado por Oliveira Martins de "Vencidos da Vida", que se reunia semanalmente em Lisboa. Eça de Queiroz, Guerra Junqueiro e Oliveira Martins faziam parte do grupo.

250. Referência às *Odes modernas* (1865), de Antero Tarquínio de Quental (1842-1891), poeta, filósofo e agitador político português. Fez parte do Cenáculo e foi, provavelmente, um dos criadores de Fradique Mendes.

251. A Grande Enciclopédia Larousse Cultural é uma enciclopédia (ou dicionário enciclopédico, como também é definida) popular, conhecida no mundo todo. Foi publicada pela primeira vez em 1851, pela editora Larousse, de propriedade do gramático, pedagogo e lexicógrafo francês Pierre Athanase Larousse (1817-1875).

sidade, o seu hábito de beber champanhe com *soda-water*[252], outros traços ainda, causavam uma irritação quase física ao meu velho camarada da travessa do Guarda-Mor. Confessava porém, como Oliveira Martins, que Fradique era o português mais interessante e mais sugestivo do século XIX. E correspondia-se regularmente com ele – mas para o contradizer com acrimônia[253].

Em 1880 (nove anos depois da minha peregrinação no Oriente), passei em Paris a semana da Páscoa. Uma noite, depois da Ópera, fui cear solitariamente ao Bignon[254]. Tinha encetado as ostras e uma crônica do *Temps*[255], quando por trás do jornal que eu encostara à garrafa assomou uma larga mancha clara, que era um colete, um peitilho, uma gravata, uma face, tudo de incomparável brancura. E uma voz muito serena murmurou: "Separamo-nos há anos no cais de Boulak..." Ergui-me com um grito, Fradique com um sorriso – e o *maître d'hôtel*[256] recuou assombrado diante da meridional e ruidosa efusão do meu abraço. Dessa noite em Paris datou verdadeiramente a nossa intimidade intelectual – que em oito anos, sempre igual e sempre certa, não teve uma intermissão, nem uma sombra que lhe toldasse a pureza.

Determinadamente lhe chamo "intelectual", porque esta intimidade nunca passou além das coisas do espírito. Nas alegres temporadas que com ele convivi em Paris, em Londres e em Lisboa, de 1880 a 1887, na nossa copiosa correspondência desses anos, privei sempre, sem reserva, com a inteligência de Fradique – e ininterrompidamente assisti e me misturei à sua vida pensante; nunca porém penetrei na sua vida afetiva de sentimento e de coração. Nem, na verdade, me atormentou a curiosidade de a conhecer – talvez por sentir que a rara originalidade de Fradique se concentrava toda no ser pensante, e que o outro, o ser sensível, feito da banal argila humana, re-

---

252. Água com gás.

253. Azedume, aspereza.

254. O Bignon é um luxuoso restaurante parisiense.

255. Jornal parisiense fundado em 1861 pelo jornalista Auguste Nefftzer (1820-1876).

256. Mordomo.

petia sem especial relevo as costumadas fragilidades da argila. De resto, desde essa noite de Páscoa em Paris que iniciou as nossas relações, nós conservamos sempre o hábito especial, um pouco altivo, talvez estreito, de nos considerarmos dois puros espíritos. Se eu então concebesse uma filosofia original, ou preparasse os mandamentos de uma nova religião, ou surripiasse à Natureza distraída uma das suas secretas leis – de preferência escolheria Fradique como confidente desta atividade espiritual; mas nunca, na ordem do sentimento, iria a ele com a confidência de uma esperança ou de uma desilusão. E Fradique igualmente manteve comigo esta atitude de inacessível recato – não se manifestando nunca aos meus olhos senão na sua função intelectual.

Muito bem me lembro eu de uma resplandecente manhã de maio em que atravessamos, conversando por sob os castanheiros em flor, o Jardim das Tulherias[257]. Fradique, que se encostara ao meu braço, vinha vagarosamente desenvolvendo a ideia de que a extrema democratização da ciência, o seu universal e ilimitado derramamento através das plebes, era o grande erro da nossa civilização, que com ele preparava para bem cedo a sua catástrofe moral... De repente, ao transpormos a grade para a Praça da Concórdia[258], o filósofo, que assim lançava, por entre as tenras verduras de maio, estas predições de desastres e de fim, estaca, emudece! Diante de nós, ao trote fino de uma égua de luxo, passara vivamente, para os lados da Rue Royale, um *coupé*[259] onde entrevi, na penumbra dos cetins que o forravam, uns cabelos cor de mel. Vivamente também, Fradique sacode o meu braço, balbucia um "Adeus!", acena a um fiacre[260], e desaparece ao galope arquejante da pileca para

---

257. O Jardim das Tulherias faz parte de um parque parisiense situado à margem direita do rio Sena. Foi criado no século XVI, por ordem de Catarina de Médicis (1519-1589), para decorar o entorno do palácio das Tulherias, onde passava seu tempo livre.

258. A praça da Concórdia é a segunda maior praça da França, situa-se na avenida dos Campos Elísios, em Paris.

259. Antiga carruagem fechada, de tração animal, com duas portas e, geralmente, dois lugares.

260. Carruagem de aluguel.

os lados do Cais de Orsay. "Mulher!", pensei eu. Era, com efeito, a mulher e o seu tormento; e como se depreende de uma carta a Madame de Jouarre (datada de "Maio, sábado", e começando: "Ontem filosofava com um amigo no Jardim das Tulherias..."), Fradique corria nesse fiacre a uma desilusão bem rude e mortificante. Ora nessa tarde, ao crepúsculo, fui (como combinara) buscar Fradique à Rue de Varennes, ao velho palácio dos Tredennes, onde ele instalara desde o Natal os seus aposentos, com um luxo tão nobre e tão sóbrio. Apenas entrei na sala que denominávamos a "Heroica", porque a revestiam quatro tapeçarias de Luca Cornélio contando os "Trabalhos de Hércules"[261], Fradique deixa a janela donde olhava o jardim já esbatido em sombra, vem para mim serenamente, com as mãos enterradas nos bolsos de uma quinzena de seda. E, como se desde essa manhã "nenhum outro" cuidado o absorvesse senão o seu tema do Jardim das Tulherias:

– Não lhe acabei de dizer há pouco... A ciência, meu caro, tem de ser recolhida, como outrora, aos santuários. Não há outro meio de nos salvar da anarquia moral. Tem de ser recolhida aos santuários e entregue a um sacro colégio intelectual que a guarde, que a defenda contra as curiosidades das plebes... Há a fazer com esta ideia um programa para as gerações novas!

Talvez na face, se eu tivesse reparado, encontrasse restos de palidez e de emoção; mas o tom era simples, firme, de um crítico genuinamente ocupado na dedução do seu conceito. Outro homem que, como aquele, tivesse sofrido horas antes uma desilusão tão mortificante e rude, murmuraria ao menos, num desafogo genérico e impessoal: "Ah, amigo, que estúpida é a vida!" Ele falou da ciência e das plebes, desenrolando determinadamente diante de mim, ou impondo talvez a si mesmo, os raciocínios do seu cérebro, para que os meus olhos não penetrassem de leve, ou os seus não se detivessem demais, nas amarguras do seu coração.

Numa carta a Oliveira Martins, de 1883, Fradique diz: "O homem, como os antigos reis do Oriente, não se deve mos-

---

261. De acordo com a mitologia grega, o semideus Hércules (filho de Zeus e Alcmena) realizou doze atos de heroísmo que o tornaram conhecido em toda a Grécia.

trar aos seus semelhantes senão única e serenamente ocupado no ofício de reinar – isto é, de pensar". Esta regra, de um orgulho apenas permissível a um Espinoza ou a um Kant, dirigia severamente a sua conduta. Pelo menos comigo assim se comportou imutavelmente, através da nossa ativa convivência, não se abrindo, não se oferecendo todo, senão nas funções da inteligência. Por isso talvez, mais que nenhum outro homem, ele exerceu sobre mim império e sedução.

V

O que impressionava logo na inteligência de Fradique, ou antes na sua maneira de se exercer, era a suprema liberdade junta à suprema audácia. Não conheci jamais espírito tão impermeável à tirania ou à insinuação das "ideias feitas"; e decerto nunca um homem traduziu o seu pensar original e próprio com mais calmo e soberbo desassombro. "Apesar de trinta séculos de geometria me afirmarem (diz ele numa carta a J. Teixeira de Azevedo) que *a linha reta é a mais curta distância entre dois pontos*, se eu achasse que, para subir da porta do Hotel Universal à porta da Casa Havanesa, me saía mais direto e breve rodear pelo bairro de São Martinho e pelos altos da Graça, declararia logo à secular geometria – que a distância mais curta entre dois pontos é uma *curva* vadia e delirante!" Esta independência da Razão, que Fradique assim apregoa com desordenada Fantasia, constitui uma qualidade rara – mas o ânimo de a afirmar intemeratamente[262] diante da majestosa Tradição, da Regra e das conclusões oraculares dos Mestres é já uma virtude, e raríssima, de radiosa exceção!

Fradique (noutra carta a J. Teixeira de Azevedo) fala de um polaco, G. Cornuski, professor e crítico, que escrevia na *Revista Suíça*, e que (diz Fradique) constantemente sentia o seu gosto, muito pessoal e muito decidido, rebelar-se contra obras de literatura e de arte que a unanimidade crítica, desde séculos, tem consagrado como magistrais – a *Gerusalemme*

---

262. Puramente, incorruptivelmente.

Liberata do Tasso[263], as telas do Ticiano[264], as tragédias de Racine[265], as orações de Bossuet[266], os nossos *Lusíadas*, e outros monumentos canonizados. Mas, sempre que a sua probidade de professor e de crítico lhe impunha a proclamação da verdade, este homem robusto, sanguíneo, que heroicamente se batera em duas insurreições, tremia, pensava: "Não! Por que será o meu critério mais seguro que o de tão finos entendimentos através dos tempos? Quem sabe? Talvez nessas obras exista a sublimidade – e só no meu espírito a impotência de a compreender". E o desgraçado Cornuski, com a alma mais triste que um crepúsculo de outono, continuava, diante dos coros da *Athalie*[267] e das nudezas do Ticiano, a murmurar desconsoladamente: "Como é belo!"

Raros sofrem estas angústias críticas do desditoso Cornuski. Todos, porém, com risonha inconsciência, praticam o seu servilismo intelectual. Já, com efeito, porque o nosso espírito não possua a viril coragem de afrontar a autoridade daqueles a quem tradicionalmente atribui um critério mais firme e um saber mais alto; já porque as ideias estabelecidas, flutuando difusamente na nossa memória, depois de leituras e conversas, nos pareçam ser as nossas próprias; já porque a sugestão desses conceitos se imponha e nos leve sutilmente a concluir em concordância com eles – a lamentável verdade

---

263. Torquato Tasso (1544-1595), poeta italiano, famoso por seu poema épico *Gerusalemme Liberata* (*Jerusalém Libertada*), de 1580, em que o autor descreve combates imaginários entre cristãos e muçulmanos no fim da primeira cruzada, durante o cerco a Jerusalém.

264. Ticiano (ou Tiziano) Vecellio (c. 1490-1576), pintor italiano. Foi um dos principais representantes da escola veneziana durante o Renascimento, antecipando, em seu trabalho, diversas características do barroco e mesmo do modernismo. Dentre suas obras mais conhecidas estão a *Vênus de Urbino* e o *Retrato do Imperador Carlos V*.

265. Jean Baptiste Racine (1639-1699), dramaturgo francês, autor de, entre outros textos, *Fedra* (1677) e *Berenice* (1670).

266. Jacques-Bénigne Bossuet (1627-1704), bispo e teólogo francês. Foi um dos primeiros teólogos a defender a ideia do absolutismo político (segundo a qual o governo é divino e o rei recebe seus poderes diretamente de Deus). Bossuet é autor de, entre outras obras, *Discours sur l'Histoire universelle* (1681) e *Histoire des variations des Églises protestantes* (1688).

267. *Athalie* (1691) é um texto de Racine.

é que hoje todos nós servilmente tendemos a pensar e sentir como antes de nós e em torno de nós já se sentiu ou pensou.

"O homem do século XIX, o europeu, porque só ele é essencialmente do século XIX (diz Fradique numa carta a Carlos Mayer), vive dentro de uma pálida e morna *infecção de banalidade*, causada pelos quarenta mil volumes que todos os anos, suando e gemendo, a Inglaterra, a França e a Alemanha depositam às esquinas, e em que interminavelmente e monotonamente reproduzem, com um ou outro arrebique sobreposto, as quatro ideias e as quatro impressões legadas pela Antiguidade e pela Renascença. O Estado por meio das suas escolas canaliza esta infecção. A isto, oh Carolus, se chama *educar*! A criança, desde a sua primeira *Selecta de leitura*[268] ainda mal soletrada, começa a absorver esta camada do lugar-comum – camada que depois, todos os dias, através da vida, o jornal, a revista, o folheto, o livro lhe vão atochando no espírito até o empastarem todo em banalidade e o tornarem tão inútil para a produção como um solo cuja fertilidade nativa morreu sob a areia e o pedregulho de que foi barbaramente alastrado. Para que um europeu lograsse ainda hoje ter algumas ideias novas, de viçosa originalidade, seria necessário que se internasse no deserto ou nos pampas; e aí esperasse pacientemente que os sopros vivos da Natureza, batendo-lhe a inteligência e dela pouco a pouco varrendo os detritos de vinte séculos de literatura, lhe refizessem uma virgindade. Por isso eu te afirmo, oh Carolus Mayerensis, que a inteligência, que altivamente pretenda readquirir a divina potência de gerar, deve ir curar-se da civilização literária por meio de uma residência tônica, durante dois anos, entre os hotentotes[269] e os patagônios. A Patagônia opera sobre o intelecto como Vichy sobre o fígado – desobstruindo-o e permitindo-lhe o são exercício da função natural. Depois de dois anos de vida selvagem, entre o hoten-

---

268. Antologia, seleção de textos utilizada para alfabetização nos antigos liceus da Europa.

269. Os hotentotes (também conhecidos como bosquímanos ou khoisan) são um agrupamento de povos aborígines africanos do sudoeste da África. Existem há milhares de anos e estão, hoje, reduzidos a pequenas populações que vivem no deserto Kalahari, na Namíbia.

tote nu movendo-se na plenitude lógica do instinto, que restará ao civilizado de todas as suas ideias sobre o progresso, a moral, a religião, a indústria, a economia política, a sociedade e a arte? Farrapos. Os pendentes farrapos que lhe restarão das pantalonas e da quinzena que trouxe da Europa, depois de vinte meses de matagal e de brejo. E, não possuindo em torno de si livros e revistas que lhe renovem uma provisão de *ideias feitas*, nem um benéfico Nunes Algibebe[270] que lhe forneça uma outra andaina[271] de *fato feito*[272], o europeu irá insensivelmente regressando à nobreza do estado primitivo, nudez do corpo e originalidade da alma. Quando de lá voltar é um Adão forte e puro, virgem de literatura, com o crânio limpo de todos os conceitos e todas as noções amontoadas desde Aristóteles, podendo proceder soberbamente a um exame inédito das coisas humanas. Carlos, espírito que destilas *espíritos*, queres remergulhar nas Origens e vir comigo à inspiradora Hotentócia? Lá – livres e nus, estirados ao sol entre a palmeira e o regato que tutelarmente nos darão o sustento do corpo, com a nossa lança forte cravada na relva, e mulheres ao lado vertendo-nos num canto doce a porção de poesia e de sonho que a alma precisa – deixaremos livremente as ilhargas crestadas estalarem-nos de riso à ideia das grandes Filosofias, e das grandes Morais, e das grandes Economias, e das grandes Críticas, e das grandes Pilhérias que vão por essa Europa, onde densos formigueiros de chapéus altos se atropelam, estonteados pelas superstições da civilização, pela ilusão do ouro, pelo pedantismo das ciências, pelas mistificações dos reformadores, pela escravidão da rotina, e pela estúpida admiração de si mesmos!..."

Assim diz Fradique. Ora, este "exame inédito das coisas humanas" – só possível, segundo o poeta das "Lapidárias", ao Adão renovado que regressasse da Patagônia, com o espírito escarolado[273] do pó e do lixo de longos anos de literatura – tentou-o ele, sem deixar os muros clássicos da Rue de Varennes,

---

270. Algibebe é, literalmente, mascate, vendedor de roupas. "Nunes Algibebe" deve ser um termo coloquial de significado próximo a esse.

271. Conjunto de peças de vestuário, muda de roupa.

272. Roupa feita sob medida.

273. Lavado, muito limpo.

com incomparável vigor e sinceridade. E nisto mostrava intrepidez moral. No mundo a que irresistivelmente o prendiam os seus gostos e os seus hábitos – mundo mediano e regrado, sem invenção e sem iniciativa intelectual, onde as ideias, para agradar, devem ser como as maneiras, "geralmente adotadas" e não individualmente criadas –, Fradique, com a sua indócil e brusca liberdade de juízos, afrontava o perigo de passar por um petulante rebuscador de originalidade, ávido de gloríola[274] e de excessivo destaque. Um espírito inventivo e novo, com uma força de pensar muito própria, deixando transbordar a vida abundante e múltipla que o anima e enche, é mais desagradável a esse mundo do que o homem rudemente natural que não regre e limite dentro das "conveniências" a espessura da cabeleira, o estridor das risadas e o franco mover dos membros grossos. Desse espírito indisciplinado e criador, logo se murmura com desconfiança: "Pretensioso! Busca o efeito e o destaque!" Ora, Fradique nada detestava mais intensamente do que o "efeito" e o "destaque excessivo". Nunca lhe conheci senão gravatas escuras. E tudo preferiria a ser apontado como um desses homens, que, sem ódio sincero a Diana[275] e ao seu culto e só para que deles se fale com espanto nas praças, vão, em plena festa, agitando um grande facho, incendiar-lhe o templo em Éfeso[276]. Tudo preferiria – menos (como ele diz numa carta a Madame de Jouarre) "ter de vestir a Verdade nos armazéns do Louvre[277] para poder entrar com ela em casa de

---

274. Glória falsa, boa reputação imerecida.

275. De acordo com a mitologia romana, Diana (a Artemis da mitologia grega) era a deusa da lua e da caça.

276. O templo de Diana (ou de Artemis), construído no século VI a.C., na cidade de Éfeso (ilha grega), foi uma das sete maravilhas do mundo antigo. Foi destruído duas vezes: a primeira em 356 a.C. (na noite do nascimento de Alexandre) num incêndio causado por Eróstrato; a segunda no século III a.C. por um ataque dos godos.

277. O Museu do Louvre, localizado em Paris, é um dos maiores e mais famosos museus do mundo. Era a sede do governo monárquico francês desde a época dos Capetos (família real que governou a França durante mais de oitocentos anos) medievais, tendo sido abandonado por Luís XVI em favor do Palácio de Versalhes. Parte do palácio real do Louvre foi aberta primeiramente ao público como um museu, em 1793, durante a Revolução Francesa.

Ana de Varle, duquesa de Varle e de Orgemont. A entrar hei-de levar a minha amiga nua, toda nua, pisando os tapetes com os seus pés nus, enristando para os homens as pontas fecundas dos seus nobres seios nus. *Amicus Mundus, sed magis amica Veritas!*[278] Este belo latim significa, minha madrinha, que eu, no fundo, julgo que a originalidade é agradável às mulheres e só desagradável aos homens – o que duplamente me leva a amá-la com pertinácia".

Esta independência, esta livre elasticidade de espírito e intensa sinceridade – impedindo que por sedução ele se desse todo a um sistema, onde para sempre permanecesse por inércia – eram de resto as qualidades que melhor convinham à função intelectual que para Fradique se tornara a mais contínua e preferida. "Não há em mim infelizmente (escrevia ele a Oliveira Martins, em 1882) nem um sábio, nem um filósofo. Quero dizer, não sou um desses homens seguros e úteis, destinados por temperamento às análises secundárias que se chamam Ciências e que consistem em reduzir uma multidão de fatos esparsos a tipos e leis particulares por onde se explicam modalidades do universo; nem sou também um desses homens, fascinantes e pouco seguros, destinados por gênio às análises superiores que se chamam Filosofias, e que consistem em reduzir essas leis e esses tipos a uma fórmula geral por onde se explica a essência mesma do inteiro universo. Não sendo pois um sábio, nem um filósofo, não posso concorrer para o melhoramento dos meus semelhantes – nem acrescendo-lhes o bem-estar por meio da ciência, que é uma produtora de riqueza, nem elevando-lhes o bem-sentir por meio da metafísica, que é uma inspiradora de poesia. A entrada na história também se me conserva vedada – porque, se, para se produzir literatura basta possuir talentos, para tentar a história convém possuir virtudes. E eu!... Só portanto me resta ser, através das ideias e dos fatos, um homem que passa, infinitamente curioso e atento. A egoísta

---

278. "Amigo do mundo, mas mais amigo da Verdade."

ocupação do meu espírito hoje, caro historiador, consiste em me acercar de uma ideia ou de um fato, deslizar suavemente para dentro, percorrê-lo miudamente, explorar-lhe o inédito, gozar todas as surpresas e emoções intelectuais que ele possa dar, recolher com cuidado o ensino ou a parcela de verdade que exista nos seus refolhos[279] – e sair, passar a outro fato ou a outra ideia, com vagar e com paz, como se percorresse uma a uma as cidades de um país de arte e luxo. Assim visitei outrora a Itália, enlevado no esplendor das cores e das formas. Temporal e espiritualmente fiquei simplesmente um *touriste*[280]."

Estes *touristes* da inteligência abundam na França e na Inglaterra. Somente Fradique não se limitava, como esses, a exames exteriores e impessoais, à maneira de quem, numa cidade do Oriente, retendo as noções e os gostos de europeu, estuda apenas o aéreo relevo dos monumentos e a roupagem das multidões. Fradique (para continuar a sua imagem) transformava-se em "cidadão das cidades que visitava". Mantinha por princípio que se devia momentaneamente "crer" para bem compreender uma crença. Assim se fizera babista, para penetrar e desvendar o babismo. Assim se afiliara em Paris a um clube revolucionário, as Panteras de Batignolles[281], e frequentara as suas sessões, encolhido numa quinzena sórdida pregada com alfinetes, com a esperança de lá colher "a flor de alguma extravagância instrutiva". Assim se incorporara em Londres aos positivistas[282] rituais, que, nos dias festivos do Calendário

---

279. Partes mais profundas, secretas, dissimuladas.

280. Turista, visitante.

281. Grupo anarquista francês do qual fazia parte o famoso criminoso Clément Duval.

282. Os positivistas são os seguidores do positivismo, doutrina filosófica que propõe à existência humana valores completamente humanos, afastando radicalmente teologia ou metafísica. Assim, o Positivismo – em sua versão comteana, pelo menos – associa uma interpretação das ciências e uma classificação do conhecimento a uma ética humana, desenvolvida na segunda fase da carreira de Augusto Comte (ver nota 22).

Comtista[283], vão queimar o incenso e a mirra na ara da Humanidade e enfeitar de rosas a imagem de Augusto Comte. Assim se ligara com os teosofistas[284], concorrera prodigamente para a fundação da *Revista Espírita*[285] e presidia as evocações da Rue Cardinet, envolto na túnica de linho, entre os dois médiuns supremos, Patoff e Lady Thorgan. Assim habitara durante um longo verão Seo-d'Urgel[286], a católica cidadela do carlismo[287], "para destrinçar bem (diz ele) quais são os motivos e as fórmulas que fazem um carlista – porque todo sectário[288] obedece à realidade de um motivo e à ilusão de uma fórmula". Assim se tornara o confidente do venerável príncipe Koblaskini, para

---

283. Trata-se, muito provavelmente, de uma referência ao calendário formulado por Augusto Comte em 1849, para "desenvolver o espírito histórico e sentimento de continuidade". De acordo com esse calendário, o ano teria treze meses iguais de 28 dias, com um ano bissexto, na necessidade de ajuste. Cada mês teria quatro semanas, e o dia restante no final de cada ano (3 X 28 = 364) seria destinado à celebração universal da memória aos mortos. Nos anos bissextos, o outro dia restante seria destinado às Santas mulheres ou a uma determinada mulher. O ano 1 começa em 1/1/1789, o ano da queda da Bastilha, símbolo da Revolução Francesa. Os nomes dos meses e dias glorificam nomes importantes da religião, literatura, filosofia, ciência e política.

284. Os teosofistas são os seguidores da teosofia, doutrina que sintetiza filosofia, religião e ciência e que tem como precedente histórico a corrente filosófica do neoplatonismo dos séculos II e III, que, modernamente, foi reintroduzido no último quartel do século XIX na Europa pela russa Helena Petrovna Blavatsky. Tem como base os princípios fundamentais do budismo, do hinduísmo e do hermetismo. Seus pontos básicos são a busca da verdade, a origem espiritual das coisas e seres no mundo, a crença nas doutrinas da reencarnação, karma e dharma, e da imortalidade da alma e em sua evolução.

285. A *Revista Espírita* (*Jornal de Estudos Psicológicos*) foi fundada por Hippolyte Léon Denizard Rivail (1804-1869), mais conhecido como Allan Kardec, o codificador do espiritismo, em 1º de janeiro de 1858, tendo sido por ele editada até a sua morte, em 31 de março de 1869.

286. Seo-d'Urgel é a capital da comarca do Alto Urgel, na província de Lérida (Catalunha, Espanha).

287. O carlismo é um movimento político surgido na Espanha durante o século XIX e que pretendia o reestabelecimento da dinastia dos Bourbons – que governaram o país durante o século XVIII – no trono espanhol e a volta do monarquismo absolutista. Os carlistas formavam a ala mais conservadora da sociedade espanhola da época.

288. Indivíduo que faz parte de uma seita; partidário; defensor apaixonado de alguma doutrina filosófica, religiosa ou política.

"poder desmontar e estudar peça a peça o mecanismo de um cérebro de niilista[289]". Assim se preparava (quando a morte o surpreendeu) a voltar à Índia, para se tornar budista praticante e penetrar cabalmente o budismo, em que fixara a curiosidade e a atividade crítica dos seus derradeiros anos. De sorte que dele bem se pode dizer que foi o devoto de todas as religiões, o partidário de todos os partidos, o discípulo de todas as filosofias – cometa errando através das ideias, embebendo-se convictamente nelas, de cada uma recebendo um acréscimo de substância, mas em cada uma deixando alguma coisa do calor e da energia do seu movimento pensante. Aqueles que imperfeitamente o conheciam classificavam Fradique como um diletante. Não! Essa séria convicção (a que os Ingleses chamam *earnestness*[290]), com que Fradique se arremessava ao fundo real das coisas, comunicava à sua vida uma valia e eficácia muito superiores às que o diletantismo, a diversão cética que tantas injúrias arrancou a Carlyle, comunica às naturezas que a ele deliciosamente se abandonam. O diletante, com efeito, corre entre as ideias e os fatos como as borboletas (a quem é desde séculos comparado) correm entre as flores, para pousar, retomar logo o voo estouvado, encontrando nessa fugidia mutabilidade o deleite supremo. Fradique, porém, ia como a abelha, de cada planta pacientemente extraindo o seu mel – quero dizer, de cada opinião recolhendo essa "parcela de verdade", que cada uma invariavelmente contém, desde que homens, depois de outros homens, a tenham fomentado com interesse ou paixão.

Assim se exercia esta diligente e alta inteligência. Qual era porém a sua qualidade essencial e intrínseca? Tanto quanto pude discernir, a suprema qualidade intelectual de Fradique pareceu-me sempre ser uma percepção extraordinária da realidade. "Todo o fenômeno (diz ele numa carta a Antero de Quental, sugestiva através de certa obscuridade que a envolve) tem uma realidade. A expressão de realidade não é filosófica; mas eu emprego-a, lanço-a ao acaso e tenteando, para apanhar

---

289. Aquele que considera que as crenças e os valores tradicionais são infundados e que não há qualquer sentido ou utilidade na existência; total e absoluto espírito destrutivo, em relação ao mundo circundante e a si próprio.
290. "Seriedade".

dentro dela o mais possível de um conceito pouco coercível, quase irredutível ao verbo. Todo o fenômeno, pois, tem, relativamente ao nosso entendimento e à sua potência de discriminar, uma realidade – quero dizer certos caracteres, ou (para me exprimir por uma imagem, como recomenda Buffon[291]) certos contornos que o limitam, o definem, lhe dão feição própria no esparso e universal conjunto, e constituem o seu exato, real e único modo de ser. Somente o erro, a ignorância, os preconceitos, a tradição, a rotina e sobretudo a ilusão formam em torno de cada fenômeno uma névoa que esbate e deforma os seus contornos, e impede que a visão intelectual o divida no seu exato, real e único modo de ser. É justamente o que sucede aos monumentos de Londres mergulhados no nevoeiro... Tudo isto vai expresso de um modo bem hesitante e incompleto! Lá fora o sol está caindo de um céu fino e nítido sobre o meu quintal de convento coberto de neve dura; neste ar tão puro e claro, em que as coisas tomam um relevo rígido, perdi toda a flexibilidade e fluidez da tecnologia filosófica: só me poderia exprimir por imagens recortadas à tesoura. Mas você decerto compreenderá, Antero excelente e sutil! Já esteve em Londres, no outono, em novembro? Nas manhãs de nevoeiro, numa rua de Londres, há dificuldade em distinguir se a sombra densa que ao longe se empasta é a estátua de um herói ou o fragmento de um tapume. Uma pardacenta ilusão submerge toda a cidade – e com espanto se encontra numa taverna, quem julgara penetrar num templo. Ora, para a maioria dos espíritos uma névoa igual flutua sobre as realidades da Vida e do Mundo. Daí vem que quase todos os seus passos são transvios, quase todos os seus juízos são enganos; e estes constantemente estão trocando o templo e a taverna. Raras são as visões intelectuais bastante agudas e poderosas para romper através da neblina e surpreender as linhas exatas, o verdadeiro contorno da realidade. Eis o que eu queria tartamudear."

Pois bem! Fradique dispunha de uma dessas visões privilegiadas. O próprio modo que tinha de pousar lentamente os

---

291. Georges-Louis Leclerc, o conde de Buffon (1707-1788), foi um naturalista, matemático e escritor francês. Influenciou pelo menos duas gerações de naturalistas, entre eles Charles Darwin.

olhos e "detalhar em silêncio" – como dizia Oliveira Martins – revelava logo o seu processo interior de concentrar e aplicar a razão, à maneira de um longo e pertinaz dardo de luz, até que, desfeitas as névoas, a realidade pouco a pouco lhe surgisse na sua rigorosa e *única* forma.

A manifestação desta magnífica força que mais impressionava era o seu poder de *definir*. Possuindo um espírito que *via* com a máxima exatidão; possuindo um verbo que *traduzia* com a máxima concisão – ele podia assim dar resumos absolutamente profundos e perfeitos. Lembro que uma noite, na sua casa da Rue de Varennes, em Paris, se discutia com ardor a natureza da arte. Repetiram-se todas as definições de arte, enunciadas desde Platão; inventaram-se outras, que eram, como sempre, o fenômeno visto limitadamente através de um temperamento. Fradique conservou-se algum tempo mudo, dardejando os olhos para o vago. Por fim, com essa maneira lenta (que para os que incompletamente o conheciam parecia professoral), murmurou, no silêncio deferente que se alargara: "A arte é um resumo da Natureza feito pela imaginação".

Certamente, não conheço mais completa definição de arte! E com razão afirmava um amigo nosso, homem de excelente fantasia, que "se o bom Deus, um dia, compadecido das nossas hesitações, nos atirasse lá de cima, do seu divino ermo, a final explicação da arte, nós ouviríamos ressoar entre as nuvens, soberba como o rolar de cem carros de guerra, a definição de Fradique"!

A superior inteligência de Fradique tinha o apoio de uma cultura forte e rica. Já os seus instrumentos de saber eram consideráveis. Além de um sólido conhecimento das línguas clássicas (que, na sua idade de poesia e de literatura decorativa, o habilitara a criar em latim bárbaro poemetos tão belos como o *Laus Veneris tenebrosae*[292]), possuía profundamente os idiomas das três grandes nações pensantes, a França, a Inglaterra

---

292. "Louvor à Vênus Obscura".

e a Alemanha. Conhecia também o árabe, que (segundo me afirmou Riaz-Effendi, cronista do sultão Abdul-Aziz[293]) falava com abundância e gosto.

As ciências naturais eram-lhe queridas e familiares; e uma insaciável e religiosa curiosidade do universo impelira-o a estudar tudo o que divinamente o compõe, desde os insetos até os astros. Estudos carinhosamente feitos com o coração – porque Fradique sentia pela Natureza, sobretudo pelo animal e pela planta, uma ternura e uma veneração genuinamente budistas. "Amo a Natureza (escrevia-me ele em 1882) por si mesma, toda e individualmente, na graça e na fealdade de cada uma das formas inumeráveis que a enchem; e amo-a ainda como manifestação tangível e múltipla da suprema unidade, da realidade intangível, a que cada religião e cada filosofia deram um nome diverso e a que eu presto culto sob o nome de Vida. Em resumo, adoro a Vida – de que são igualmente expressões uma rosa e uma chaga, uma constelação e (com horror o confesso) o conselheiro Acácio[294]. Adoro a Vida e portanto tudo adoro – porque tudo é viver, mesmo morrer. Um cadáver rígido no seu esquife vive tanto como uma águia batendo furiosamente o voo. E a minha religião está toda no credo de Atanásio[295], com uma pequena variante: – Creio na *vida* todo-poderosa, criadora do Céu e da Terra..."

Quando começou porém a nossa intimidade, em 1880, o seu inquieto espírito mergulhava de preferência nas ciências sociais, aquelas sobretudo que pertencem à pré-história

---

293. Abd-ul-Aziz (1830-1876) foi o octagésimo segundo sultão otomano.

294. Célebre personagem de *O primo Basílio* (1878), de Eça de Queiroz. O conselheiro é a representação da convencionalidade e mediocridades dos políticos e burocratas portugueses do final do século XIX, sendo até hoje utilizado para designar a pompa e a postura de pseudointelectualidade utilizada por muitas das figuras públicas portuguesas. Deu origem ao termo *acaciano*, designação utilizada para tais figuras ou para os seus ditos.

295. O credo de Atanásio é uma espécie de lista com quarenta preceitos cristãos, cuja autoria é atribuída a Santo Atanásio de Alexandria (295-373), um dos primeiros "Padres da Igreja" (teólogos e mestres doutrinários dos primeiros séculos do cristianismo. Foram responsáveis em grande parte pela definição das doutrinas cristãs como as conhecemos hoje). Atanásio foi um dos defensores do ascetismo cristão e inaugurou o gênero literário chamado de hagiografia.

– a antropologia, a linguística, o estudo das raças, dos mitos e das instituições primitivas. Quase todos os três meses, altas rumas de livros enviadas da Casa Hachette[296], densas camadas de revistas especiais, alastrando o tapete da Caramânia[297], indicavam-me que uma nova curiosidade se apoderara dele com intensidade e paixão. Conheci-o assim sucessiva e ardentemente ocupado com os monumentos megalíticos da Andaluzia; com as habitações lacustres[298]; com a mitologia dos povos arianos[299]; com a magia caldaica[300]; com as raças polinésias[301]; com o direito costumário dos Cafres[302]; com a cristianização dos deuses pagãos... Estas aferradas investigações duravam enquanto podia extrair delas "alguma emoção ou surpresa intelectual". Depois, um dia, revistas e volumes desapareciam, e Fradique anunciava triunfalmente, alargando os passos alegres por sobre o tapete livre: "Sorvi todo o sabeísmo[303]!", ou "Esgotei os polinésios!"

---

296. A Casa Hachette é uma famosa livraria e editora parisiense.

297. Região da antiga Síria, famosa por seus tapetes e vasos artesanais.

298. Habitações primitivas construídas nas proximidades de um lago.

299. Os povos arianos descendem do subgrupo étnico dos indo-europeus, que se estabeleceram no planalto iraniano desde o final do terceiro milênio a.C. e, por volta de 1500 a.C., espalharam-se pela Índia, Pérsia e adjacências. Acredita-se que deram origem aos povos europeus e asiáticos.

300. Os caldeus foram os habitantes da Caldeia, que correspondia à parte inferior da Mesopotâmia, constituída pelas cidades de Ur, Beistun e parte da Babilônia. Cultuavam muitos deuses e tinham práticas contrárias aos costumes dos povos de caráter monoteísta, de onde, inclusive, muitos símbolos de culto chegaram aos nossos dias. Os caldeus foram povos, de certa forma, inimigos dos hebreus.

301. Povos tribais que habitam a região da Polinésia (conjunto de ilhas localizadas no oceano Pacífico. Parte delas pertence aos Estados Unidos, outra parte à Nova Zelândia, outra à França e outra ao Chile).

302. Eram chamados de cafres os indivíduos de uma população africana banta, próxima dos zulus, não muçulmana, do sudeste da África (chamada, na antiguidade, de "Cafraria"). A palavra cafre também pode ter o sentido mais genérico de infiel ou pária.

303. O sabeísmo era a religião dos antigos sabeus, do reino de Sabá, no atual Iêmen, que deu origem à vasta maioria dos cultos africanos encontrados nos dias de hoje. Pouco se sabe sobre sua organização, embora admitisse uma multiplicidade de deuses menores, parecia estar centralizada em torno de uma divindade solar suprema, denominada *Almaqah* (ou *Ilmuqah*), conforme indicado pelo Alcorão.

O estudo porém a que se prendeu ininterrompidamente, com especial constância, foi o da história. "Desde pequeno (escrevia ele a Oliveira Martins, numa das suas últimas cartas, em 1886) tive a paixão da história. E adivinha você por quê, historiador? Pelo confortável e conchegado sentimento que ela me dava da solidariedade humana. Quando fiz onze anos, minha avó, de repente, *para me habituar às coisas duras da vida* (como ela dizia), arrancou-me ao pachorrento ensino do padre Nunes e mandou-me a uma escola chamada Terceirense. O jardineiro levava-me pela mão; e todos os dias a avó me dava com solenidade um pataco[304] para eu comprar na Tia Marta, confeiteira da esquina, bolos para a minha merenda. Este criado, este pataco, estes bolos, eram costumes novos que feriam o meu monstruoso orgulho de morgadinho[305] – por me descerem ao nível humilde dos filhos do nosso procurador. Um dia, porém, folheando uma *Enciclopédia de antiguidades romanas*, que tinha estampas, li, com surpresa, que os rapazes em Roma (na grande Roma!) iam também de manhã para a escola, como eu, pela mão de um servo – denominado o *capsarius*; e compravam também, como eu, um bolo numa Tia Marta do Velabro ou das Carinas, para comerem à merenda – que chamavam o *ientaculum*. Pois, meu caro, no mesmo instante, a venerável antiguidade desses hábitos tirou-lhes a vulgaridade toda que neles me humilhava tanto! Depois de os ter detestado por serem comuns aos filhos do Silva procurador – respeitei-os por terem sido habituais nos filhos de Cipião[306]. A compra do bolo tornou-se como um rito que desde a Antiguidade todos os rapazes de escola cumpriam, e que me era dado por meu turno celebrar numa honrosa solidariedade com a grande gente togada. Tudo isto, evidentemente, não o sentia com esta clara consciência. Mas nunca entrei daí por

---

304. Moeda antiga, de bronze. No Brasil, valia, no século XIX, quarenta réis.

305. Rapaz exageradamente elegante ou afetado.

306. Publius Cornelius Scipio Africanus (236 a.C.-183 a.C.), também conhecido como Públio Cipião, foi um general durante a segunda guerra púnica e um estadista da república romana. Filho de Públio Cornélio Cipião, é mais conhecido por ter derrotado Aníbal de Cartago na batalha de Zama (que alguns historiadores chamam de "Batalha de Waterloo" da antiguidade), um feito que lhe rendeu o apelido *Africanus*.

diante na Tia Marta, sem erguer a cabeça, pensando com uma vanglória heroica: *Assim faziam também os romanos!* Era por esse tempo pouco mais alto que uma espada goda, e amava uma mulher obesa que morava ao fim da rua..."

Nessa mesma carta, adiante, Fradique acrescenta: "Levou-me pois efetivamente à história o meu amor da unidade – amor que envolve o horror às interrupções, às lacunas, aos espaços escuros onde se não sabe o que há. Viajei por toda a parte viajável, li todos os livros de explorações e de travessias – porque me repugnava não conhecer o globo em que habito até os seus extremos limites, e não sentira contínua solidariedade do pedaço de terra que tenho sob os pés com toda a outra terra que se arqueia para além. Por isso, incansavelmente exploro a história, para perceber até os seus derradeiros limites a humanidade a que pertenço, e sentir a compacta solidariedade do meu ser com a de todos os que me precederam na vida. Talvez você murmure com desdém: *Mera bisbilhotice!* Amigo meu, não despreze a bisbilhotice! Ela é um impulso humano, de latitude infinita, que, como todos, vai do reles ao sublime. Por um lado leva a escutar às portas – e pelo outro a descobrir a América!"

O saber histórico de Fradique surpreendia realmente pela amplexidade[307] e pelo detalhe. Um amigo nosso exclamava um dia, com essa ironia afável que nos homens de raça céltica sublinha e corrige a admiração: "Aquele Fradique! Tira a charuteira, e dá uma síntese profunda, de uma transparência de cristal, sobre a guerra do Peloponeso[308]; depois acende o charuto, e explica o feitio e o metal da fivela do cinturão de Leônidas[309]!" Com efeito, a sua forte capacidade de compreender filosoficamente os movimentos coletivos, o seu fino

---

307. Extensão, amplitude.

308. A Guerra do Peloponeso foi um conflito armado entre Atenas (centro político e civilizacional por excelência do mundo do século V a.C.) e Esparta (cidade de tradição militarista e costumes austeros). A guerra durou de 431 a 404 a.C. De acordo com o historiador grego Tucídides (c. 455 a.C.-400 a.C.), a razão fundamental da guerra foi o crescimento do poder ateniense e o temor que esse poder despertava entre os espartanos.

309. Leônidas I (?-480 a.C.) foi o 17º rei de Esparta. Morreu durante a segunda guerra médica, durante a defesa do desfiladeiro das Termópilas, no centro da Grécia, bloqueando o avanço do exército persa de Xerxes (c. 519 a.C.-c. 465 a.C.).

poder de evocar psicologicamente os caracteres individuais aliava-se nele a um minucioso saber arqueológico da vida, das maneiras, dos trajes, das armas, das festas, dos ritos de todas as idades, desde a Índia védica[310] até a França imperial. As suas cartas a Oliveira Martins (sobre o sebastianismo[311], o nosso império no Oriente, o marquês de Pombal[312]) são verdadeiras maravilhas pela sagaz intuição, a alta potência sintética, a certeza do saber, a força e a abundância das ideias novas. E, por outro lado, a sua erudição arqueológica repetidamente esclareceu e auxiliou, na sábia composição das suas telas, o paciente e fino reconstrutor dos costumes e das maneiras da Antiguidade Clássica, o velho Suma-Rabema. Assim mo con-

---

310. Referência ao período em que predominou na Índia a civilização védica. Trata-se da cultura associada ao povo que compôs os textos religiosos conhecidos como Vedas, no subcontinente indiano. O território então ocupado por aquela civilização corresponde ao atual Panjabe, na Índia e no Paquistão, à Província da Fronteira Noroeste (Paquistão) e à maior parte da Índia setentrional. A civilização védica desenvolveu-se nos dois primeiros milênios a.C., embora a tradição hindu proponha uma data mais remota, no sexto milênio a.C. O sânscrito védico e a religião védica persistiram até o século VI a.C., quando a cultura começou a transformar-se nas formas clássicas do hinduísmo. Esse período da história da Índia é conhecido como a Era Védica. Em sua fase tardia (a partir de 700 a.C.), assistiu ao surgimento dos "Mahajanapadas" (os dezesseis grandes reinos indianos da Idade do Ferro); à Era Védica seguiu-se a Idade de Ouro do hinduísmo e da literatura clássica em sânscrito, o Império Maurya (a partir de 320 a.C.) e os reinos médios da Índia.

311. O Sebastianismo foi um movimento místico-secular que ocorreu em Portugal na segunda metade do século XVI, como consequência da morte do rei D. Sebastião na Batalha de Alcácer-Quibir, em 1578. Por falta de herdeiros, o trono português terminou nas mãos do rei Filipe II da rama espanhola da casa de Habsburgo. Basicamente é um messianismo adaptado às condições lusas e depois nordestinas. Traduz uma inconformidade com a situação política vigente e uma expectativa de salvação, ainda que miraculosa, através da ressurreição de um morto ilustre.

312. Sebastião José de Carvalho e Melo (1699-1782), o Marquês de Pombal, foi secretário de Estado do Reino (primeiro-ministro) do rei D. José I (1750-1777). Foi o mais expressivo "déspota esclarecido" português, responsável pela reconstrução de Lisboa após o terremoto de 1755, aproximou Portugal da realidade social e econômica dos países do norte da Europa, iniciando uma série de reformas administrativas, econômicas e sociais no país. Também foi responsável pela expulsão dos jesuítas de Portugal e suas colônias.

fessou uma tarde Suma-Rabema, regando as roseiras, no seu jardim de Chelsea[313].

Fradique era de resto ajudado por uma prodigiosa memória que tudo recolhia e tudo retinha – vasto e claro armazém de fatos, de noções, de formas, todos bem-arrumados, bem-classificados, prontos sempre a servir. O nosso amigo Chambray afirmava que, comparável à memória de Fradique, como "instalação, ordem e excelência do *stock*[314]", só conhecia a adega do Café Inglês[315].

A cultura de Fradique recebia um constante alimento e acréscimo das viagens que sem cessar empreendia, sob o impulso de admirações ou de curiosidades intelectuais. Só a arqueologia o levou quatro vezes ao Oriente – ainda que a sua derradeira residência em Jerusalém, durante dezoito meses, foi motivada (segundo me afirmou o cônsul Raccolini) por poéticos amores com uma das mais esplêndidas mulheres da Síria, uma filha de Abraão Coppo, o faustoso banqueiro de Alepo[316], tão lamentavelmente morta depois, sobre as tristes costas de Chipre, no naufrágio do *Magnólia*. A sua aventurosa e áspera peregrinação pela China, desde o Tibete (onde quase deixou a vida, tentando temerariamente penetrar na cidade sagrada de Lahsa[317]) até a Alta Manchúria[318], constitui o mais completo

---

313. Bairro inglês, localizado em Londres, pertencente ao distrito de Kensington e Chelsea.

314. Estoque.

315. Refere-se ao célebre Café Inglês de Paris, citado por Balzac, Proust, entre outros, situado nas proximidades da Ópera, e que funcionou entre 1822 e 1913.

316. Alepo é uma cidade e província no norte da Síria. É a segunda maior cidade do país depois de Damasco.

317. Lahsa (ou Lhasa) é a capital da região autônoma do Tibete, na China. Foi o tradicional lar do Dalai Lama (em todas as suas encarnações), sacerdote máximo do budismo tibetano, até as tropas comunistas chinesas invadirem o Tibete, em 1950, proclamando-o região autônoma da China e promovendo o genocídio cultural.

318. A Manchúria é uma vasta região no leste da Ásia que atualmente inclui o extremo nordeste da China, também chamada *Manchúria Interior*, e uma parte da Sibéria. A Manchúria já foi comandada por vários reinos, entre os quais o mais famoso foi o Império Manchu, que deu o seu nome à região e dominou toda a China entre o século XVII e 1911.

estudo até hoje realizado por um homem da Europa sobre os costumes, o governo, a ética e a literatura desse povo "profundo entre todos, que (como diz Fradique) conseguiu descobrir os três ou quatro únicos princípios de moral capazes, pela sua absoluta força, de eternizar uma civilização".

O exame da Rússia e dos seus movimentos sociais e religiosos trouxeram-no prolongados meses pelas províncias rurais de entre o Dnieper[319] e o Volga[320]. A necessidade de uma certeza sobre os presídios penais da Sibéria impeliu-o a afrontar centenas de milhas de estepes e de neves, numa rude telega[321], até as minas de prata de Nerchinski[322]. E prosseguiria nesse ativo interesse se não recebesse subitamente, ao chegar à costa, a Arcangel[323], este aviso do general Armankoff, chefe da IV Seção da polícia imperial: *"Monsieur, vous nous observez de trop près, pour que votre jugement n'en soit faussé; je vous invite donc, sur votre intérêt, et pour avoir de la Russie une vue d'ensemble plus exacte, d'aller la regarder de plus loin, dans votre belle maison de Paris!"*[324] Fradique abalou para Vasa[325], sobre o golfo de Bótnia[326]. Passou logo à Suécia, e mandou de lá, sem data, este bilhete ao general Armankoff: *"Monsieur, j'ai reçu votre*

---

319. O rio Dnieper nasce nas colinas Valdai, 250 km a oeste de Moscou, na Rússia central, e atravessa a Bielo-Rússia e a Ucrânia, terminando seu fluxo no Mar Negro.

320. O rio Volga é o mais extenso da Europa. Nasce no planalto de Valdai, no norte da Rússia, corre pela planície russa e desemboca no Mar Cáspio.

321. Antiga carroça de quatro rodas puxada por bois ou cavalos, usada na Rússia para transporte de cargas.

322. Nerchinski é uma cidade russa situada na fronteira com a China, na região da Sibéria.

323. Arcangel é a capital da província de Arkhangelsk, localizada na Rússia, às margens do Mar de Barents.

324. *"Senhor, por nos observar de demasiadamente perto, há grandes chances de que seu julgamento seja deturpado; eu o convido, portanto, se lhe interessar e para que o senhor tenha uma visão de conjunto mais exata da Rússia, de ir olhá-la mais de longe, em sua linda casa de Paris!"*

325. A cidade de Vasa fica no oeste da Finlândia, a aproximadamente 300 milhas da capital, Helsinque.

326. O Golfo de Bótnia é o braço mais setentrional do Mar Báltico. Situa-se entre a costa ocidental da Finlândia e a costa oriental da Suécia.

invitation où il y a beaucoup d'intolerance et trois fautes de français"[327].

Os mesmos interesses de espírito e "necessidades de certeza" o levaram na América do Sul desde o Amazonas até as areias da Patagônia, o levaram na África austral desde o Cabo até os montes de Zokunga... "Tenho folheado e lido atentamente o mundo como um livro cheio de ideias. Para ver por fora, por mera festa dos olhos, nunca fui senão a Marrocos."

O que tornava estas viagens tão fecundas como ensino era a sua rápida e carinhosa simpatia por todos os povos. Nunca visitou países à maneira do detestável *touriste* francês, para notar de alto e pecamente[328] "os defeitos" – isto é, as divergências desse tipo de civilização mediano e genérico donde saía e que preferia. Fradique amava logo os costumes, as ideias, os preconceitos dos homens que o cercavam; e, fundindo-se com eles no seu modo de pensar e de sentir, recebia uma lição direta e viva de cada sociedade em que mergulhava. Este eficaz preceito – "em Roma sê romano" – tão fácil e doce de cumprir em Roma, entre as vinhas da colina Célia[329] e as águas sussurrantes da Fonte Paulina[330], cumpria-o ele gostosamente trilhando com as alpercatas[331] rotas os desfiladeiros do Himalaia. E estava tão homogeneamente numa cervejaria filosófica da Alemanha, aprofundando o Absoluto entre professores de Tubingen, como numa aringa[332] africana da terra dos Matabeles[333], comparando os méritos da carabina "Express" e da carabina "Winchester", entre caçadores de elefantes.

---

327. *"Senhor, recebi seu convite no qual há muita intolerância e três erros de francês."*

328. Estupidamente.

329. A colina Célia (ou monte Celio) é uma das sete colinas de Roma.

330. O narrador refere-se, provavelmente, à fonte romana conhecida como "Fontanone", construída a mando do papa Paulo V (1552 - 1621).

331. Alpercatas são sandálias que se prendem aos pés com tiras de couro ou de pano.

332. A aringa é campo fortificado de chefes de tribos africanas, como a dos cafres.

333. A terra dos Matabeles (tribo africana) é agora conhecida por Zimbabwe (antiga Rodésia).

Desde 1880 os seus movimentos pouco a pouco se concentraram entre Paris e Londres – com exceção das "visitas filiais" a Portugal; porque, apesar da sua dispersão pelo mundo, da sua facilidade em se nacionalizar nas terras alheias e da sua impersonalidade crítica, Fradique foi sempre um genuíno português com irradicáveis traços de fidalgo ilhéu.

O mais puro e íntimo do seu interesse deu-o sempre aos homens e às coisas de Portugal. A compra da Quinta do Saragoça, em Sintra, realizara-a (como diz numa carta a F. G., com desacostumada emoção) "para *ter terra em Portugal*, e para se prender pelo forte vínculo de propriedade ao solo augusto donde um dia tinham partido, levados por um ingênuo tumulto de ideias grandes, os seus avós, buscadores de mundos, de quem ele herdara o sangue e a curiosidade do *Além*"!

Sempre que vinha a Portugal ia "retemperar a fibra" percorrendo uma província, lentamente, a cavalo – com demoras em vilas decrépitas que o encantavam, infindáveis cavaqueiras[334] à lareira dos campos, fraternizações ruidosas nos adros e nas tavernas, idas festivas a romarias no carro de bois, no vetusto e venerável carro sabino, toldado de chita, enfeitado de louro. A sua região preferida era o Ribatejo[335], a terra chã da lezíria[336] e do boi. "Aí (diz ele), de jaleca e cinta, montado num potro, com a vara de campino[337] erguida, correndo entre as manadas de gado, nos finos e lavados ares da manhã, sinto, mais que em nenhuma outra parte, a delícia de viver."

Lisboa só lhe agradava como paisagem. "Com três fortes retoques (escrevia-me ele em 1881, do Hotel Bragança), com arvoredo e pinheiros mansos plantados nas colinas calvas

---

334. Cavaqueira é a conversa informal, agradável, sem assunto específico.

335. O Ribatejo (também conhecido informalmente como "Borda d'Água") é uma antiga província (ou região natural) portuguesa formalmente instituída em 1936, por uma reforma administrativa. Ao contário de outras províncias que foram restauradas em 1936, o Ribatejo foi uma província totalmente recriada: seu território pertencia tradicionalmente à antiga província da Estremadura, antiga comarca portuguesa estabelecida na Idade Média e extinta no século XIX.

336. Lezíria (ou lezira) é o leito maior ou planície de inundação, junto a certos rios, onde há depressões que são invadidas pelas cheias.

337. Campino é o mesmo que campestre, pastoril.

da Outra Banda[338]; com azulejos lustrosos e alegres revestindo as fachadas sujas do casario; com uma varredela[339] definitiva por essas benditas ruas – Lisboa seria uma dessas belezas da Natureza criadas pelo homem, que se tornam um motivo de sonho, de arte e de peregrinação. Mas uma existência enraizada em Lisboa não me parece tolerável. Falta aqui uma atmosfera intelectual onde a alma respire. Depois certas feições, singularmente repugnantes, dominam. Lisboa é uma cidade *aliteratada*[340]*, afadistada*[341]*, catita* e *conselheira*. Há *literatice* na simples maneira com que um caixeiro vende um metro de fita; e, nas próprias graças com que uma senhora recebe, transparece *fadistice*[342]; mesmo na arte há *conselheirismo*[343]; e há *catitismo* mesmo nos cemitérios. Mas a náusea suprema, meu amigo, vem da politiquice e dos politiquetes[344]."

Fradique nutria pelos políticos todos os horrores, os mais injustificados: horror intelectual, julgando-os incultos, broncos, inaptos absolutamente para criar ou compreender ideias; horror mundano, pressupondo-os reles, de maneiras crassas, impróprios para se misturar à natureza de gosto; horror físico, imaginando que nunca se lavavam, rarissimamente mudavam de meias, e que deles provinha esse cheiro morno e mole, que tanto surpreende e enoja em São Bento[345] aos que dele não têm o hábito profissional.

Havia nestas ferozes opiniões, certamente, laivos de perfeita verdade. Mas, em geral, os juízos de Fradique sobre a política ofereciam o cunho de um preconceito que dogmatiza – e

---

338. Margem sul do rio Tejo.

339. No contexto, passeio, exploração.

340. Aliteratado é aquele que tem ares, pose, de literato.

341. Afadistado é aquele que tem modos e costumes de fadista (cantor ou tocador de fados), boêmio.

342. O mesmo que afadistado (nota 341).

343. Conselheirismo refere-se a um tipo de comportamento pomposo, superior, típico de um conselheiro.

344. Politiquice é um adjetivo pejorativo que se refere às ações daquele que é "politiquete", ou seja, do político insignificante, sem expressão.

345. O narrador refere-se, provavelmente, a São Bento, freguesia portuguesa do concelho de Angra do Heroísmo, na região dos Açores.

não de uma observação que discrimina. Assim lhe afirmava eu uma manhã no Bragança, mostrando que todas essas deficiências de espírito, de cultura, de maneiras, de gosto, de finura, tão acerbamente notadas por ele nos políticos, se explicam suficientemente pela precipitada democratização da nossa sociedade; pela rasteira vulgaridade da vida provincial; pelas influências abomináveis da Universidade; e ainda por íntimas razões que são, no fundo, honrosas para esses desgraçados políticos, votados por um lado vingador à destruição da nossa terra.

Fradique replicou simplesmente:

– Se um rato morto me disser – "eu cheiro mal por isto e por aquilo e sobretudo porque apodreci" – eu nem por isso deixo de o mandar varrer do meu quarto.

Havia aqui uma antipatia de instinto, toda fisiológica, cuja intransigência e obstinação nem fatos nem raciocínios podiam vencer. Bem mais justo era o horror que lhe inspirava, na vida social de Lisboa, a inábil, descomedida e papalva[346] imitação de Paris. Essa "saloia[347] macaqueação" – superiormente denunciada por ele numa carta que me escreveu em 1885, e onde assenta, num luminoso resumo, que *"Lisboa é uma cidade traduzida do francês em calão"* – tornava-se para Fradique, apenas transpunha Santa Apolônia[348], um tormento sincero. E a sua ansiedade perpétua era então descobrir, através da frandulagem[349] do francesismo, algum resto do genuíno Portugal.

Logo a comida constituía para ele um real desgosto. A cada instante em cartas, em conversas, se lastima de não poder conseguir "um cozido vernáculo[350]"! – "Onde estão (exclama ele, algures) os pratos veneráveis do Portugal português, o pato com macarrão do século XVIII, a almôndega indigesta e divina do tempo das Descobertas, ou essa maravilhosa cabidela

---

346. Papalva é o mesmo que pateta, tola.

347. Saloia (ou saloio) é o mesmo que rude, grosseira, colona (em sentido pejorativo).

348. A Estação de Santa Apolônia em Lisboa é a mais antiga estação ferroviária da cidade e situa-se perto do bairro da Alfama.

349. Frandulagem é o mesmo que quinquilharia, reunião de objetos sem valor.

350. Vernáculo é aquilo que é próprio, típico, de um país, nação ou região.

de frango, petisco dileto de Dom João IV[351], de que os fidalgos ingleses, que vieram ao reino buscar a noiva de Carlos II[352], levaram para Londres a surpreendente notícia? Tudo estragado! O mesmo provincianismo reles põe em calão[353] as comédias de Labiche[354] e os acepipes de Gouffé[355]. E estamo-nos nutrindo miseravelmente dos sobejos democráticos do Boulevard, requentados e servidos em chalaça e galantina[356]! Desastre estranho! As coisas mais deliciosas de Portugal, o lombo de porco, a vitela de Lafões[357], os legumes, os doces, os vinhos, degeneraram, *insipidaram*[358]... Desde quando? Pelo que dizem os velhos, degeneraram desde o Constitucionalismo e o Parlamentarismo. Depois desses excertos funestos no velho tronco lusitano, os frutos têm perdido o sabor, como os homens têm perdido o caráter..."

Só uma ocasião, nesta especialidade considerável, o vi plenamente satisfeito. Foi numa taverna da Mouraria[359] (onde eu o levara), diante de um prato complicado e profundo de bacalhau, pimentas e grão-de-bico. Para o gozar com coerência,

---

351. Dom João IV (1604-1656), oitavo duque de Bragança, foi aclamado rei de Portugal em 1640. Seu reinado durou dezesseis anos. D. João efetivou a expulsão dos holandeses do norte do Brasil, em1654, e de Angola.

352. Carlos II de Inglaterra (1630-1685) foi rei da Inglaterra, Escócia e Irlanda. Carlos II subiu ao trono após a restauração da monarquia na Inglaterra e na Escócia, pouco depois da morte de Oliver Cromwell (1599-1658). Foi casado com a princesa Catarina de Bragança (1638-1705), filha de D. João IV (1604-1656) de Portugal.

353. Calão é o linguajar típico de um país ou região, gíria.

354. Eugène Labiche (1815-1888) é um dramaturgo francês, autor de, entre outras obras, *La Cuvette d'eau* (1837) e *L'Avocat Loubet* (1838).

355. Jules Goufeé (1807-1877), cozinheiro francês, responsável pela cozinha do antigo Jockey Club de Paris e autor de vários livros de culinária, como *Le livre de Cuisine* (1867) e *Le livre des Conserves* (1869).

356. A galantina é uma iguaria à base de carnes desossadas (de aves, vitela ou porco) que, após recheadas e cozidas num caldo condimentado, são levadas a gelar em meio gelatinoso.

357. Dão-Lafões é uma subregião estatística portuguesa, parte da região centro e, majoritariamente, do distrito de Viseu, que também inclui um concelho do distrito da Guarda.

358. Tornaram-se insípidos, sem sabor.

359. A Mouraria é um bairro de Lisboa.

Fradique despiu a sobrecasaca. E, como um de nós lançara casualmente o nome de Renan[360], ao atacarmos o pitéu sem igual, Fradique protestou com paixão:

– Nada de ideias! Deixem-me saborear esta bacalhoada, em perfeita inocência de espírito, como no tempo do senhor Dom João V[361], antes da democracia e da crítica!

A saudade do velho Portugal era nele constante: e considerava que, por ter perdido esse tipo de civilização intensamente original, o mundo ficara diminuído. Este amor do passado revivia nele, bem curiosamente, quando via realizados em Lisboa, com uma inspiração original, o luxo e o "modernismo" inteligente das civilizações mais saturadas de cultura e perfeitas em gosto. A derradeira vez que o encontrei em Lisboa foi no Rato[362] – numa festa de raro e delicado brilho. Fradique parecia desolado.

– Em Paris – afirmava ele – a duquesa de La Rochefoucauld-Bisaccia pode dar uma festa igual; e para isto não me valia a pena ter feito a quarentena em Marvão[363]! Suponha porém você que eu vinha achar aqui um sarau do tempo da senhora Dona Maria I[364], em casa dos Marialvas[365], com fidalgas sentadas em esteiras, frades tocando o lundum[366] no bandolim,

---

360. Joseph Ernest Renan (1823-1892) foi um escritor, filósofo, filólogo e historiador francês, autor de, entre outras obras, *As origens do cristianismo* e *Vida de Jesus* (ambos de 1863).

361. Dom João V (1689-1750) foi rei de Portugal de 1707 a 1750.

362. Largo do Rato, em Lisboa.

363. Marvão é uma vila portuguesa localizada no distrito de Portalegre, na região do Alentejo.

364. Maria Francisca Isabel Josefa Antónia Gertrudes Rita Joana (1734-1816) foi rainha de Portugal entre 1777 e 1816, sucedendo ao seu pai, o rei José I. Ficou conhecida pelo cognome de "A Piedosa" ou a "A Pia", devido à sua extrema devoção religiosa, e, também, como "A Louca", devido à doença mental que a acometeu em seus últimos 24 anos de vida.

365. O título de Marquês de Marialva foi criado em 1661 pelo Rei de Portugal, D. Afonso VI (1643-1683), a favor de D. António Luís de Menezes (1596-1675). A casa a que o narrador se refere deve ser a de algum dos seis nobres pertencentes à linhagem de D. António e que receberam este título.

366. O lundu ou lundum é um gênero musical e uma dança brasileira criada a partir dos batuques dos escravos bantos trazidos ao Brasil de Angola e de ritmos portugueses.

desembargadores pedindo mote[367] e os lacaios no pátio, entre os mendigos, rezando em coro a ladainha!... Aí estava uma coisa única, deliciosa, pela qual se podia fazer a viagem de Paris a Lisboa em liteira[368]!

Um dia que jantávamos em casa de Carlos Mayer, e que Fradique lamentava, com melancólica sinceridade, o velho Portugal fidalgo e fradesco do tempo do senhor Dom João V – Ramalho Ortigão não se conteve:

– Você é um monstro, Fradique! O que você queria era habitar a confortável Paris do meado do século XIX, e ter aqui, a dois dias de viagem, o Portugal do século XVIII, onde pudesse vir, como a um museu, regalar-se de pitoresco e de arcaísmo... Você, lá na Rue de Varennes, consolado de decência e de ordem. E nós aqui, em vielas fedorentas, inundados à noite pelos despejos de águas sujas, aturdidos pelas arruaças do marquês de Cascais ou do conde de Aveiras, levados aos empurrões para a enxovia[369] pelos malsins[370] da Intendência etc. etc. Confesse que é o que você queria!

Fradique volveu serenamente:

– Era bem mais digno e mais patriótico que em lugar de vos ver aqui, a vós, homens de letras, esticados nas gravatas e nas ideias que toda a Europa usa, vos encontrasse de cabeleira e rabicho, com as velhas algibeiras da casaca de seda cheias de odes sáficas[371], encolhidinhos no salutar terror de El-Rei e do Diabo, rondando os pátios da Casa de Marialva ou de Aveiro, à espera que os senhores, de cima, depois de dadas as graças, vos mandassem, por um pretinho, os restos do peru e o mote. Tudo isso seria dignamente português, e sincero; vós

---

367. Assunto, tema a partir do qual se faz poesia ou música.

368. A liteira era uma cadeira portátil usada como meio de transporte, coberta e fechada, sustentada por duas varas compridas que são levadas por dois homens ou dois animais de carga, um à frente e outro atrás.

369. Enxovia é a parte térrea ou subterrânea de uma prisão; masmorra, calabouço.

370. Malsins são os informantes, denunciadores que trabalham para órgãos de segurança estatais ou privados.

371. Versos gregos e latinos de cinco pés (sendo o primeiro, o quarto e o quinto *troqueu*, o segundo *espondeu* e o terceiro *dátilo*, e do verso português decassílabo com acento na quarta, oitava e décima sílabas).

não merecíeis melhor; e a vida não é possível sem um bocado de pitoresco depois do almoço.

Com efeito, nesta saudade de Fradique pelo Portugal antigo, havia amor do "pitoresco", estranho num homem tão subjetivo e intelectual; mas sobretudo havia o ódio a esta universal modernização que reduz todos os costumes, crenças, ideias, gostos, modos, os mais ingênitos[372] e mais originalmente próprios, a um tipo uniforme (representado pelo "sujeito utilitário e sério" de sobrecasaca preta) – com a monotonia com que o chinês apara todas as árvores de um jardim, até lhes dar a forma única e dogmática de pirâmide ou de vaso funerário.

Por isso Fradique em Portugal amava sobretudo o povo – o povo que não mudou, como não muda a Natureza que o envolve e lhe comunica os seus caracteres graves e doces. Amava-o pelas suas qualidades, e também pelos seus defeitos: pela sua morosa paciência de boi manso; pela alegria idílica que lhe poetiza o trabalho; pela calma aquiescência à vassalagem com que depois do "Senhor Rei" venera o "Senhor Governo"; pela sua doçura amaviosa[373] e naturalista; pelo seu catolicismo pagão e carinho fiel aos deuses latinos, tornados santos calendares[374]; pelos seus trajes, pelos seus cantos... "Amava-o ainda (diz ele) pela sua linguagem tão bronca e pobre, mas a única em Portugal onde se não sente odiosamente a influência do lamartinismo[375] ou das sebentas[376] de Direito Público."

VI

A última vez que Fradique visitou Lisboa foi essa em que o encontrei no Rato, lamentando os saraus beatos e sécios[377]

---

372. Ingênito é o mesmo que inato, congênito; aquilo que nasce com o indivíduo.

373. Amaviosa é o mesmo que suave, agradável.

374. Que tem dias de homenagem marcados pelo calendário.

375. O narrador refere-se à influência do pensamento e do estilo do poeta francês Alphonse de Lamartine (ver nota 5).

376. Sebenta é um espécie de apostila antiga, caderno de lições ministradas a alunos de cursos superiores.

377. Sécio é o mesmo que afetado, artificial.

do século XVIII. O antigo poeta das "Lapidárias" tinha então cinquenta anos; e cada dia se prendia mais à quieta doçura dos seus hábitos de Paris.

Fradique habitava, na rue de Varennes, desde 1880, uma ala do antigo palácio dos duques de Tredennes que ele mobiliara com um luxo sóbrio e grave – tendo sempre detestado esse atulhamento de alfaias[378] e estofos[379], onde inextricavelmente se embaralham e se contradizem as artes e os séculos, e que, sob o bárbaro e justo nome de bricabraque, tanto seduz os financeiros e as *cocottes*[380]. Nobres e ricas tapeçarias de paisagem e de história; amplos divãs de Aubusson[381]; alguns móveis de arte da Renascença francesa; porcelanas raras de Delft[382] e da China; espaço, claridade, uma harmonia de tons castos – eis o que se encontrava nas cinco salas que constituíam o "covil" de Fradique. Todas as varandas, de ferro rendilhado, datando de Luís XIV, abriam sobre um desses jardins de árvores antigas, que, naquele bairro fidalgo e eclesiástico, formam retiros de silêncio e paz silvana, onde por vezes nas noites de maio se arrisca a cantar um rouxinol.

A vida de Fradique era medida por um relógio secular, que precedia o toque lento e quase austero das horas com uma toada argentina[383] de antiga dança de corte; e era mantida numa imutável regularidade pelo seu criado Smith, velho escocês do clã dos Macduffs, já todo branco de pelo e ainda todo rosado de pele, que havia trinta anos o acompanhava, com severo zelo, através da vida e do mundo.

De manhã, às nove horas, mal se espalhavam no ar os compassos gentis e melancólicos daquele esquecido mi-

---

378. Alfaias são objetos, utensílios usados como enfeites.

379. Por extensão de sentido, estofos são as mobílias, móveis estofados.

380. *Cocotte* é, no contexto, o mesmo que cortesã, mulher de costumes libertinos e devassos e de vida geralmente luxuosa.

381. Aubusson é uma localidade (comuna) francesa famosa por sua tapeçaria.

382. Delft é um cidade holandesa onde é produzido um tipo de porcelana típica.

383. Argentina, no contexto, é o mesmo que argêntea, ou seja, de timbre fino como a prata.

nuete de Cimarosa[384] ou de Haydn[385], Smith rompia pelo quarto de Fradique, abria todas as janelas à luz, gritava: – *Morning, Sir!*[386] Imediatamente Fradique, dando de entre a roupa um salto brusco que considerava "de higiene transcendente", corria ao imenso laboratório de mármore, a esponjar a face e a cabeça em água fria, com um resfolegar de tritão[387] ditoso[388]. Depois, enfiando uma das cabaias de seda que tanto me maravilhavam, abandonava-se, estirado numa poltrona, aos cuidados de Smith, que, como barbeiro (afirmava Fradique), reunia a ligeireza macia de Fígaro[389] à sapiência confidencial do velho Oliveiro de Luís XI[390]. E, com efeito, enquanto o ensaboava e escanhoava, Smith ia dando a Fradique um resumo nítido, sólido, todo em fatos, dos telegramas políticos do *Times*[391], do *Standard*[392] e da *Gazeta de Colônia*[393]!

Era para mim uma surpresa, sempre renovada e saborosa, ver Smith, com a sua alta gravata branca à Palmerston[394], a rabona curta, as calças de xadrez verde e preto (cores da sua

---

384. Domenico Cimarosa (1749-1801), compositor italiano, autor da ópera cômica *Il Matrimonio Segreto*.

385. Franz Joseph Haydn (1732 – 1809) foi um dos mais importantes compositores eruditos do período clássico, juntamente com Mozart (1756-1791) e Beethoven (1770-1827).

386. Forma abreviada de "Bom dia, Senhor".

387. Na mitologia grega, Tritão é um deus marinho, com cabeça e tronco humanos e cauda de peixe, filho de Poseidon e Anfitrite.

388. Ditoso é o mesmo que feliz, afortunado.

389. Fígaro é personagem da ópera cômica *O barbeiro de Sevilha* de Gioacchino Antonio Rossini (1792-1868).

390. Luís XI (1423-1483), cognominado "o prudente", foi rei da França entre 1461 e 1483.

391. O *The Times* é um célebre jornal inglês, editado diariamente em Londres desde 1785.

392. O narrador refere-se, provavelmente, ao jornal inglês *The Evening Standard*, fundado em 1827.

393. A Gazeta de Colônia (*Kulnische Zeitung*) era um jornal diário alemão, porta-voz das ideias políticas ligadas à burguesia liberal prussiana.

394. Henry John Temple (1784-1865), terceiro visconde de Palmerston, mais conhecido por Lord Palmeston, foi um político britânico que serviu por duas vezes como primeiro-ministro do Reino Unido em meados do século XIX.

clã), os sapatos de verniz decotados, passando o pincel na barba do amo e murmurando, em perfeita ciência e perfeita consciência: "Não se realiza a conferência do príncipe de Bismarck[395] com o conde de Kalnocky... Os conservadores perderam a eleição suplementar de York... Falava-se ontem em Viena de um novo empréstimo russo..." Os amigos em Lisboa riam desta "caturreira[396]"; mas Fradique sustentava que havia aqui um proveitoso regresso à tradição clássica, que em todo o mundo latino, desde Cipião, "o Africano", instituíra os barbeiros como "informadores universais da coisa pública". Estes curtos resumos de Smith formavam a carcaça das suas noções políticas: e Fradique nunca dizia – "Li no *Times*" – mas "Li no Smith".

Bem-barbeado, bem-informado, Fradique mergulhava num banho ligeiramente tépido, donde voltava para as mãos vigorosas de Smith, que, com um jogo de luvas de lã, de flanela, de estopa, de clina e de pele de tigre, o friccionava até que o corpo todo se lhe tornasse, como o de Apolo[397], "róseo e reluzente". Tomava então o seu chocolate; e recolhia à biblioteca, sala séria e simples, onde uma imagem da Verdade, radiosamente branca na sua nudez de mármore, pousava o dedo sutil sobre os lábios puros, simbolizando, em frente à vasta mesa de ébano, um trabalho todo íntimo à busca de verdades que não são para o ruído e para o mundo.

À uma hora almoçava, com a sobriedade de um grego, ovos e legumes; e depois, estendido num divã, tomando goles lentos de chá russo, percorria nos jornais e nas revistas as crônicas de arte, de literatura, de teatro ou de sociedade, que não eram da competência política de Smith. Lia então também com cuidado os jornais portugueses (que chama algures "fenômenos picarescos de decomposição social"), sempre

---

395. Otto Leopold Eduard von Bismarck-Schönhausen (1815-1898), Duque de Lauenburg, foi um dos mais importantes líderes nacionais do século XIX. Como primeiro-ministro do reino da Prússia (1862 a 1890), unificou a Alemanha, tornando-se o primeiro chanceler do império alemão.

396. Caturreira é o mesmo que caturrice: teimosia, birra.

397. Segundo a mitologia greco-romana, Apolo é um deus, filho de Zeus e Leto e irmão gêmeo de Artêmis, a deusa da caça. Foi identificado com Hélios, deus do sol.

característicos, mas superiormente interessantes para quem como ele se comprazia em analisar "a obra genuína e sincera da mediocridade" e considerava Calino[398] tão digno de estudo como Voltaire. O resto do dia dava-o aos amigos, às visitas, aos *ateliers*, às salas de armas, às exposições, aos clubes – aos cuidados diversos que se cria um homem de alto gosto, vivendo numa cidade de alta civilização.

De tarde subia ao Bois[399] conduzindo o seu faetonte[400], ou montando a "Sabá", uma maravilhosa égua das caudelarias[401] de Aïn-Weibah que lhe cedera o emir de Mossul[402]. E a sua noite (quando não tinha cadeira na Ópera ou na Comédie) era passada nalgum salão – precisando sempre findar o seu dia entre "o efêmero feminino" (assim dizia Fradique).

A influência deste "feminino" foi suprema na sua existência. Fradique amou mulheres; mas fora dessas, e sobre todas as coisas, amava a mulher.

A sua conduta para com as mulheres era governada conjuntamente por devoções de espiritualista, por curiosidades de crítico e por exigências de sanguíneo. À maneira dos sentimentais da Restauração[403], Fradique considerava-as como "organis-

---

398. Calino de Éfeso é um dos mais antigos poetas líricos gregos, viveu no início do século VII a.C. Escreveu elegias guerreiras – sendo considerado pelos antigos como o criador do gênero – nas quais se nota forte influência da poesia épica.

399. O Bosque de Bolonha (em francês: Bois de Boulogne) é um parque situado em Paris. Cobre uma superfície de 846 hectares, sendo conhecido como um dos pulmões da capital francesa.

400. Faetonte, segundo a mitologia grega, era o filho de Hélios e da ninfa Climene. Um dia seu pai entregou-lhe as rédeas do carro do Sol e ele aproximou-se tanto da Terra que originou um enorme e pavoroso incêndio e deu o fogo ao homem. Zeus fulminou-o com um raio e Faetonte precipitou-se sobre o rio Erídano (rio Pó). No contexto, o narrador deve estar se referindo a um tipo de veículo chamado faeton: carruagem leve, sem cobertura, de quatro rodas.

401. Caudelaria (ou coudelaria) é um estabelecimento similar a um haras, onde se cuida da criação, da seleção e do aperfeiçoamento de animais, especialmente cavalos.

402. Mossul é uma cidade do Iraque, localizada ao norte do país.

403. A Restauração (ou Contrarrevolução) foi o período posterior à Revolução Francesa, quando se tentou retornar aos padrões políticos, sociais e institucionais do Antigo Regime.

mos" superiores, divinamente complicados, diferentes e mais próprios de adoração do que tudo o que oferece a Natureza; ao mesmo tempo, através deste culto, ia dissecando e estudando esses "organismos divinos", fibra a fibra, sem respeito, por paixão de analista; e frequentemente o crítico e o entusiasta desapareciam para só restar nele um homem amando a mulher, na simples e boa lei natural, como os faunos amavam as ninfas.

As mulheres, além disso, estavam para ele (pelo menos nas suas teorias de conversação) classificadas em espécies. Havia a "mulher de exterior", flor de luxo e de mundanismo culto; e havia a "mulher de interior", a que guarda o lar, diante da qual, qualquer que fosse o seu brilho, Fradique conservava um tom penetrado de respeito, excluindo toda a investigação experimental. "Estou em presença destas (escreve ele a Madame Jouarre), como em face de uma carta alheia fechada com sinete e lacre." Na presença, porém, daquelas que se "exteriorizam" e vivem todas no ruído e na fantasia, Fradique achava-se tão livre e tão irresponsável como perante um volume impresso. "Folhear o livro (diz ele ainda a Madame de Jouarre), anotá-lo nas margens acetinadas, criticá-lo em voz alta com independência e veia, levá-lo no *coupé*[404] para ler à noite em casa, aconselhá-lo a um amigo, atirá-lo para um canto percorridas as melhores páginas – é bem permitido, creio eu, segundo a Cartilha e o Código."

Seriam estas sutilezas (como sugeria um cruel amigo nosso) as de um homem que teoriza e idealiza o seu temperamento de carrejão[405] para o tornar literariamente interessante? Não sei. O comentário mais instrutivo das suas teorias dava-o ele, visto numa sala, entre "o efêmero feminino". Certas mulheres muito voluptuosas, quando escutam um homem que as perturba, abrem insensivelmente os lábios. Em Fradique eram os olhos que se alargavam. Tinha-os pequenos e cor de tabaco; mas, junto de uma dessas mulheres de exterior, "estrelas de mundanismo", tornavam-se-lhe imensos, cheios de luz negra,

---

404. *Coupé* é, no contexto, um tipo de carruagem de dois lugares.
405. Carrejão é o mesmo que carregador, moço de fretes. No contexto, o narrador refere-se a um temperamento servil, sem maiores ambições.

aveludados, quase úmidos. A velha *Lady* Mongrave comparava-os "às goelas abertas de duas serpentes". Havia ali, com efeito, um ato de aliciação e de absorção – mas havia sobretudo a evidência da perturbação e do encanto que o inundavam. Nessa atenção de beato diante da Virgem, no murmúrio quente da voz mais amolecedora que um ar de estufa, no umedecimento enleado dos seus olhos finos – as mulheres viam apenas a influência onipotentemente vencedora das suas graças de forma e de alma sobre um homem esplendidamente viril. Ora, nenhum homem mais perigoso do que aquele que dá sempre às mulheres a impressão clara, quase tangível, de que elas são irresistíveis, e subjugam o coração mais rebelde só com mover os ombros lentos ou murmurar: "Que linda tarde!" Quem se mostra facilmente seduzido – facilmente se torna sedutor. É a lenda índia, tão sagaz e real, do espelho encantado em que a velha Maharina se via radiosamente bela. Para obter e reter esse espelho, em que, com tanto esplendor, se reflete a sua pele engelhada – que pecados e que traições não cometerá a Maharina?...

Creio, pois, que Fradique foi profundamente amado, e que magnificamente o mereceu. As mulheres encontravam nele esse ser, raro entre os homens – um homem. E para elas Fradique possuía esta superioridade inestimável, quase única na nossa geração – uma alma extremamente sensível, servida por um corpo extremamente forte.

De maior duração e intensidade que os seus amores foram, todavia, as amizades que Fradique a si atraiu pela sua excelência moral. Quando eu conheci Fradique em Lisboa, no remoto ano de 1867, julguei sentir na sua natureza (como no seu verso) uma impassibilidade brilhante e metálica; e – através da admiração que me deixara a sua arte, a sua personalidade, o seu viço, a sua cabaia de seda – confessei um dia a J. Teixeira de Azevedo que não encontrara no poeta das "Lapidárias" aquele tépido leite da bondade humana, sem o qual o velho Shakespeare (nem eu, depois dele) não compreendia que um homem fosse digno da humanidade. A sua mesma polidez, tão risonha e perfeita, me parecera mais composta por um sistema do que genuinamente ingênita. Decerto, porém, concorreu para a formação deste juízo uma carta (já velha, de 1855) que alguém me confiou, e em que Fradique, com toda a leviana altivez da mocidade, lançava este rude programa de conduta: "Os homens nasceram para trabalhar, as mulheres para chorar, e nós, os fortes, para passar friamente através!..."

Mas em 1880, quando a nossa intimidade uma noite se fixou a uma mesa do Bignon[406], Fradique tinha cinquenta anos; e, ou porque eu então o observasse com uma assiduidade mais penetrante, ou porque nele se tivesse já operado com a idade esse fenômeno que Fustan de Carmanges chamou depois *le dégel de Fradique*[407], bem cedo senti, através da impassibilidade marmórea do cinzelador das "Lapidárias", brotar, tépida e generosamente, o *leite da bondade humana*.

A forte expressão de virtude que nele logo me impressionou foi a sua incondicional e irrestrita indulgência. Ou por uma conclusão da sua filosofia, ou por uma inspiração da sua natureza – Fradique, perante o pecado e o delito, tendia àquela velha misericórdia evangélica que, consciente da universal fragilidade, pergunta donde se erguerá a mão bastante pura para arremessar a primeira pedra ao erro. Em toda a culpa ele via (talvez contra a razão, mas em obediência àquela voz que falava baixo a São Francisco de Assis e que ainda se não calou) a irremediável fraqueza humana; e o seu perdão subia logo do fundo dessa piedade que jazia na sua alma, como manancial de água pura em terra rica, sempre pronto a brotar.

A sua bondade, porém, não se limitava a esta expressão passiva. Toda a desgraça, desde a amargura limitada e tangível que passa na rua, até a vasta e esparsa miséria que com a força de um elemento devasta classes e raças, teve nele um consolador diligente e real. São dele, e escritas nos derradeiros anos (numa carta a G.F.), estas nobres palavras: "Todos nós que vivemos neste globo formamos uma imensa caravana que marcha confusamente para o Nada. Cerca-nos uma Natureza inconsciente, impassível, mortal como nós, que não nos entende, nem sequer nos vê, e donde não podemos esperar

---

406. O Chez Bignon, antigo Café Foy, é um restaurante e bistrô parisiense muito famoso no século XIX.

407. "O degelo de Fradique".

nem socorro nem consolação. Só nos resta para nos dirigir, na rajada que nos leva, esse secular preceito, suma divina de toda a experiência humana: *Ajudai-vos uns aos outros!* Que, na tumultuosa caminhada, portanto, onde passos sem conta se misturam, cada um ceda metade do seu pão àquele que tem fome; estenda metade do seu manto àquele que tem frio; acuda com o braço àquele que vai tropeçar; poupe o corpo daquele que já tombou; e, se algum mais bem-provido e seguro para o caminho necessitar apenas simpatia de almas, que as almas se abram para ele transbordando dessa simpatia... Só assim conseguiremos dar alguma beleza e alguma dignidade a esta escura debandada para a Morte".

Decerto Fradique não era um santo militante, rebuscando pelas vielas misérias a resgatar; mas nunca houve mal, por ele conhecido, que dele não recebesse alívio. Sempre que lia por acaso, num jornal, uma calamidade ou uma indigência, marcava a notícia com um traço a lápis, lançando ao lado um algarismo – que indicava ao velho Smith o número de libras que devia remeter, sem publicidade, pudicamente. A sua máxima para com os pobres (a quem os economistas afirmam que se não deve caridade, mas justiça) era "que à hora das comidas mais vale um pataco na mão que duas filosofias a voar". As crianças, sobretudo quando necessitadas, inspiravam-lhe um enternecimento infinito; e era destes, singularmente raros, que encontrando, num agreste dia de inverno, um pequenino que pede, transido de frio – param sob a chuva e sob o vento, desapertam pacientemente o paletó, descalçam pacientemente a luva, para vasculhar no fundo da algibeira, à procura da moeda de prata que vai ser o calor e o pão de um dia.

Esta caridade estendia-se budistamente a tudo que vive. Não conheci homem mais respeitador do animal e dos seus direitos. Uma ocasião em Paris, correndo ambos a uma estação de fiacres, para nos salvarmos de um chuveiro que desabava, e seguir, na pressa que nos levava, a uma venda de tapeçarias (onde Fradique cobiçava umas *nove musas dançando entre loureirais*), encontramos apenas um *coupé*, cuja pileca, com o saco pendente do focinho, comia melancolicamente a sua ração. Fradique teimou em esperar que o cavalo almoçasse com sossego – e perdeu as *nove musas*.

Nos últimos tempos, preocupava-o sobretudo a miséria das classes – por sentir que nestas democracias industriais e materialistas, furiosamente empenhadas na luta pelo pão egoísta, as almas cada dia se tornam mais secas e menos capazes de piedade. "A fraternidade (dizia ele numa carta de 1886 que conservo) vai-se sumindo, principalmente nestas vastas colmeias de cal e pedra onde os homens teimam em se amontoar e lutar; e, através do constante deperecimento[408] dos costumes e das simplicidades rurais, o mundo vai rolando a um egoísmo feroz. A primeira evidência deste egoísmo é o desenvolvimento ruidoso da filantropia. Desde que a caridade se organiza e se consolida em instituição, com regulamentos, relatórios, comitês, sessões, um presidente e uma campainha, e de sentimento natural passa a função oficial – é porque o homem, não contando já com os impulsos do seu coração, necessita obrigar-se publicamente ao bem pelas prescrições de um estatuto. Com os corações assim duros e os invernos tão longos, que vai ser dos pobres?..."

Quantas vezes, diante de mim, nos crepúsculos de novembro, na sua biblioteca apenas alumiada pela chama incerta e doce da lenha no fogão, Fradique emergiu de um silêncio em que os olhares se lhe perdiam ao longe, como afundados em horizontes de tristeza – para assim lamentar, com enternecida elevação, todas as misérias humanas! E voltava então a amarga afirmação da crescente aspereza dos homens, forçados pela violência do conflito e da concorrência a um egoísmo rude, em que cada um se torna cada vez mais o lobo do seu semelhante, *homo homini lupus*[409].

– Era necessário que viesse outro Cristo! – murmurei eu um dia.

Fradique encolheu os ombros:

– Há-de vir; há-de talvez libertar os escravos; há-de ter por isso a sua Igreja e a sua liturgia; e depois há-de ser negado; e mais tarde há-de ser esquecido; e por fim hão-de surgir no-

---

408. Desfalecimento, esgotamento.
409. "O homem é o lobo do homem."

vas turbas de escravos. Não há nada a fazer. O que resta a cada um por prudência é reunir um pecúlio e adquirir um revólver; e aos seus semelhantes que lhe baterem à porta, dar, segundo as circunstâncias, ou pão ou bala.

Assim, cheios de ideias, de delicadas ocupações e de obras amáveis, decorreram os derradeiros anos de Fradique Mendes em Paris, até que no inverno de 1888 a morte o colheu sob aquela forma que ele, como César, sempre apetecera – *inopinatam atque repentinam*[410].

Uma noite, saindo de uma festa da condessa de La Ferté (velha amiga de Fradique, com quem fizera num iate uma viagem à Islândia), achou no vestiário a sua peliça[411] russa trocada por outra, confortável e rica também, que tinha no bolso uma carteira com o monograma e os bilhetes do general Terran-d'Azy. Fradique, que sofria de repugnâncias intoleráveis, não se quis cobrir com o agasalho daquele oficial rabugento e catarroso, e atravessou a Praça da Concórdia a pé, de casaca, até o clube da Rue Royale. A noite estava seca e clara, mas cortada por uma dessas brisas sutis, mais tênues que um hálito, que durante léguas se afiam sobre planícies nevadas do norte, e já eram comparadas pelo velho André Vasali a "um punhal traiçoeiro". Ao outro dia acordou com uma tosse leve. Indiferente porém aos resguardos, seguro de uma robustez que afrontara tantos ares inclementes, foi a Fontainebleau[412] com amigos no alto de um *mail-coach*[413]. Logo nessa noite, ao recolher, teve um longo e intenso arrepio; e trinta horas depois, sem sofrimento, tão serenamente que durante algum tempo Smith o julgou adormecido, Fradique, como diziam os antigos, "tinha vivido". Não acaba mais docemente um belo dia de verão.

---

410. "Inesperada e repentina".

411. Peliça é uma peça de vestuário feita ou forrada de peles, com pelos macios e abundantes.

412. Fontainebleau é uma cidade francesa, sede do departamento Seine-et-Marne (região administrativa de Île-de-France). Dá-se o nome de escola de Fontainebleau a um grupo de artistas que Francisco I (1494-1547) de França contratou para decorar o Castelo de Fontainebleau, um dos mais célebres da França.

413. Espécie de carruagem utilizada, originalmente, para carregar diversos tipos de correspondências.

O dr. Labert declarou que fora uma forma raríssima de pleuris. E acrescentou, com um exato sentimento das felicidades humanas: "*Toujours de la chance, ce Fradique!*"[414]

Acompanharam a sua passagem derradeira pelas ruas de Paris, sob um céu cinzento de neve, alguns dos mais gloriosos homens de França nas coisas do saber e da arte. Lindos rostos, já pisados pelo tempo, o choraram, na saudade das emoções passadas. E, em pobres moradas, em torno a lares sem lume, foi decerto também lamentado este cético de finas letras, que cuidava dos males humanos envolto em cabaias de seda.

Jaz no Père Lachaise[415], não longe da sepultura de Balzac[416], onde no Dia dos Mortos ele mandava sempre colocar um ramo dessas violetas-de-parma que tanto amara em vida o criador da *Comédia Humana*. Mãos fiéis, por seu turno, conservam sempre perfumado de rosas frescas o mármore simples que o cobre na terra.

VII

O erudito moralista que assina "Alceste" na *Gazeta de Paris* dedicou a Fradique Mendes uma crônica em que resume assim o seu espírito e a sua ação: "Pensador verdadeiramente pessoal e forte, Fradique Mendes não deixa uma obra. Por indiferença, por indolência, este homem foi o dissipador de uma enorme riqueza intelectual. Do bloco de ouro em que poderia ter talhado um monumento imperecível – tirou ele durante anos curtas lascas, migalhas, que espalhou às mãos-cheias, conversando, pelos salões e pelos clubes de Paris. Todo esse pó de ouro se perdeu no pó comum. E sobre a sepultura de Fradique, como sobre a do grego desconhecido de que canta a

---

414. "Sempre com sorte, este Fradique!"

415. O cemitério do Père-Lachaise é o maior cemitério de Paris e um dos mais famosos do mundo.

416. Honoré de Balzac (1799-1850), famoso romancista francês, um dos maiores nomes do realismo na literatura. O grande projeto de sua vida foi *A comédia humana*, que reúne mais de noventa romances e contos e procura retratar a realidade da vida burguesa da França na sua época.

antologia, se poderia escrever: *Aqui jaz o ruído do vento que passou derramando perfume, calor e sementes em vão..."*

Toda esta crônica vem lançada com a usual superficialidade e inconsideração dos franceses. Nada menos refletido que as designações de *indolência*, *indiferença*, que voltam repetidamente, nessa página bem ornada e sonora, como para marcar com precisão a natureza de Fradique. Ele foi ao contrário um homem todo de paixão, de ação, de tenaz labor. E escassamente pode ser acusado de *indolência*, de *indiferença* quem, como ele, fez duas campanhas, apostolou uma religião, trilhou os cinco continentes, absorveu tantas civilizações, percorreu todo o saber do seu tempo.

O cronista da *Gazeta de Paris* acerta, porém, singularmente, afirmando que desse duro obreiro não resta uma obra. Impressas e dadas ao mundo só dele conhecemos, com efeito, as poesias das "Lapidárias", publicadas na *Revolução de Setembro* – e esse curioso poemeto em latim bárbaro, *Laus Veneris Tenebrosæ*, que apareceu na *Revue de Poésie et d'Art*, fundada em fins de 69 em Paris por um grupo de poetas simbolistas. Fradique, porém, deixou manuscritos. Muitas vezes, na Rue de Varennes, os entrevi eu dentro de um cofre espanhol do século XIV, de ferro lavrado, que Fradique denominava a *vala comum*. Todos esses papéis (e a plena disposição deles) foram legados por Fradique àquela Libuska de quem ele largamente fala nas suas cartas a Madame de Jouarre, e que se nos torna tão familiar e real "com os seus veludos brancos de veneziana e os seus largos olhos de Juno".

Esta senhora, que se chamava Varia Lobrinska, era da velha família russa dos príncipes de Palidoff. Em 1874 seu marido, Paulo Lobrinski, diplomata silencioso e vago, que pertencera ao regimento das Guardas Imperiais, e escrevia *capitaine*[417] *com t, e, (capiténe)* morrera em Paris, por fins de outubro, ainda moço, de uma lânguida e longa anemia. Imediatamente Madame Lobrinska, com solene mágoa, cercada de aias e de crepes, recolheu às suas vastas propriedades russas perto de Starobelsk[418], no governo de Karkoff. Na primavera,

---

417. "Capitão".
418. O narrador refere-se à cidade ucraniana chamada Starobilsk.

porém, voltou com as flores dos castanheiros – e desde então habitava Paris em luxuosa e risonha viuvez. Um dia, em casa de Madame de Jouarre, encontrou Fradique que, enlevado então no culto das literaturas eslavas, se ocupava com paixão do mais antigo e nobre dos seus poemas, "O Julgamento de Libuska", casualmente encontrado em 1818 nos arquivos do castelo de Zelene-Hora. Madame Lobrinska era parenta dos senhores de Zelene-Hora, condes de Coloredo, e possuía justamente uma reprodução das duas folhas de pergaminho que contêm a velha epopeia bárbara.

Ambos leram esse texto heroico – até que o doce instante veio em que, como os dois amorosos de Dante, "não leram mais no dia todo". Fradique dera a Madame Lobrinska o nome de Libuska, a rainha que no julgamento aparece "vestida de branco e resplandecente de sapiência". Ela chamava a Fradique "Lúcifer". O poeta das "Lapidárias" morreu em novembro – e dias depois Madame Lobrinska recolhia de novo à melancolia das suas terras, junto de Starobelsk, no governo de Karkoff. Os seus amigos sorriram, murmuraram com simpatia que Madame Lobrinska fugira, para chorar entre os seus mujiques[419] a sua segunda viuvez – até que reflorescessem os lilases. Mas desta vez Lisbuska não voltou, nem com as flores dos castanheiros.

O marido de Madame Lobrinska era um diplomata que estudava e praticava sobretudo os *menus* e os *cotillons*[420]. A sua carreira foi portanto irremediavelmente subalterna e lenta. Durante seis anos jazeu no Rio de Janeiro, entre os arvoredos de Petrópolis, como secretário, esperando aquela legação na Europa que o príncipe Gortchakoff[421], então chanceler imperial, afirmava pertencer a Madame Lobrinska *par droit de beauté et de sagesse*[422]. A legação na Europa, numa capital mundana, culta, sem bananeiras, nunca veio compensar aqueles exilados que sofriam das saudades da neve – e Madame Lobrinska, no

---

419. Mujique é o nome dado ao camponês russo antes da revolução de 1917.

420. "Cardápios" e "saias", ou seja, "comida" e "mulheres".

421. Alexander Mikhailovich Gortchakoff (1798-1883), diplomata russo, um dos mais influentes e respeitadas figuras políticas do século XIX."

422. "Por direito de beleza e sabedoria".

seu exílio, chegou a aprender tão completamente a nossa doce língua de Portugal, que Fradique me mostrou uma tradução da elegia de Lavoski, *A colina do adeus*, trabalhada por ela com superior pureza e relevo. Só ela, pois, realmente, dentre todas as amigas de Fradique, podia apreciar como páginas vivas, onde o pensador depusera a confidência do seu pensamento, esses manuscritos que para as outras seriam apenas secas e mortas folhas de papel, cobertas de linhas incompreendidas.

Logo que comecei a colecionar as cartas dispersas de Fradique Mendes, escrevi a Madame Lobrinska contando o meu empenho em fixar num estudo carinhoso as feições desse transcendente espírito – e implorando, se não alguns extratos dos seus manuscritos, ao menos algumas revelações *sobre a sua natureza*. A resposta de Madame Lobrinska foi uma recusa, bem-determinada, bem-deduzida – mostrando que decerto sob "os claros olhos de Juno" estava uma clara razão de Minerva[423]. "Os papéis de Carlos Fradique (dizia em suma) tinham-lhe sido confiados, a ela que vivia longe da publicidade, e do mundo que se interessa e lucra na publicidade, com o intuito de que, para sempre, conservassem o caráter íntimo e secreto em que tanto tempo Fradique os mantivera; e nestas condições o *revelar a sua natureza* seria manifestamente contrariar o recatado e altivo sentimento que ditara esse legado..." Isto vinha escrito, com uma letra grossa e redonda, numa larga folha de papel áspero, onde a um canto brilhava a ouro sob uma coroa de ouro esta divisa – *Per Terram Ad Cœlum*[424].

Deste modo se estabeleceu a obscuridade em torno dos manuscritos de Fradique. Que continha realmente esse cofre de ferro, que Fradique com desconsolado orgulho denominava a *vala comum*, por julgar pobres e sem brilho no mundo os pensamentos que para lá arrojava?

Alguns amigos pensam que aí se devem encontrar, se não completas, ao menos esboçadas, ou já coordenadas nos seus materiais, as duas obras a que Fradique aludia como sendo as mais cativantes para um pensador e um artista deste século – uma *Psicologia das religiões* e uma *Teoria da vontade*.

---

423. Na mitologia romana, Minerva é a deusa das artes e da sabedoria.

424. Numa tradução literal: "Pela terra, em direção ao céu".

Outros (como J. Teixeira de Azevedo) julgam que nesses papéis existe um romance de realismo épico, reconstruindo uma civilização extinta, como a "Salambô"[425]. E deduzem essa suposição (desamorável[426]) de uma carta a Oliveira Martins, de 1880, em que Fradique exclamava, com uma ironia misteriosa: "Sinto-me resvalar, caro historiador, a práticas culpadas e vãs! Ai de mim, ai de mim, que me foge a pena para o mal! Que demônio malfazejo, coberto de pó das idades, e sobraçando infólios[427] arqueológicos, me veio murmurar uma destas noites, noite de duro inverno e de erudição decorativa: *Trabalha um romance! E no teu romance ressuscita a antiguidade asiática!?* E as suas sugestões pareceram-me doces, amigo, de uma doçura letal!... Que dirá você, dileto Oliveira Martins, se um dia desprecavidamente no seu lar receber um tomo meu, impresso com solenidade, e começando por estas linhas: *Era em Babilônia, no mês de Sivanu*[428], *depois da colheita do bálsamo?*... Decerto, você (daqui o sinto) deixará pender a face aterrada entre as mãos trêmulas, murmurando: *Justos Céus! Aí vem sobre nós a descrição do Templo das Sete Esferas*[429], *com todos os seus terraços! A descrição da batalha de Halub, com todas as suas armas! A descrição do banquete de Sennacherib*[430], *com todas as suas iguarias!... Nem os bordados de uma só túnica, nem os relevos de um só vaso nos serão perdoados! E é isto um amigo íntimo!*

Ramalho Ortigão, ao contrário, inclina a crer que os papéis de Fradique contêm "Memórias" – porque só a "Memórias" se pode coerentemente impor a condição de permanecerem secretas.

---

425. *Salambô* (1862) é o título de um romance histórico de Gustave Flaubert (1821-1880).

426. Sem amor, sem afeição.

427. Infólios são folhas de impressão dobradas ao meio, de que resultam cadernos com quatro páginas.

428. No calendário caldeu e macedônio, o terceiro mês do ano, que conhecemos por março.

429. O Templo das Sete Esferas foi uma das mais espetaculares construções da antiga Babilônia, juntamente com os famosos Jardins Suspensos. O Templo das Sete Esferas localizava-se na cidade de Borsippe.

430. Sennacherib foi rei da Assíria de 705 a.C. a 681 a.C. Segundo o relato bíblico, invadiu Judá, mas o seu exército foi destruído por um milagre. Foi pai de Esarhaddon, rei da Assíria entre 681 a.C. e 669 a.C.

Eu, por mim, de um melhor e mais contínuo conhecimento de Fradique, concluo que ele não deixou um livro de psicologia, nem uma epopeia arqueológica (que certamente pareceria a Fradique uma culpada e vã ostentação de saber pitoresco e fácil), nem "Memórias" – inexplicáveis num homem todo de ideia e de abstração, que escondia a sua vida com tão altivo recato. E afirmo afoitamente que nesse cofre de ferro, perdido num velho solar russo, não existe uma obra – porque Fradique nunca foi verdadeiramente um *autor*.

Para o ser não lhe faltaram decerto as ideias – mas faltou-lhe a certeza de que elas, pelo seu valor *definitivo*, merecessem ser registradas e perpetuadas; e faltou-lhe ainda a arte paciente, ou o querer forte, para produzir aquela forma que ele concebera em abstrato como a única digna, por belezas especiais e raras, de encarnar as suas ideias. Desconfiança de si como pensador, cujas conclusões, renovando a filosofia e a ciência, pudessem imprimir ao espírito humano um movimento inesperado; desconfiança de si como escritor e criador de uma prosa, que só por si própria, e separada do valor do pensamento, exercesse sobre as almas a ação inefável do absolutamente belo – eis as duas influências negativas que retiveram Fradique para sempre inédito e mudo. Tudo o que da sua inteligência emanasse queria ele que perpetuamente ficasse atuando sobre as inteligências pela definitiva verdade ou pela incomparável beleza. Mas a crítica inclemente e sagaz que praticava sobre os outros, praticava-a sobre si, cada dia, com redobrada sagacidade e inclemência. O sentimento, tão vivo nele, da realidade, fazia-lhe distinguir o seu próprio espírito tal como era, na sua real potência e nos seus reais limites, sem que lhe mostrassem mais potente ou mais largo esses "fumos da ilusão literária" – que levam todo o homem de letras, mal corre a pena sobre o papel, a tomar por faiscantes raios de luz alguns sujos riscos de tinta. E concluindo que, nem pela ideia, nem pela forma, poderia levar às inteligências persuasão ou encanto que definitivamente marcassem na evolução da razão ou do gosto – preferiu altivamente permanecer silencioso. Por motivos nobremente diferentes dos de Descartes, ele seguiu assim a máxima que tanto seduzia Descartes – *Bene vixit qui bene latuit*[431].

Nenhum destes sentimentos ele me confessou, mas todos lhos surpreendi, transparentemente, num dos derradeiros Natais que vim passar à Rue de Varennes, onde Fradique pelas festas do ano me hospedava com imerecido esplendor. Era uma noite de grande e ruidoso inverno; e desde o café, com os pés estendidos à alta chama dos madeiros de faia que estalavam na chaminé, conversávamos sobre a África e sobre religiões africanas. Fradique recolhera na região do Zambeze[432] notas muito flagrantes, muito vivas, sobre os cultos nativos – que são divinizações dos chefes mortos, tornados pela morte *mulungus*, espíritos dispensadores das coisas boas e más, com residência divina nas cubatas[433] e nas colinas onde tiveram a sua residência carnal; e, comparando os cerimoniais e os fins destes cultos selvagens da África com os primitivos cerimoniais litúrgicos dos Árias[434] em Septa-Sindhou[435], Fradique concluía (como mostra numa carta desse tempo a Guerra Junqueiro) que na religião o que há de real, essencial, necessário e eterno é o cerimonial e a liturgia – e o que há de artificial, de suplementar, de dispensável, de transitório é a teologia e a moral.

Todas estas coisas me prendiam irresistivelmente, sobretudo pelos traços de vida e de natureza africana com que vinham iluminadas. E sorrindo, seduzido:

– Fradique! Por que não escreve você toda essa sua viagem à África?

Era a vez primeira que eu sugeria ao meu amigo a ideia de compor um livro. Ele ergueu a face para mim com tanto espanto como se eu lhe propusesse marchar descalço através da noite

---

431. "Viveu bem quem soube viver na obscuridade."

432. O Zambeze é um rio da África Austral que estabelece a fronteira entre a Zâmbia e o Zimbabwe.

433. Casas cobertas de folhas, choupanas de negros africanos, choças.

434. Pertencente a uma das três etnias hindus "veneráveis".

435. O narrador refere-se, provavelmente, a alguma localidade do Vale do rio Indo (Sindhu em sânscrito), entre a Índia e o Paquistão.

tormentosa até os bosques de Marly[436]. Depois, atirando a *cigarette* para o lume, murmurou com lentidão e melancolia:

– Para quê?... Não vi nada na África que os outros não tivessem já visto.

E, como eu lhe observasse que vira talvez de um modo diferente e superior; que nem todos os dias um homem educado pela filosofia, e saturado de erudição, faz a travessia da África; e que em ciência uma só verdade necessita mil experimentadores, Fradique quase se impacientou:

– Não! Não tenho sobre a África, nem sobre coisa alguma neste mundo, conclusões que por alterarem o curso do pensar contemporâneo valesse a pena registar... Só podia apresentar uma série de impressões, de paisagens. E então pior! Porque o verbo humano, tal como o falamos, é ainda impotente para encarnar a menor impressão intelectual ou reproduzir a simples forma de um arbusto... Eu não sei escrever! Ninguém sabe escrever!

Protestei, rindo, contra aquela generalização tão inteiriça, que tudo varria, desapiedadamente. E lembrei que a bem curtas jardas da chaminé que nos aquecia, naquele velho bairro de Paris onde se erguia a Sorbonne, o Instituto de França e a Escola Normal, muitos homens houvera, havia ainda, que possuíam do modo mais perfeito a "bela arte de dizer".

– Quem? – exclamou Fradique.

Comecei por Bossuet[437]. Fradique encolheu os ombros, com uma irreverência violenta que me emudeceu. E declarou logo, num resumo cortante, que nos dois melhores séculos da literatura francesa, desde o *meu* Bossuet até Beaumarchais[438], nenhum prosador para ele tinha relevo, cor, intensidade, vida... E nos modernos nenhum também o contentava. A distensão retumbante de Hugo era tão intolerável como a flacidez oleosa de

---

436. Referência à comuna francesa Marly-le-Roi, cidade-dormitório de Paris.

437. Jacques-Benigne Bossuet (1627-1704), bispo, teólogo e escritor francês. Foi um dos primeiros a defender a teoria do absolutismo político. Escreveu, dentre outras obras, *Discours sur l'Histoire universelle* (1681) e *Maximes et réflexions sur la comédie* (1694).

438. Pierre-Augustin Caron de Beaumarchais (1732-1799) foi um dramaturgo francês, autor do célebre *O barbeiro de Sevilha* (1775), peça transformada em ópera por Rossini, e *As bodas de Figaro* (1784), musicada por Mozart.

Lamartine. A Michelet[439] faltavam gravidade e equilíbrio; a Renan solidez e nervo; a Taine fluidez e transparência; a Flaubert vibração e calor. O pobre Balzac, esse, era de uma exuberância desordenada e barbárica. E o preciosismo dos Goncourt[440] e do seu mundo parecia-lhe perfeitamente indecente...

Aturdido, rindo, perguntei àquele "feroz insatisfeito" que prosa, pois, concebia ele, ideal e miraculosa, que merecesse ser escrita. E Fradique, emocionado (porque estas questões de forma desmanchavam a sua serenidade), balbuciou que queria em prosa "alguma coisa de cristalino, de aveludado, de ondeante, de marmóreo, que só por si, plasticamente, realizasse uma absoluta beleza – e que expressionalmente, como verbo, tudo pudesse traduzir desde os mais fugidios tons de luz até os mais sutis estados de alma..."

– Enfim – exclamei – uma prosa como não pode haver!
– Não! – gritou Fradique – uma *prosa como ainda não há!*
Depois, ajuntou, concluindo:
– E, como ainda a não há, é uma inutilidade escrever. Só se podem produzir formas sem beleza: e dentro dessas mesmas só cabe metade do que se queria exprimir, porque a outra metade não é redutível ao verbo.

Tudo isto era talvez especioso[441] e pueril, mas revelava o sentimento que mantivera mudo aquele superior espírito – possuído da sublime ambição de só produzir verdades absolutamente definitivas, por meio de formas absolutamente belas.

Por isso, e não por indolência de meridional como insinua "Alceste", Fradique passou no mundo, sem deixar outros vestígios da formidável atividade do seu ser pensante além daqueles que por longos anos espalhou, à maneira do sábio antigo, "em conversas com que se deleitava, à tarde, sob os plátanos do seu jardim, ou em cartas, que eram ainda

---

439. Jules Michelet (1798-1874), historiador francês, autor do célebre *História da Revolução Francesa* (1853).

440. Edmond Louise Antoine Huot de Goncourt (1822-1896) e Jules-Alfred Huot de Goncourt (1830-1870), irmãos, romancistas e historiadores da literatura francesa ligados à escola naturalista. Juntos escreveram, dentre outras obras, *Histoire de la société française pendant la révolution* (1854) e *L'Art du dix-huitième siècle* (1859-1875).

441. Enganador, ilusório.

conversas naturais com os amigos de que as ondas o separavam..." As suas conversas, o vento as levou – não tendo, como o velho dr. Johnson[442], um Boswell[443], entusiasta e paciente, que o seguisse pela cidade e pelo campo, com as largas orelhas atentas, e o lápis pronto a tudo notar e tudo eternizar. Dele, pois, só restam as suas cartas – leves migalhas desse ouro de que fala "Alceste" e onde se sente o brilho, o valor intrínseco, e a preciosidade do bloco rico a que pertenceram.

VIII

Se a vida de Fradique foi assim governada por um tão constante e claro propósito de abstenção e silêncio – eu, publicando as suas Cartas, pareço lançar estouvada e traiçoeiramente o meu amigo, depois da sua morte, nesse ruído e publicidade a que ele sempre se recusou, por uma rígida probidade de espírito. E assim seria – se eu não possuísse a evidência de que Fradique incondicionalmente aprovaria uma publicação da sua Correspondência, organizada com discernimento e carinho. Em 1888, numa carta em que lhe contava uma romântica jornada na Bretanha, aludia eu a um livro que me acompanhara e me encantara, a *Correspondência de Xavier Doudan*[444] – um desses espíritos recolhidos que vivem para se aperfeiçoar na verdade e não para se glorificar no mundo, e que, como Fradique, só deixou vestígios da sua intensa vida intelectual na sua Correspondência, coligida depois com reverência pelos confidentes do seu pensamento.

---

442. Samuel Johnson (1709-1784), também conhecido como dr. Johnson, foi um escritor e lexicógrafo inglês, autor de, entre outras obras, *Vidas dos mais eminentes poetas ingleses* (1779/83) e *A história de Rasselas, príncipe da Abissínia* (1759).
443. James Boswell (1740-1795), advogado e biógrafo escocês, um dos maiores diaristas do século XVIII. Amigo e admirador de Samuel Johnson, escreveu sua biografia definitiva, *The Life of Samuel Johnson* (1791).
444. Xavier Doudan (1800 -1872), escritor francês.

Fradique, na carta que me volveu, toda ocupada dos Pireneus[445], onde gastara o verão, acrescentava num pós-escrito: "*A Correspondência de Doudan* é realmente muito legível; ainda que através dela apenas se sente um espírito naturalmente limitado, que desde novo se entranhou no doutrinarismo da Escola de Genebra[446], e que depois, caído em solidão e doença, só pelos livros conheceu a vida, os homens e o mundo. Li em todo o caso essas cartas – como leio todas as coleções de Correspondências, que, não sendo didaticamente preparadas para o público (como as de Plínio[447]), constituem um estudo excelente de psicologia e de história. Eis aí uma maneira de perpetuar as ideias de um homem que eu afoitamente aprovo – publicar-lhe a Correspondência! Há desde logo esta imensa vantagem: que o valor das ideias (e portanto a escolha das que devem ficar) não é decidido por aquele que as concebeu, mas por um grupo de amigos e de críticos, tanto mais livres e mais exigentes no seu julgamento quanto estão julgando um morto que só desejam mostrar ao mundo pelos seus lados superiores e luminosos. Além disso, uma Correspondência revela melhor que uma obra a individualidade, o homem; e isto é inestimável para aqueles que na Terra valeram mais pelo caráter do que pelo talento. Acresce ainda que, se uma obra nem sempre aumenta o pecúlio do saber humano, uma Correspondência, reproduzindo necessariamente os costumes, os modos de sentir, os gostos, o pensar contemporâneo e o ambiente, enriquece sempre o tesouro da documentação histórica. Temos depois que as cartas de um homem, sendo o produto quente e vibrante da

---

445. Os Pireneus são uma cordilheira no sudoeste da Europa cujos montes formam uma fronteira natural entre a França e a Espanha.

446. Escola de teoria literária nascida na Universidade de Genebra, sob inspiração da fenomenologia de Edmund Husserl (1859-1938), cujos membros são também conhecidos por "críticos da consciência".

447. Caius Plinius Cecilius Secundus (61/62 – + ou - 114) foi orador, jurista, político e administrador imperial na Bitínia (de 111 a 112). Estava com seu tio, Plínio, o Velho (23-79), no dia da grande erupção do Vesúvio (79 d.C.), mas recusou-se a acompanhá-lo de barco até o vulcão em erupção. Seus escritos sobre esse dia, no qual Pompeia se afogou em cinzas, são o principal documento a respeito de como sucedeu tal erupção. Hoje, as erupções desse tipo são chamadas de erupções plinianas.

sua vida, contêm mais ensino que a sua filosofia – que é apenas a criação impessoal do seu espírito. Uma filosofia oferece meramente uma conjetura mais, que se vai juntar ao imenso montão das conjeturas; uma vida que se confessa constitui o estudo de uma realidade humana, que, posta ao lado de outros estudos, alarga o nosso conhecimento do homem, único objetivo *acessível* ao esforço intelectual. E finalmente como *cartas são palestras escritas* (assim afirma não sei que clássico), elas dispensam o revestimento sacramental da *tal prosa como não há...* Mas este ponto precisava ser mais desembrulhado – e eu sinto parar à porta o cavalo em que vou trepar ao pico de Bigorre[448]".

Foi a lembrança desta opinião de Fradique, tão clara e fundamentada, que me decidiu, apenas em mim se foi calmando a saudade daquele camarada adorável, a reunir as suas cartas para que os homens alguma coisa pudessem aprender e amar naquela inteligência que eu tão estreitamente amara e seguira. A essa carinhosa tarefa devotei um ano – porque a Correspondência de Fradique, que, desde os quietos hábitos a que se acolhera depois de 1880 aquele "andador de continentes", era a mais preferida das suas ocupações, apresenta a vastidão e a copiosidade da correspondência de Cícero, de Voltaire, de Proudhon[449] e de outros poderosos remexedores de ideias.

Sente-se logo o prazer com que compunha estas cartas na forma do papel – esplêndidas folhas de "Whatman[450]", ebúrneas bastante para que a pena corresse nelas com o desembaraço com que a voz corta o ar; vastas bastante para que nelas coubesse o desenrolamento da mais complexa ideia; fortes bastante, na sua consistência de pergaminho, para que não prevalecesse contra elas o carcomer do tempo. "Calculei já, ajudado pelo Smith (afirma ele a Carlos

---

448. O pico do Midi de Bigorre fica nos Pireneus, é conhecido por seus mirantes e pelo observatório astronômico ali instalado.

449. Pierre-Joseph Proudhon (1809-1865), anarquista francês, um dos primeiros pensadores a propor uma ciência da sociedade. Sua obra mais conhecida e influente é *O que é a propriedade?* (1840).

450. Marca inglesa de papéis produzidos artesanalmente. Considerado um dos papéis mais finos do século XIX.

Mayer), que cada uma das minhas cartas, neste papel, com envelope e estampilha, me custa duzentos e cinquenta réis. Ora supondo vaidosamente que cada quinhentas cartas minhas contêm uma ideia – resulta que cada ideia me fica por *cento e vinte e cinco mil réis*. Este mero cálculo bastará para que o Estado e a econômica classe média que o dirige impeçam com ardor a educação – provando, como iniludivelmente prova, que fumar é mais barato que pensar... Contrabalanço *pensar* e *fumar*, porque são, ó Carlos, duas operações idênticas que consistem em atirar pequenas nuvens ao vento."

Estas dispendiosas folhas têm todas a um canto as iniciais de Fradique – F. M. – minúsculas e simples, em esmalte escarlate. A letra que as enche, singularmente desigual, oferece a maior similitude com a conversação de Fradique: ora cerrada e fina, parecendo morder o papel como um buril para contornar bem rigorosamente a ideia; ora hesitante e demorada, com riscos, separações, como naquele esforço tão seu de tentear, espiar, cercar a real realidade das coisas; ora mais fluida e rápida, lançada com facilidade e largueza, lembrando esses momentos de abundância e de veia que Fustan de Carmanges denominava *le dégel de Fradique*, e em que o gesto estreito e sóbrio se lhe desmanchava num esvoaçar de flâmula ao vento.

Fradique nunca datava as suas cartas; e, se elas vinham de moradas familiares aos seus amigos, notava meramente o nome do mês. Existem assim cartas inumeráveis com esta resumida indicação – "Paris, julho; Lisboa, fevereiro..." Frequentemente, também, restituía aos meses as alcunhas naturalistas do calendário republicano[451] – "Paris, Floreal; Londres, Nivose." Quando se dirigia a mulheres, substituía ainda o nome do

---

451. O Calendário republicano ou Calendário Revolucionário Francês foi instituído pela Convenção Nacional em 1792, durante a Revolução Francesa. Era um calendário de base solar composto de doze meses de trinta dias, distribuídos em três semanas de dez dias (decâmeros ou décadas). De acordo com esse calendário, o ano começava no equinócio de outono (22 de setembro, no hemisfério norte), data da proclamação da República francesa, e os nomes dos meses eram baseados nas condições climáticas e agrícolas das estações na França.

mês pelo da flor que melhor o simboliza; e possuo ainda cartas com esta bucólica data – "Florença, primeiras violetas" (o que indica fins de fevereiro); "Londres, chegada dos crisântemos" (o que indica começos de setembro). Uma carta de Lisboa oferece mesmo esta data atroz – "Lisboa, primeiros fluxos da verborreia parlamentar!" (Isto denuncia um janeiro triste, com lama, tipoias no Largo de São Bento e bacharéis em cima bolçando[452], por entre injúrias, fezes de velhos compêndios.)

Não é, portanto, possível dispor a Correspondência de Fradique por uma ordem cronológica; nem de resto essa ordem importa, desde que eu não edito a sua Correspondência completa e integral, formando uma história contínua e íntima das suas ideias. Em cartas que não são de um autor e que não constituem, como as de Voltaire ou de Proudhon, o corrente e constante comentário que acompanha e ilumina a obra, cumpria, sobretudo, destacar as páginas que com mais saliência revelassem a "personalidade" – o conjunto de ideias, gostos, modos, em que tangivelmente se sente e se palpa o homem. E por isso, nestes pesados maços das cartas de Fradique, escolho apenas algumas, soltas, de entre as que mostram traços de caráter e relances da existência ativa; de entre as que deixam entrever algum instrutivo episódio da sua vida de coração; de entre as que, revolvendo noções gerais sobre a literatura, a arte, a sociedade e os costumes, caracterizam o feitio do seu pensamento; e, ainda, pelo interesse especial que as realça, de entre as que se referem a coisas de Portugal, como as suas "impressões de Lisboa", transcritas com tão maliciosa realidade para regalo de Madame de Jouarre.

Inútil seria, decerto, nestas laudas fragmentais, procurar a suma do alto e livre pensar de Fradique ou do seu saber tão fundo e tão certo. A Correspondência de Fradique Mendes, como diz finamente "Alceste" – *c'est son génie qui mousse*[453]. Nela, com efeito, vemos apenas a espuma radiante e efêmera que fervia e transbordava, enquanto embaixo jazia o vinho rico e substancial que não foi nunca distribuído nem serviu

---

452. Expelindo, em jato, pela boca, vomitando.

453. "É seu gênio que transborda."

às almas sedentas. Mas, assim ligeira e dispersa, ela mostra, todavia, em excelente relevo, a imagem deste homem tão superiormente interessante em todas as suas manifestações de pensamento, de paixão, de sociabilidade e de ação.

Além do meu desejo que os contemporâneos venham a amar este espírito que tanto amei – eu obedeço, publicando as cartas de Fradique Mendes, a um intuito de puro e seguro patriotismo.

Uma nação só vive porque pensa. *Cogitat ergo est*[454]. A força e a riqueza não bastam para provar que uma nação vive de uma vida que mereça ser glorificada na história – como rijos músculos num corpo e ouro farto numa bolsa não bastam para que um homem honre em si a humanidade. Um reino de África, com guerreiros incontáveis nas suas aringas[455] e incontáveis diamantes nas suas colinas, será sempre uma terra bravia e morta, que, para lucro da civilização, os civilizados pisam e retalham tão desassombradamente como se sangra e se corta a rês bruta para nutrir o animal pensante. E por outro lado se o Egito ou Túnis formassem resplandecentes centros de ciências, de literaturas e de artes, e, através de uma serena legião de homens geniais, incessantemente educassem o mundo, nenhuma nação, mesmo nesta idade de ferro e de força, ousaria ocupar como um campo maninho[456] e sem dono esses solos augustos donde se elevasse, para tornar as almas melhores, o enxame sublime das ideias e das formas.

Só na verdade o pensamento e a sua criação suprema, a ciência, a literatura, as artes, dão grandeza aos povos, atraem para eles universal reverência e carinho, e, formando dentro deles o tesouro de verdades e de belezas que o mundo precisa, os tornam, perante o mundo, sacrossantos. Que diferença há, realmente, entre Paris e Chicago? São duas palpitantes e produtivas cidades – onde os palácios, as instituições, os parques,

---

454. "Penso logo existo."
455. Campos fortificados de chefes de tribos africanas.
456. Inculto, estéril.

as riquezas se equivalem soberbamente. Por que forma, pois, Paris um foco crepitante de civilização que irresistivelmente fascina a humanidade – e porque tem Chicago apenas sobre a Terra o valor de um rude e formidável celeiro onde se procuram a farinha e o grão? Porque Paris, além dos palácios, das instituições e das riquezas de que Chicago também justamente se gloria, possui a mais um grupo especial de homens – Renan, Pasteur[457], Taine, Berthelot[458], Coppée, Bonnat[459], Falguière[460], Gounod[461], Massenet[462] – que pela incessante produção do seu cérebro convertem a banal cidade que habitam num centro de soberano ensino. Se *As origens do cristianismo*[463], o *Fausto*, as telas de Bonnat, os mármores de Falguière nos viessem de além dos mares, da nova e monumental Chicago – para Chicago, e não para Paris, se voltariam, como as plantas para o Sol, os espíritos e os corações da Terra.

Se uma nação, portanto, só tem superioridade porque tem pensamento, todo aquele que venha revelar na nossa pátria um novo homem de original pensar concorre patrioticamente para lhe aumentar a única grandeza que a tornará respeitada, a única beleza que a tornará amada; – e é como quem aos seus templos juntasse mais um sacrário ou sobre as suas muralhas erguesse mais um castelo.

Michelet escrevia um dia, numa carta, aludindo a Antero de Quental: "Se em Portugal restam quatro ou cinco homens

---

457. Louis Pasteur (1822-1895), cientista francês cujas descobertas tiveram enorme importância na história da química e da medicina. A ele se deve a criação e o desenvolvimento da técnica conhecida como pasteurização.

458. Marcellin Pierre Eugène Berthelot (1827-1907), químico e político francês, autor de *Les Origines de l'alchimie* (1885) e *La Chimie au moyen âge* (1893), dentre outras obras importantes sobre as ciências químicas.

459. Léon Joseph Florentin Bonnat (1833-1922), pintor francês especialista em retratos.

460. Jean-Alexandre-Joseph Falguière (1831-1900), pintor e escultor francês.

461. Charles Gounod (1818-1893), compositor francês famoso por suas óperas e música de inspiração religiosa.

462. Jules Émile Frédéric Massenet (1842-1912), compositor francês conhecido por suas óperas, muito populares no final do século XIX e início do século XX.

463. *As origens do cristianismo* (1863), de Ernest Renan (1823-1892).

como o autor das *Odes modernas*, Portugal continua a ser um grande país vivo..." O mestre da *História de França* com isto significava que, enquanto viver pelo lado da inteligência, mesmo que jaza morta pelo lado da ação, a nossa pátria não é inteiramente um cadáver que sem escrúpulo se pise e se retalhe. Ora, no pensamento há manifestações diversas: e, se nem todas irradiam o mesmo esplendor, todas provam a mesma vitalidade. Um livro de versos pode sublimemente mostrar que a alma de uma nação vive ainda pelo gênio poético; um conjunto de leis salvadoras, emanando de um espírito positivo, pode solidamente comprovar que um povo vive ainda pelo gênio político – mas a revelação de um espírito como o de Fradique assegura que um país vive também pelos lados menos grandiosos, mas valiosos ainda, da graça, da vivaz invenção, da transcendente ironia, da fantasia, do humorismo e do gosto...

Nos tempos incertos e amargos que vão, portugueses destes não podem ficar para sempre esquecidos, longe, sob a mudez de um mármore. Por isso eu o revelo aos meus concidadãos – como uma consolação e uma esperança.

Parte II

As cartas

I

Ao Visconde de A.-T.

Londres, maio.

Meu caro patrício.

Só ontem à noite, tarde, ao recolher do campo, encontrei o bilhete com que consideravelmente me honrou, perguntando à minha experiência "qual é o melhor alfaiate de Londres". Depende isso inteiramente do fim para que V. necessita esse artista. Se pretende meramente um homem que lhe cubra a nudez com economia e conforto, então recomendo-lhe aquele que tiver tabuleta mais perto do seu hotel. São tantos passos que forra – e, como diz o *Ecclesiastes*[464], cada passo encurta a distância da sepultura.

Se porém V., caro patrício, deseja um alfaiate que lhe dê consideração e valor no seu mundo; que V. possa citar com orgulho, à porta da Havanesa, rodando lentamente para mostrar o corte ondeado e fino da cinta; que o habilite a mencionar os lordes que lá encontrou, escolhendo de alto, com a ponta da bengala, cheviotes[465] para blusas de caça; e que lhe sirva mais

---

464. O livro de Eclesiastes faz parte dos livros poéticos e sapienciais do Antigo Testamento da Bíblia cristã e judaica. O Livro tem seu nome emprestado da Septuaginta, e na Bíblia hebraica é chamado *Kohelet*. Embora tenha seu significado considerado como incerto, a palavra tem sido traduzida para o português como *pregador* ou *preletor*. Faz parte dos escritos atribuídos tradicionalmente ao Rei Salomão (1009 a.C.-922 a.C), por narrar fatos que coincidiriam com aqueles de sua vida.

465. Cheviote é um tecido espesso e flexível feito de lã de carneiro escocês, usado especialmente em trajes completos masculinos, sobretudos, costumes femininos etc.

tarde, na velhice, à hora geba[466] do reumatismo, como recordação consoladora de elegâncias moças – então com ardente instância lhe aconselho o Cook (o Tomás Cook), que é da mais extremada moda, absolutamente ruinoso, e falha tudo.

Para subsequentes conselhos de "fornecedores", em Londres ou outros pontos do Universo, permanece sempre ao seu grato serviço,

Fradique Mendes

II

A Madame de Jouarre (Trad.)[467]

Paris, dezembro.

Minha querida madrinha.

Ontem, em casa de Madame de Tressan, quando passei, levando para a ceia Libuska, estava sentada, conversando consigo, por debaixo do atroz retrato da marechala de Mouy, uma mulher loura, de testa alta e clara, que me seduziu logo, talvez por lhe pressentir, apesar de tão indolentemente enterrada num divã, uma rara graça no andar, graça altiva e ligeira de deusa e de ave. Bem diferente da nossa sapiente Libuska, que se move com o esplêndido peso de uma estátua! E do interesse por esse outro passo, possivelmente alado e *diânico* (de Diana), provêm estas garatujas.

Quem era? Suponho que nos chegou do fundo da província, de algum velho castelo do Anjou[468] com erva nos fossos, porque não me lembro de ter encontrado em Paris aqueles cabelos fabulosamente louros como o sol de Londres

---

466. Geba é, literalmente, a corcunda proveniente de idade avançada. Por extensão de sentido, velhice.

467. Muitas das cartas de Fradique Mendes são naturalmente escritas em francês. Todas essas vão acompanhadas da indicação abreviada "Trad." (traduzida).

468. Anjou é uma antiga província francesa correspondendo ao atual departamento de Maine-et-Loire.

em dezembro – nem aqueles ombros descaídos, dolentes, *angélicos*, imitados de uma madona de Mantegna[469], e inteiramente desusados na França desde o reinado de Carlos X[470], do "Lírio do Vale[471]" e dos corações incompreendidos. Não admirei com igual fervor o vestido preto, onde reinavam coisas escandalosamente amarelas. Mas os braços eram perfeitos; e nas pestanas, quando as baixava, parecia pender um romance triste. Deu-me assim a impressão, ao começo, de ser uma elegíaca do tempo de Chauteaubriand. Nos olhos porém surpreendi-lhe depois uma faísca de vivacidade sensível – que a datava do século XVIII. Dirá a minha madrinha: "Como pude eu abranger tanto, ao passar, com Libuska ao lado fiscalizando?" É que voltei. Voltei, e da ombreira da porta readmirei os ombros dolentes de virgem do século XIII; a massa de cabelos que o molho de velas por trás, entre as orquídeas, nimbava de ouro; e sobretudo o sutil encanto dos olhos – dos olhos finos e lânguidos... Olhos *finos* e *lânguidos*. É a primeira expressão em que hoje apanho decentemente a realidade.

Por que é que não me adiantei, e não pedi uma "apresentação"? Nem sei. Talvez o requinte em *retardar*, que fazia com que La Fontaine[472], dirigindo-se mesmo para a felicidade, tomasse sempre o caminho mais longo. Sabe o que dava tanta sedução ao Palácio das Fadas, nos tempos do rei Artur? Não sabe. Resultados de não ler Tennyson[473]... Pois era a imensidade de anos que levava a chegar lá, através de jardins

---

469. Andrea Mantegna (c. 1431-1506), pintor e gravador renascentista italiano.

470. Carlos X (1757-1836), rei de França de 1824 a 1830.

471. *O lírio do vale*, romance de Honoré de Balzac (1799 - 1850) publicado em 1835.

472. Jean de La Fontaine (1621-1695), poeta, moralista, dramaturgo, libretista e romancista francês. Celebrizou-se através das coletâneas de fábulas infantis conhecidas posteriormente como *Fábulas de La Fontaine*, publicadas em 1668, 1678 e 1693.

473. Alfred Tennyson, primeiro barão de Tenysson (1809-1892), poeta inglês. A maior parte de seus versos remete a temas mitológicos. Sua obra *Os idílios do rei* (1859) utiliza como tema um romance do ciclo arturiano.

encantados, onde cada recanto de bosque oferecia a emoção inesperada de um *flirt*[474], de uma batalha, ou de um banquete... (Com que mórbida propensão acordei hoje para o estilo asiático!) O fato é que, depois da contemplação junto à ombreira, voltei a cear ao pé da minha radiante tirana. Mas, por entre a banal *sandwich* de *foie-gras*[475] e um copo de Tokay[476] em nada parecido com aquele Tokay que Voltaire, já velho, se recordava de ter bebido em casa de Madame de Etioles[477] (os vinhos dos Tressans descendem em linha varonil dos venenos da Brinvilliers[478]), vi, constantemente vi, os *olhos finos e lânguidos*. Não há senão o homem, entre os animais, para misturar a languidez de um olhar fino a fatias de *foie-gras*. Não o faria decerto um cão de boa raça. Mas seríamos nós desejados pelo "efêmero feminino" se não fosse essa providencial brutalidade? Só a porção de matéria que há no homem faz com que as mulheres se resignem à incorrigível porção de ideal, que nele há também – para eterna perturbação do mundo. O que mais prejudicou Petrarca[479] aos olhos de Laura foram os "Sonetos". E quando Romeu, já com um pé na escada de seda, se demorava, exalando o seu êxtase em invocações à noite e à Lua – Julieta batia os dedos impacientes no rebordo do balcão, e pensava: "Ai, que palrador que és, filho dos Montaigus!" Este detalhe não vem em Shakespeare – mas é comprovado por toda a Renascença. Não me amaldiçoe por esta sinceridaÍ

---

474. "Flerte", paquera.

475. Sanduíche de fígado de pato ou ganso.

476. Tipo de vinho húngaro muito apreciado.

477. Jeanne-Antoinette Poisson ou Jeanne-Antoinette d'Etioles, mais conhecida como Madame de Pompadour (1721-1764), foi criada para ser amante do rei Luís XV (1710-1774) de França. Teve aulas de grego, inglês e piano, até que foi apresentada ao rei por seu tutor. Tornou-se amante real e chegou a conselheira do rei, tornando-se uma das mulheres mais poderosas de sua época.

478. Marie-Madeleine Marguerite d'Aubray, Marquesa de Brinvilliers (ou Brinvilliers-Lamotte) (1630-1676), é apontada por estudiosos como a primeira mulher da história a cometer envenenamentos em série.

479. Francesco Petrarca (1304-1374), poeta e humanista italiano. É considerado o inventor do soneto, tipo de poema composto de quatorze versos. O nome de Petrarca está associado ao de Laura, a mulher amada que ele canta em *Rerum vulgarium fragmenta*, mais conhecido pelo nome de *Il Canzoniere*.

de de meridional cético, e mande-me dizer que nome tem, na paróquia, a loura castelã do Anjou. A propósito de castelos: cartas de Portugal anunciam-me que o quiosque por mim mandado erguer em Sintra, na minha quintarola[480], e que lhe destinava como "seu pensadoiro e retiro nas horas de sesta" abateu. Três mil e oitocentos francos achatados em entulho. Tudo tende à ruína num país de ruínas. O arquiteto que o construiu é deputado, e escreve no *Jornal da Tarde* estudos melancólicos sobre as Finanças! O meu procurador em Sintra aconselha agora, para reedificar o quiosque, um estimável rapaz, de boa família, que entende de construções e que é empregado na Procuradoria-Geral da Coroa! Talvez, se eu necessitasse um jurisconsulto[481], me propusessem um trolha[482]. É com estes elementos alegres que nós procuramos restaurar o nosso império de África! Servo humilde e devoto,

Fradique

III

A Oliveira Martins

Paris, maio.

Querido amigo.

Cumpro enfim a promessa feita na sua erudita ermida das Águas Férreas[483], naquela manhã de março em que conversávamos ao sol sobre o caráter dos antigos –, e remeto, como documento, a fotografia da múmia de Ramesses II (que o francês banal, continuador do grego banal, teima em chamar

---

480. Pequena quinta, propriedade modesta.
481. Advogado, indivíduo versado em leis.
482. Servente de pedreiro, operário de baixa hierarquia. Também pode ter o significado de maltrapilho, homem desprezível.
483. Águas Férreas é um distrito do Porto, em Portugal.

Sesóstris), recentemente descoberta nos sarcófagos reais de Medinet-Abu pelo professor Maspero[484].

Caro Oliveira Martins, não acha V. picarescamente sugestivo este fato – *Ramesses fotografado?*... Mas aí está justificada a mumificação dos cadáveres, feita pelos bons egípcios com tanta fadiga e tanta despesa, para que os homens gozassem na sua forma terrena, segundo diz o escriba, "as vantagens da Eternidade!" Ramesses, como ele acreditava e lhe afirmavam os metafísicos de Tebas, ressurge efetivamente "com todos os seus ossos e a pele que era sua" neste ano da graça de 1886. Ora 1886, para um faraó da décima nona dinastia, mil e quatrocentos anos anterior a Cristo, representa muito decentemente a Eternidade e a Vida Futura. E eis-nos agora podendo contemplar as "próprias feições" do maior dos Ramsidas[485], tão realmente como Hokem, seu eunuco-mor, ou Pentaour, seu cronista-mor, ou aqueles que outrora em dias de triunfos corriam a juncar-lhe o caminho de flores, trazendo "os seus chinós[486] de festa e a cútis envernizada com óleos de Segabai". Aí o tem V. agora diante de si, em fotografia, com as pálpebras baixas e sorrindo. E que me diz a essa face real? Que humilhantes reflexões não provoca ela sobre a irremediável degeneração do homem! Onde há aí hoje um, entre os que governam povos, que tenha essa soberana fronte de calmo e incomensurável orgulho; esse superior sorriso de onipotente benevolência, de uma inefável benevolência que cobre o mundo; esse ar de imperturbada e indomável força; todo esse esplendor viril que a treva de um hipogeu[487], durante três mil anos, não conseguiu apagar? Eis aí verdadeiramente um *Dono de homens*! Compare esse semblante augusto com o perfil sorno, oblíquo e bigodoso de um Napoleão III; com o focinho de buldogue acorrentado de um Bismarck; ou com o carão do Czar russo, um carão parado e afável que podia ser o do seu

---

484. Gaston Camille Charles Maspero (1846-1916), conhecido egiptólogo francês, autor de diversos trabalhos sobre a arqueologia e a história do Egito.

485. Dinastia egípcia da qual fizeram parte, além de Ramsés II, os faraós Ramsés I, Set I e Set II.

486. Cabeleira postiça fixada no alto da cabeça.

487. Túmulo subterrâneo, monumento funerário da antiguidade.

copeiro-mor. Que chateza, que fealdade tacanha destes rostos de poderosos!

Donde provém isto? De que a alma modela a face como o sopro do antigo oleiro modelava o vaso fino: – e hoje, nas nossas civilizações, não há lugar para que uma alma se afirme e se produza na absoluta expansão da sua força. Outrora um simples homem, um feixe de músculos sobre um feixe de ossos, podia erguer-se e operar como um elemento da Natureza. Bastava ter o ilimitado querer – para dele tirar o ilimitado poder. Eis aí em Ramesses um ser que tudo quer e tudo pode, e a quem Phtah[488], o deus sagaz, diz com espanto: "A tua vontade dá a vida e a tua vontade dá a morte!" Ele impele a seu bel-prazer as raças para norte, para sul ou para leste; ele altera e arrasa, como muros num campo, as fronteiras dos reinos; as cidades novas surgem das suas pegadas; para ele nascem todos os frutos da terra, e para ele se volta toda a esperança dos homens; o lugar para onde volve os seus olhos é bendito e prospera; e o lugar que não recebe essa luz benéfica jaz como "o torrão que o Nilo não beijou"; os deuses dependem dele, e Amnon[489] estremece inquieto quando, diante dos pilones[490] do seu templo, Ramesses faz estalar as três cordas entrançadas do seu látego de guerra! Eis um *homem* – e que seguramente pode afirmar no seu canto triunfal: "Tudo vergou sob a minha força: eu vou e venho com as passadas largas de um leão; o rei dos deuses está à minha direita e também à minha esquerda; quando eu falo o Céu escuta; as coisas da Terra estendem-se a meus pés, para eu as colher com mão livre; e para sempre estou erguido sobre o trono do mundo!"

"O mundo", está claro, era aquela região, pela maior parte arenosa, que vai da cordilheira líbica à Mesopotâmia: e nunca houve mais petulante ênfase do que nas panegírias[491] dos escribas. Mas o homem é, ou supõe ser, inigualavelmente

---

488. Deus da mitolgia egípcia identificado com outros deuses como Osíris e Socaris.

489. Fradique provavelmente refere-se a Amon, deus da mitologia egípcia considerado rei dos deuses e fonte da vida.

490. Pórticos dos grandes palácios egípcios.

491. Discurso laudatório, elogio proferido ou escrito com solenidade.

grande. E esta consciência da grandeza, do incircunscrito[492] poder vem necessariamente resplandecer na fisionomia e dar essa altiva majestade, repassada de risonha serenidade, que Ramesses conserva mesmo além da vida, ressequido, mumificado, recheado de betume da Judeia.

Veja V. por outro lado as condições que cercam hoje um poderoso do tipo Bismarck. Um desgraçado desses não está acima de nada e depende de tudo. Cada impulso da sua vontade esbarra com a resistência de um obstáculo. A sua ação no mundo é um perpétuo bater de crânio contra espessuras de portas bem defendidas. Toda a sorte de convenções, de tradições, de direitos, de preceitos, de interesses, de princípios se lhe levanta a cada instante diante dos passos como marcos sagrados. Um artigo de jornal fá-lo estacar, hesitante. A rabulice[493] de um legista obriga-o a encolher precipitadamente a garra que já ia estendendo. Dez burgueses nédios[494] e dez professores guedelhudos[495], votando dentro de uma sala, estatelam por terra o alto andaime dos seus planos. Alguns florins[496] dentro de um saco tornam-se o tormento das suas noites. É-lhe tão impossível dispor de um cidadão como de um astro. Nunca pode avançar de uma arrancada, ereto e seguro: tem de ser ondeante e rastejante. A vigilância ambiente impõe-lhe a necessidade vil de falar baixo e aos cantos. Em vez de "recolher as coisas da Terra, com mão livre" – surripia-as às migalhas, depois de escuras intrigas. As irresistíveis correntes de ideias, de sentimentos, de interesses, trabalham por baixo dele, em torno dele: e, parecendo dirigi-las, pelo muito que braceja e ronca de alto, é na realidade por elas arrastado. Assim um onipotente do tipo Bismarck vai por vezes em aparência no cimo das grandes coisas; – mas como a boia solta vai no cimo da torrente.

Miserável onipotência! E o sentimento desta miséria não pode deixar de influenciar a fisionomia dos nossos poderosos dando-lhe esse feitio contrafeito, crispado, torturado, azedado

---

492. Difuso, ilimitado.
493. Prática desleal cometida por advogado no decorrer do processo, chicana.
494. De aspecto lustroso, devido à gordura.
495. Cabeludos.
496. O florim era uma moeda de ouro de Florença, Itália.

e, sobretudo, *amolgado*[497] que se nota na cara de Napoleão, do Czar, de Bismarck, de todos os que reúnem a maior soma de poder contemporâneo – o feitio *amolgado* de uma coisa que rola aos encontrões, batendo contra muralhas.

Em conclusão: a múmia de Ramesses II (única face autêntica do homem antigo que conhecemos) prova que, tendo-se tornado impossível uma vida humana vivida na sua máxima liberdade e na sua máxima força, sem outros limites que os do próprio querer, resultou perder-se para sempre, no tipo físico do homem, a suma e perfeita expressão da grandeza. Já não há uma face sublime: há carantonhas mesquinhas onde a bílis cava rugas por entre os recortes do pelo. As únicas fisionomias nobres são as das feras, genuínos Ramesses no seu deserto, que nada perderam da sua força, nem da sua liberdade. O homem moderno, esse, mesmo nas alturas sociais, é um pobre Adão achatado entre as duas páginas de um código.

Se V. acha tudo isto excessivo e fantasista, atribua-o a que jantei ontem, e conversei inevitavelmente, com o seu correligionário P., conselheiro de Estado, e *muchas cosas más*. *Más* em espanhol; e *más* também em português no sentido de péssimas. Esta carta é a reação violenta da conversa conselheiral e conselheirífera. Ah, meu amigo, desditoso amigo, que faz V. depois de receber o fluxo labial de um conselheiro? Eu tomo um banho por dentro – um banho lustral, imenso banho de fantasia, onde despejo como perfume idôneo um frasco de Shelley ou de Musset. Amigo certo *et nunc et semper*[498],

Fradique Mendes

---

497. Amassado, deformado. Por extensão de sentido, derrotado, vencido.
498. "E agora e sempre".

IV

A Madame S.

Paris, fevereiro.

Minha cara amiga.

O espanhol chama-se Don Ramon Covarubia, mora na Passage Saulnier[499], 12, e como é aragonês[500], e portanto sóbrio, creio que com dez francos por lição se contentará amplamente. Mas, se seu filho já sabe o castelhano necessário para entender os *Romanceros*[501], o *D. Quixote*[502], alguns dos Picarescos[503], vinte páginas de Quevedo[504], duas comédias de Lope de Vega[505], um ou outro romance de Galdós[506], que é tudo quanto basta ler na literatura de Espanha, para que deseja a minha sensata amiga que ele pronuncie esse castelhano que sabe com o acento, o sabor e o sal de um *madrileño*[507] nascido

---

499. Rua de Paris, atualmente chama-se Rue Saulnier.

500. Proveniente de Aragão, região da Espanha.

501. Coletâneas de textos espanhóis do século XV, XVI e XVII.

502. *El ingenioso hidalgo Dom Quixote de la Mancha*, obra-prima de Miguel de Cervantes Saavedra (1547-1616), considerada o primeiro romance ocidental. A primeira parte do *Dom Quixote* surgiu em 1605, a segunda, em 1615.

503. Referência aos autores espanhóis de romances picarescos, que surgiram como paródias das narrações idealizadas do Renascimento: epopeias, livros de cavalaria, novelas sentimentais, pastoris etc. *La vida del Lazarillo de Tormes y de sus fortunas y adversidades*, publicado em 1554, de autor anônimo, talvez seja o mais conhecido romance picaresco.

504. Francisco Gómez de Quevedo y Santibáñez Villegas (1580-1645), escritor espanhol do chamado "século de ouro" da literatura hispânica. Embora tenha se insurgido contra o conceptismo barroco, sua obra é classificada dentro dessa escola literária. Quevedo é autor de, entre outras obras, *Vida de Santo Tomás de Villanueva* (1620) e *La culta latiniparla* (1624).

505. Félix Lope de Vega (1562-1635), dramaturgo e poeta espanhol, autor de vastíssima obra, da qual pode-se destacar *La Arcadia* (1598) e *Jerusalém conquistada* (1609).

506. Benito Pérez Galdós (1843-1920), romancista, dramaturgo e articulista espanhol. É autor de, entre outras obras, *Tristana* (1892) e *Nazarín* (1895).

507. Madrileno, natural de Madri, Espanha.

nas veras pedras da Calle Mayor[508]? Vai assim o doce Raul desperdiçar o tempo que a sociedade lhe marcou para adquirir ideias e noções (e a sociedade a um rapaz da sua fortuna, do seu nome e da sua beleza, apenas concede, para esse abastecimento intelectual, sete anos, dos onze aos dezoito) em quê? No luxo de apurar até a um requinte superfino, e supérfluo, o mero instrumento de adquirir noções e ideias. Porque as línguas, minha boa amiga, são apenas instrumentos do saber – como instrumentos de lavoura. Consumir energia e vida na aprendizagem de as pronunciar tão genuína e puramente que pareça que se nasceu dentro de cada uma delas, e que por meio de cada uma se pediu o primeiro pão e água da vida, é fazer como o lavrador, que em vez de se contentar, para cavar a terra, com um ferro simples encabado num pau simples, se aplicasse, durante os meses em que a horta tem de ser trabalhada, a embutir emblemas no ferro e esculpir flores e folhagens ao comprido do pau. Com um hortelão assim, tão miudamente ocupado em alindar e requintar a enxada, como estariam agora, minha senhora, os seus pomares da Touraine[509]?

Um homem só deve falar, com impecável segurança e pureza, a língua da sua terra; todas as outras as deve falar mal, orgulhosamente mal, com aquele acento chato e falso que denuncia logo o estrangeiro. Na língua verdadeiramente reside a nacionalidade; e quem for possuindo com crescente perfeição os idiomas da Europa vai gradualmente sofrendo uma desnacionalização. Não há já para ele o especial e exclusivo encanto da *fala materna* com as suas influências afetivas, que o envolvem, o isolam das outras raças; e o cosmopolitismo do verbo irremediavelmente lhe dá o cosmopolitismo do caráter. Por isso o poliglota nunca é patriota. Com cada idioma alheio que assimila, introduzem-se-lhe no organismo moral modos alheios de pensar, modos alheios de sentir. O seu patriotismo desaparece, diluído em estrangeirismo. Rue de Rivoli, Calle

---

508. Rua central de Madri.
509. Antiga província da França cuja capital era a cidade de Tours. Durante a reorganização política do território francês, em 1790, a província foi dividida entre os departamentos de Indre-et-Loire, Loir-et-Cher e Indre.

d'Alcalá, Regent Street, Wilhelm Strasse[510] – que lhe importa? Todas são ruas, de pedra ou de macadame. Em todas a fala ambiente lhe oferece um elemento natural e congênere onde o seu espírito se move livremente, espontaneamente, sem hesitações, sem atritos. E como pelo verbo, que é o instrumento essencial da fusão humana, se pode fundir com todas – em todas sente e aceita uma pátria.

Por outro lado, o esforço contínuo de um homem para se exprimir, com genuína e exata propriedade de construção e de acento, em idiomas estranhos – isto é, o esforço para se confundir com gentes estranhas no que elas têm de essencialmente característico, o verbo – apaga nele toda a individualidade nativa. Ao fim de anos esse habilidoso, que chegou a falar absolutamente bem outras línguas além da sua, perdeu toda a originalidade de espírito – porque as suas ideias forçosamente devem ter a natureza incaracterística e neutra adaptadas às línguas mais opostas em caráter e gênio. Devem, de fato, ser como aqueles "corpos de pobre" de que tão tristemente fala o povo – "que cabem bem na roupa de toda a gente".

Além disso, o propósito de pronunciar com perfeição línguas estrangeiras constitui uma lamentável sabujice[511] para com o estrangeiro. Há aí, diante dele, como o desejo servil de *não sermos nós mesmos*, de nos fundirmos nele, no que ele tem de mais seu, de mais próprio, o vocábulo. Ora isto é uma abdicação de dignidade nacional. Não, minha senhora! Falemos nobremente mal, patrioticamente mal, as línguas dos outros! Mesmo porque aos estrangeiros o poliglota só inspira desconfiança, como ser que não tem raízes, nem lar estável – ser que rola através das nacionalidades alheias, sucessivamente se disfarça nelas, e tenta uma instalação de vida em todas porque não é tolerado por nenhuma. Com efeito, se a minha amiga percorrer a *Gazeta dos Tribunais*[512], verá que o perfeito poliglotismo é um instrumento de alta *escroquerie*[513].

---

510. Ruas centrais de Paris, Madri, Londres e Berlim.

511. Servilismo.

512. Jornal lisboeta, de natureza jurídica, extinto em 1846.

513. "Escroqueria", ato próprio ao escroque (ladrão, gatuno).

E aqui está como, levado pelo diletantismo das ideias, em vez de um endereço eu lhe forneço um tratado!... Que a minha garrulice[514] ao menos a faça sorrir, pensar, e poupar ao nosso Raul o trabalho medonho de pronunciar *Viva la Gracia!*[515] e *Benditos sean tus ojos!*[516] exatissimamente como se vivesse a uma esquina da Puerta del Sol[517], com uma capa de bandas de veludo, chupando o cigarro de Lazarillo[518]. Isto todavia não impede que se utilizem os serviços de Don Ramon. Ele, além de zorrilista, é guitarrista; e pode substituir as lições na língua de Quevedo, por lições na guitarra de Almaviva[519]. O seu lindo Raul ganhará ainda assim uma nova faculdade de exprimir – a faculdade de exprimir emoções por meio de cordas de arame. E este dom é excelente! Convém mais na mocidade, e mesmo na velhice, saber, por meio das quatro cordas de uma viola, desafogar a alma das coisas confusas e sem nome que nela tumultuam, do que poder, através das estalagens do mundo, reclamar com perfeição o pão e o queijo – em sueco, holandês, grego, búlgaro e polaco.

E será realmente indispensável mesmo para prover, através do mundo, estas necessidades vitais de estômago e alma – o trilhar, durante anos, pela mão dura dos mestres, "os descampados e atoleiros das gramáticas e pronúncias", como dizia o velho Milton[520]? Eu tive uma admirável tia que falava unicamente o português (ou antes o minhoto[521]) e que percorreu toda a Europa com desafogo e conforto. Esta senhora, risonha

---

514. Tagarelice.

515. "Viva a Graça!"

516. "Benditos sejam teus olhos!"

517. A Puerta del Sol é um dos locais mais famosos de Madri. É onde se encontra o *quilômetro zero* das estradas espanholas e também o relógio que faz tradicionalmente a contagem decrescente para a entrada do novo ano.

518. Referência a Lazarillo de Tormes, protagonista do romance picaresco anônimo *La vida de Lazarillo de Tormes y de sus fortunas y adversidades* (1554).

519. O Conde de Almaviva é personagem de *O barbeiro de Sevilha*, ópera de Gioacchino Rossini (1792-1868).

520. John Milton (1608-1674), político, dramaturgo e escritor inglês, autor do célebre *O Paraíso Perdido* (1667), um dos mais importantes poemas épicos da literatura universal.

521. Modo de falar próprio da região do Minho, Portugal.

mas dispéptica[522], comia simplesmente ovos – que só conhecia e só compreendia sob o seu nome nacional e vernáculo de ovos. Para ela *huevos, œufs, eggs, das ei*[523] eram sons na Natureza bruta, pouco diferençáveis do coaxar das rãs, ou de um estalar de madeira. Pois, quando em Londres, em Berlim, em Paris, em Moscou, desejava os seus ovos, esta expedita senhora reclamava o fâmulo[524] do hotel, cravava nele os olhos agudos e bem explicados, agachava-se gravemente sobre o tapete, imitava com o rebolar lento das saias tufadas uma galinha no choco, e gritava qui-qui-ri-qui! co-có-ri-qui! có-rócó-có! Nunca, em cidade ou região inteligente do universo, minha tia deixou de comer os seus ovos – e superiormente frescos!

Beijo as suas mãos, benévola amiga,

Fradique

V

A Guerra Junqueiro

Paris, maio.

Meu caro amigo.

A sua carta transborda de ilusão poética. Supor, como V. candidamente supõe, que traspassando com versos (ainda mesmo seus, e mais rutilantes que as flechas de Apolo) a Igreja, o padre, a liturgia, as sacristias, o jejum da sexta-feira e os ossos dos mártires, se pode "desentulhar Deus da aluvião[525] sacerdotal", e levar o povo (no povo V. decerto inclui os conselheiros de Estado) a uma compreensão toda pura e abstrata da religião – a uma religião que consista apenas numa moral apoiada numa fé –, é ter da religião, da sua essência e do seu objeto, uma sonhadora ideia de sonhador teimoso em sonhos!

---

522. Dispéptico é o indivíduo que sofre de prisão de ventre.

523. "Ovos" em espanhol, francês, inglês e alemão.

524. Criado, empregado.

525. Enxurrada, inundação.

Meu bom amigo, uma religião a que se elimine o ritual desaparece – porque as religiões para os homens (com exceção dos raros metafísicos, moralistas e místicos) não passa de um conjunto de ritos através dos quais cada povo procura estabelecer uma comunicação íntima com o seu deus e obter dele favores. Este, só este, tem sido o fim de todos os cultos, desde o mais primitivo, do culto de Indra[526] até o culto recente do Coração de Maria, que tanto o escandaliza na sua paróquia – oh incorrigível beato do idealismo!

Se V. o quer verificar historicamente, deixe Viana do Castelo[527], tome um bordão e suba comigo por essa Antiguidade fora até um sítio bem cultivado e bem regado que fica entre o rio Indo[528], as escarpas do Himalaia e as areias de um grande deserto. Estamos aqui em Septa-Sindhou, no país das Sete Águas, no Vale Feliz, na terra dos Árias. No primeiro povoado em que pararmos, V. vê, sobre um outeiro[529], um altar de pedra coberto de musgo fresco: em cima brilha palidamente um fogo lento; e em torno perpassam homens, vestidos de linho, com os longos cabelos presos por um aro de ouro fino. São padres, meu amigo! São os primeiros capelães da humanidade – e cada um deles está, por esta quente alvorada de maio, celebrando um rito da missa ariana. Um limpa e desbasta a lenha que há-de nutrir o lume sagrado; outro pisa dentro de um almofariz, com pancadas que devem ressoar "como tambor de vitória", as ervas aromáticas que dão o *sômma*[530]; este, como um semeador, espalha grãos de aveia em volta da ara; aquele, ao lado, espalmando as mãos ao Céu, entoa um cântico austero. Estes homens, meu amigo, estão executando um rito que encerra em si toda a religião dos Árias, e que tem por objeto propiciar Indra – Indra, o Sol, o Fogo, a potência divina

---

526. Na mitologia hindu antiga, Indra é o rei das tempestades, considerado rei dos deuses.

527. Cidade portuguesa, capital do distrito de Viana do Castelo.

528. O rio Indo (Sindhu em sânscrito) é o principal rio do Paquistão. Nasce no Tibete, percorrendo a Caxemira e a maior parte do Paquistão e desaguando no Mar Arábico.

529. Elevação de terreno; monte, colina.

530. Bebida ritual da cultura védica e hindu.

que pode encher de ruína e dor o coração do Ária, sorvendo a água das regas[531], queimando os pastos, desprendendo a pestilência das lagoas, tornando Septa-Sindhou mais estéril que o "coração do mau"; ou pode, derretendo as neves do Himalaia, e soltando com um golpe de fogo "a chuva que jaz no ventre das nuvens", restituir a água aos rios, a verdura aos prados, a salubridade às lagoas, a alegria e abundância à morada do Ária. Trata-se, pois, simplesmente, de convencer Indra a que, sempre propício, derrame sobre Septa-Sindhou todos os favores que pode apetecer um povo rural e pastoral.

Não há aqui metafísica, nem ética, nem explicações sobre a natureza dos deuses, nem regras para a conduta dos homens. Há meramente uma liturgia, uma totalidade de ritos, que o Ária necessita observar para que Indra o atenda – uma vez que, pela experiência de gerações, se comprovou que Indra só o escutará, só concederá os benefícios rogados, quando em torno ao seu altar certos velhos, de certa casta, vestidos de linho cândido, lhe erguerem cânticos doces, lhe ofertarem libações, lhe amontoarem dons de fruta, mel e carne de anho[532]. Sem dons, sem libações, sem cânticos, sem anho, Indra, amuado e sumido no fundo do Invisível e do Intangível, não descerá à Terra a derramar-se na sua bondade. E, se vier de Viana do Castelo um poeta tirar ao Ária o seu altar de musgo, o seu pau sacrossanto, o almofariz, o crivo e o vaso do *sômma*, o Ária ficará sem meios de propiciar o seu Deus, desatendido do seu Deus – e será na Terra como a criancinha que ninguém nutre e a que ninguém ampara os passos.

Esta religião primordial é o tipo absoluto e inalterável das religiões, que todas por instinto repetem – e em que todas (apesar dos elementos estranhos de teologia, de metafísica, de ética que lhe introduzem os espíritos superiores) terminam por se resumir com reverência. Em todos os climas, em todas as raças, ou divinizando as forças da Natureza, ou divinizando a alma dos mortos, as religiões, amigo meu, consistiram sempre praticamente num conjunto de práticas, pelas quais o homem

---

531. Regato, lago, qualquer fonte de água natural que pode ser utilizada para irrigação.

532. Filhote de ovelha, cordeiro.

simples procura alcançar da amizade de Deus os bens supremos da saúde, da força, da paz, da riqueza. E mesmo quando, já mais crente no esforço próprio, pede esses bens à higiene, à ordem, à lei e ao trabalho, ainda persiste nos ritos propiciadores para que Deus "ajude" o seu esforço.

O que V. observou em Septa-Sindhou poderá verificar, igualmente, parando (antes de recolhermos a Viana, a beber esse vinho verde de Monção[533], que V. ditirambiza[534]) na antiguidade clássica, em Atenas ou Roma, onde quiser, no momento de maior esplendor e cultura das civilizações greco-latinas. Se V. aí perguntar a um antigo, seja um oleiro de Suburra[535], seja o próprio *Flamen Dialis*[536], qual é o corpo de doutrinas e de conceitos morais que compõe a religião, ele sorrirá, sem o compreender. E responderá que a religião consiste em *paces deorum quærere*[537], em apaziguar os deuses, em segurar a benevolência dos deuses. Na ideia do antigo, isso significa cumprir os ritos, as práticas, as fórmulas, que uma longa tradição demonstrou serem as únicas que conseguem fixar a atenção dos deuses e exercer sobre eles persuasão ou sedução. E nesse cerimonial era indispensável não alterar nem o valor de uma sílaba na prece, nem o valor de um gesto no sacrifício, porque de outro modo o deus, não reconhecendo o sacrifício da sua dileção e a prece do seu agrado, permanecia desatento e alheio; e a religião falseava o seu fim supremo – influenciar o deus. Pior ainda! Passava a ser a irreligião: e o deus, vendo nessa omissão de liturgia uma falta de reverência, despedia logo das Alturas os dardos da sua cólera. A obliquidade das pregas na túnica do sacrificador, um passo lançado à direita ou movido à esquerda, o cair lento das gotas da libação, o tamanho das

---

533. Vila do distrito de Viana do Castelo famosa por seu vinho artesanal.

534. Faz ditirambos. O ditirambo é um tipo de composição poética sem estrofes regulares quanto ao número de versos e pés, métrica e disposição das rimas, que visa festejar o vinho, a alegria, os prazeres da mesa etc., num tom entusiástico e/ou delirante.

535. Bairro de Roma, Itália.

536. O *Flamen Dialis* era um importante cargo religioso na Roma Antiga. Representava o deus Júpiter.

537. "Fazer as pazes com os deuses."

achas do lume votivo, todos esses detalhes estavam prescritos imutavelmente pelos rituais, e a sua exclusão ou a sua alteração constituíam impiedades. Constituíam verdadeiros crimes contra a pátria – porque atraíam sobre ela a indignação dos deuses. Quantas legiões vencidas, quantas cidadelas derrubadas, porque o pontífice deixara perder um grão de cinza da ara – ou porque o auruspice[538] não arrancou lã bastante da cabeça do anho! Por isso Atenas castigava o sacerdote que alterasse o cerimonial; e o Senado depunha os cônsules que cometiam um erro no sacrifício – fosse ele tão ligeiro como reter a ponta da toga sobre a cabeça, quando ela devia escorregar sobre o ombro. De sorte que V., em Roma, lançando ironias de ouro à divindade, era talvez um grande e admirado poeta cômico: mas satirizando, como na *Velhice do Padre Eterno*[539], a liturgia e o cerimonial, era um inimigo público, um traidor ao Estado, votado às masmorras do Tuliano[540].

E se, já farto destes tempos antigos, V. quiser volver aos nossos filosóficos dias, encontrará nas duas grandes religiões do Ocidente e do Oriente, no catolicismo e no budismo, uma comprovação ainda mais saliente e mais viva de que a religião consiste intrinsecamente de práticas, sobre as quais a teologia e a moral se sobrepuseram, sem as penetrarem, como um luxo intelectual, acessório e transitório – flores pregadas no altar pela imaginação ou pela virtude idealista. O catolicismo (ninguém mais furiosamente o sabe do que V.) está hoje resumido a uma curta série de observâncias materiais – e todavia nunca houve religião dentro da qual a inteligência erguesse mais vasta e alta estrutura de conceitos teológicos e morais. Esses conceitos, porém, obra de doutores e de místicos, nunca propriamente saíram das escolas e dos mosteiros – onde eram preciosa matéria de dialética ou de poesia; nunca penetraram nas multidões para metodicamente governar os juízos ou conscientemente governar as ações. Reduzido a catecismos, a cartilhas, esse corpo de conceitos foi decorado pelo povo

---

538. Vidente, profeta.

539. *A velhice do padre eterno* (1885) é uma sátira anticlerical de Abílio de Guerra Junqueiro (1850-1923).

540. Célebre cárcere romano, também chamado de prisão mamertinina.

– mas nunca o povo se persuadiu que tinha religião, e que portanto "agradava a Deus, servia a Deus", só por cumprir os Dez Mandamentos, fora de toda a prática e de toda a observância ritual. E só decorou mesmo esses Dez Mandamentos, e as Obras de Misericórdia, e os outros preceitos morais do catecismo, pela ideia de que esses versículos, "recitados com os lábios", tinham, por uma virtude maravilhosa, o poder de atrair a atenção, a bem-querença e os favores do Senhor. Para "servir a Deus", que é o meio "de agradar a Deus", o essencial foi sempre ouvir missa, desfiar o rosário, jejuar, comungar, fazer promessas, dar túnicas aos santos etc. Só por estes ritos, e não pelo cumprimento moral da lei moral, se propicia a Deus – isto é, se alcançam d'Ele os dons inestimáveis da saúde, da felicidade, da riqueza, da paz. O mesmo Céu e Inferno, sanção extraterrestre da lei, nunca, na ideia do povo, se ganhava ou se evitava pela pontual obediência à lei. E talvez com razão, por isso mesmo que no catolicismo o prêmio e o castigo não são manifestações da "justiça" de Deus, mas da "graça" de Deus. Ora a graça, no pensar dos simples, só se obtém pela constante e incansável prática dos preceitos – a missa, o jejum, a penitência, a comunhão, o rosário, a novena, a oferta, a promessa. De sorte que no catolicismo do Minhoto como na religião do Ária, em Septa-Sindhou como em Carrazeda de Ansiães[541], tudo se resume em propiciar Deus por meio de práticas que o cativem. Não há aqui teologia, nem moral. Há o ato do infinitamente fraco querendo agradar ao infinitamente forte. E se V., para purificar este catolicismo, eliminar o padre, a estola, as galhetas[542] e a água benta, todo o rito e toda a liturgia – o católico imediatamente abandonará uma religião que não tem Igreja visível, e que não lhe oferece os meios simples e tangíveis de se comunicar com Deus, de obter d'Ele os bens transcendentes para a alma e os bens sensíveis para o corpo. O catolicismo nesse instante terá acabado, milhões de seres terão perdido o seu Deus. A Igreja é o vaso de que Deus é o perfume. Igreja partida – Deus volatilizado.

---

541. Vila portuguesa pertencente ao distrito de Bragança.

542. A galheta é um pequeno recipiente de vidro usado para servir azeite ou vinagre.

Se tivéssemos tempo de ir à China ou ao Ceilão[543], V. toparia com o mesmo fenômeno no budismo. Dentro dessa religião foi elaborada a mais alta das metafísicas, a mais nobre das morais; mas em todas as raças em que ele penetrou, nas bárbaras ou nas cultas, nas hordas do Nepal ou no mandarinato[544] chinês, ele consistiu sempre para as multidões em ritos, cerimônias, práticas – a mais conhecida das quais é o "moinho de rezar". V. nunca lidou com este moinho? É lamentavelmente parecido com o "moinho de café": em todos os países budistas V. o verá colocado nas ruas das cidades, nas encruzilhadas do campo, para que o devoto, ao passar, dando duas voltas à manivela, possa fazer chocalhar dentro as orações escritas e comunicar com o Buda, que por esse ato de cortesia transcendente "lhe ficará grato e lhe aumentará os seus bens".

Nem o catolicismo, nem o budismo vão por, este fato, em decadência. Ao contrário! Estão no seu estado natural e normal de religião. Uma religião, quanto mais se materializa, mais se populariza – e, portanto, mais se diviniza. Não se espante! Quero dizer que, quanto mais se desembaraça dos seus elementos intelectuais de teologia, de moral, de humanitarismo etc., repelindo-os para as suas regiões naturais que são a filosofia, a ética e a poesia, tanto mais coloca o povo face a face com o seu Deus, numa união direta e simples, tão fácil de realizar que, por um mero dobrar de joelhos, um mero balbuciar de padre-nossos, o homem absoluto que está no Céu vem ao encontro do homem transitório que está na Terra. Ora este encontro é o fato essencialmente divino da religião. E quanto mais ele se materializa – mais ela na realidade se diviniza.

V. porém dirá (e de fato o diz): "Tornemos essa comunicação puramente espiritual, e que, despida de toda a exterioridade litúrgica, ela seja apenas como o espírito humano falando ao espírito divino". Mas para isso é necessário que venha o Milênio – em que cada cavador de enxada seja um filósofo,

---

543. O Ceilão (atual Sri Lanka) é um país insular asiático localizado ao sul do continente indiano.

544. Os mandarins formavam uma casta privilegiada nos antigos impérios da China, do Aname e da Coreia. Eram funcionários pertencentes à classe dos letrados, recrutados por concurso e que pretendiam deter o monopólio da cultura, da ciência, das artes.

um pensador. E, quando esse Milênio detestável chegar, e cada tipoia de praça for governada por um Mallebranche[545], terá V. ainda de ajuntar a esta perfeita humanidade masculina uma nova humanidade feminina, fisiologicamente diferente da que hoje embeleza a Terra. Porque, enquanto houver uma mulher constituída física, intelectual e moralmente como a que Jeová, com uma tão grande inspiração de artista, fez da costela de Adão, haverá sempre ao lado dela, para uso da sua fraqueza, um altar, uma imagem e um padre.

Essa comunhão mística do Homem e de Deus, que V. quer, nunca poderá ser senão o privilégio de uma *élite* espiritual, deploravelmente limitada. Para a vasta massa humana, em todos os tempos, pagã, budista, cristã, maometana, selvagem ou culta, a religião terá sempre por fim, na sua essência, a súplica dos favores divinos e o afastamento da cólera divina; e como instrumentação material para realizar estes objetos, o templo, o padre, o altar, os ofícios, a vestimenta, a imagem. Pergunte a qualquer mediano homem saído da turba, que não seja um filósofo, ou um moralista, ou um místico, o que é religião. O inglês dirá: "É ir ao serviço ao domingo, bem-vestido, cantar hinos". O hindu dirá: "É fazer *poojah*[546] todos os dias e dar o tributo ao Mahadeo[547]". O africano dirá: "É oferecer ao Mulungu[548] a sua ração de farinha e óleo". O minhoto dirá: "É ouvir missa, rezar as contas, jejuar à sexta-feira, comungar pela Páscoa". E todos terão razão, grandemente! Porque o seu objeto, como seres religiosos, está todo em se comunicar com Deus; e esses são os meios de comunicação que os seus respectivos estados de civilização e as respectivas liturgias que deles saíram lhes fornecem.

---

545. Louis Claude Mallebranche (1790-1838), pintor francês.
546. Ritual diário, cerimonial hindu que varia de acordo com a linha religiosa seguida pelo praticante.
547. Mahadeo (mais conhecido como Mahadeva) é o deus supremo do hinduísmo, corresponde a Shiva, o destruidor (o que destrói para reconstruir).
548. Divindade cultuada principalmente na Tanzânia e na região leste da África. De acordo com a crença, o Mulungu é o criador de todas as coisas, que vigia a raça humana.

Voilà![549] Para V. está claro, e, para outros espíritos de eleição, a religião é outra coisa – como já era outra coisa em Atenas para Sócrates e em Roma para Sêneca[550]. Mas as multidões humanas não são compostas de Sócrates e de Sênecas – bem felizmente para elas, e para os que as governam, incluindo V. que as pretende governar!

De resto, não se desconsole, amigo! Mesmo entre os simples há modos de ser religiosos, inteiramente despidos de liturgia e de exterioridades rituais. Um presenciei eu, deliciosamente puro e íntimo. Foi nas margens do Zambeze. Um chefe negro, por nome Lubenga, queria, nas vésperas de entrar em guerra com um chefe vizinho, comunicar com o seu deus, com o seu Mulungu (que era, como sempre, um seu avô divinizado). O recado ou pedido, porém, que desejava mandar à sua divindade não se podia transmitir através dos feiticeiros e do seu cerimonial, tão graves e confidenciais matérias continha... Que faz Lubenga? Grita por um escravo: dá-lhe o recado, pausadamente, lentamente, ao ouvido: verifica bem que o escravo tudo compreendera, tudo retivera; e imediatamente arrebata um machado, decepa a cabeça do escravo, e brada tranquilamente: "Parte!" A alma do escravo lá foi, como uma carta lacrada e selada, direita para o Céu, ao Mulungu. Mas daí a instantes o chefe bate uma palmada aflita na testa, chama à pressa outro escravo, diz-lhe ao ouvido rápidas palavras, agarra o machado, separa-lhe a cabeça, e berra: "Vai!"

Esquecera-lhe algum detalhe no seu pedido ao Mulungu... O segundo escravo era um pós-escrito...

Esta maneira simples de comunicar com Deus deve regozijar o seu coração. Amigo do dito,

Fradique

---

549. "Aí está!"

550. Lucius Annaeus Seneca (4 a.C.-65 d.C.), também conhecido como Sêneca, o moço, filósofo espanhol que viveu a maior parte de sua vida na Itália. A conduta de Sêneca é considerada exemplar, de acordo com o estoicismo (doutrina filosófica que propõe a obediência às leis da natureza e a indiferença a tudo que seja externo ao ser).

VI

A Ramalho Ortigão

Paris, abril.

Querido Ramalho.

No sábado à tarde, na Rue Cambon, avisto dentro de um fiacre o nosso Eduardo, que se arremessa pela portinhola para me gritar: "Ramalho, esta noite! De passagem para a Holanda! Às dez! No Café da Paz[551]!"

Fico docemente alvoroçado; e às nove e meia, apesar da minha justa repugnância pela esquina do Café da Paz, centro catita do esnobismo internacional, lá me instalo, com um *bock*[552], esperando a cada instante que surja, por entre a turba baça e mole do Boulevard, o esplendor da Ramalhal figura. Às dez salta de um fiacre com ansiedade o vivaz Carmonde, que abandonara à pressa uma sobremesa alegre *pour voir ce grand Ortigan*[553]! Começa uma espera a dois, com *bock* a dois. Nada de Ramalho, nem do seu viço. Às onze aparece Eduardo, esbaforido. E Ramalho? Inédito ainda! Espera a três, impaciência a três, *bock* a três. E assim até que o bronze nos soou o fim do dia.

Em compensação um caso, e profundo. Carmonde, Eduardo e eu sorvíamos as derradeiras fezes do *bock*, já desiludidos de Ramalho e das suas pompas, quando roça pela nossa mesa um sujeito escurinho, chupadinho, esticadinho, que traz na mão com respeito, quase com religião, um soberbo ramo de cravos amarelos. É um homem de além dos mares, da República Argentina ou Peruana, e amigo de Eduardo – que o retém e apresenta "o sr. Mendibal". Mendibal aceita um *bock*: e eu começo a contemplar mudamente aquela facezinha toda em perfil, como recortada numa lâmina de machado, de uma cor acobreada de chapéu-coco inglês, onde a barbita rala, hesi-

---

551. O *Café de la Paix* (Café da Paz) é um dos mais célebres bistrôs de Paris.
552. Copo de cerveja.
553. "Para ver este grande *Ortigan*".

tante, denunciando uma virilidade frouxa, parece cotão[554], um cotão negro, pouco mais negro que a tez. A testa escanteada recua, foge toda para trás, assustada. O caroço da garganta esganiçada, ao contrário, avança como o esporão de uma galera, por entre as pontas quebradas do colarinho muito alto e mais brilhante que esmalte. Na gravata, grossa pérola.

Eu contemplo, e Mendibal fala. Fala arrastadamente, quase dolentemente, com finais que desfalecem, se esvaem em gemido. A voz é toda de desconsolo; mas, no que diz, revela a mais forte, segura e insolente satisfação de viver. O animal tem tudo: imensas propriedades além do mar, a consideração dos seus fornecedores, uma casa no Parc-Monceau[555], e "uma esposa adorável". Como deslizou ele a mencionar essa dama que lhe embeleza o lar? Não sei. Houve um momento em que me ergui, chamado por um velho inglês meu amigo, que passava, recolhendo da Ópera, e que me queria simplesmente segregar, com uma convicção forte, que "a noite estava esplêndida!" Quando voltei à mesa e ao *bock*, o argentino encetara em monólogo a glorificação da "sua senhora". Carmonde devorava o homenzinho com olhos que riam e que saboreavam, deliciosamente divertido. Eduardo, esse, escutava com a compostura pesada de um português antigo. E Mendibal, tendo posto ao lado sobre uma cadeira, com cuidados devotos, o ramo de cravos, desfiava as virtudes e os encantos de *Madame*. Sentia-se ali uma dessas admirações efervescentes, borbulhantes, que não se podem retrair, que trasbordam por toda a parte, mesmo por sobre as mesas dos cafés: onde quer que passasse, aquele homem iria deixando escorrer a sua adoração pela mulher, como um guarda-chuva encharcado vai fatalmente pingando água. Compreendi, desde que ele, com um prazer que lhe repuxava mais para fora o caroço da garganta, revelou que Madame Mendibal era francesa. Tínhamos ali, portanto, um fanatismo de preto pela graça loura de uma parisiensezinha, picante em sedução e finura. Desde que compreendi, simpa-

---

554. Cotão é uma partícula, uma felpa, um cisco que se desprende de certos tipos de tecido (algodão, lã etc.) e se acumula em dobras, bainhas, bolsos do vestuário.

555. Parque-jardim parisiense.

tizei. E o argentino farejou em mim esta benevolência crítica – porque foi para mim que se voltou, lançando o derradeiro traço, o mais decisivo, sobre as excelências de *Madame*: "Sim, positivamente, não havia outra em Paris! Por exemplo, o carinho com que ela cuidava da mamã (da mamã dele), senhora de grande idade, cheia de achaques! Pois era uma paciência, uma delicadeza, uma sujeição... De cair de joelhos! Então nos últimos dias a mamã andara tão rabugenta!... Madame Mendibal até emagrecera. De sorte que ele próprio, nesse domingo, lhe pedira que fosse distrair, passar o dia a Versalhes, onde a mãe dela, Madame Jouffroy, habitava por economia. E agora viera de a esperar na gare de Saint-Lazare[556]. Pois, senhores, todo o dia em Versalhes, a santa criatura estivera com cuidado na sogra, cheia de saudades da casa, numa ânsia de recolher. Nem lhe soubera bem a visita à mamã! A maior parte da tarde, e uma tarde tão linda, gastara-a a reunir aquele esplêndido ramo de cravos amarelos para lhe trazer, a ele!"

– É verdade! Veja o senhor! Este ramo de cravos! Até consola. Olhe que para estas lembrancinhas, para estes carinhos, não há senão uma francesa. Graças a Deus, posso dizer que acertei! E se tivesse filhos, um só que fosse, um rapaz, não me trocava pelo príncipe de Gales. Eu não sei se o senhor é casado. Perdoe a confiança. Mas se não é, sempre lhe direi, como digo a todo mundo: case com uma francesa, case com uma francesa!...

Não podia haver nada mais sinceramente grotesco e tocante. Como V. não vinha, fugidio Ramalho, dispersamos. Mendibal trepou para um fiacre com o seu amoroso molho de cravos. Eu arrastei os passos, no calor da noite, até o clube. No clube encontro Chambray, que V. conhece – o "formoso Chambray". Encontro Chambray no fundo de uma poltrona, derreado e radiante. Pergunto a Chambray como lhe vai a vida, que opinião tem nesse dia da vida. Chambray declara a vida uma delícia. E, imediatamente, sem se conter, faz a confidência que lhe bailava impacientemente no sorriso e no olho umedecido.

Fora a Versalhes, com tenção de visitar os Fouquiers. No mesmo compartimento com ele ia uma mulher, *une grande et*

---

556. A gare de Saint-Lazare é uma das seis grandes estações de trem de Paris.

belle femme[557]. Corpo soberbo de Diana num vestido colante do Redfern. Cabelos apartados ao meio, grossos e apaixonados, ondeando sobre a testa curta. Olhos graves. Dois solitários nas orelhas. Ser substancial, sólido, sem chumaços[558] e sem blagues[559], bem alimentado, envolto em consideração, superiormente instalado na vida.

E, no meio desta respeitabilidade física e social, um jeito guloso de molhar os beiços a cada instante, vivamente, com a ponta da língua... Chambray pensa consigo: "Burguesa, trinta anos, sessenta mil francos de renda, temperamento forte, desapontamentos de alcova". E apenas o comboio larga, toma o seu "grande ar Chambray", e dardeja à dama um desses olhares que eram outrora simbolizados pelas flechas de Cupido. *Madame* impassível. Mas, momentos depois, vem, de entre as pálpebras um pouco pesadas, direto a Chambray (que vigiava de lado, por trás do *Figaro* aberto), um desses raios de luz indagadora que, como os da lanterna de Diógenes, procuram um homem que seja um homem. Ao chegar a Courbevoie[560], a pretexto de baixar o vidro por causa da poeira, Chambray arrisca uma palavra, atrevidamente tímida, sobre o calor de Paris. Ela concede outra, ainda hesitante e vaga, sobre a frescura do campo. Está travada a écloga[561]. Em Suresnes[562], Chambray já se senta na banqueta ao lado dela, fumando. Em Sèvres[563], mão de *Madame* arrebatada por Chambray, mão de Chambray repelida por *Madame* – e ambas insensivelmente

---

557. "Uma grande e bonita mulher".

558. Camadas flexíveis de pasta de algodão, flanela etc. colocadas entre o forro e a parte exterior de uma roupa a fim de dar volume e espessura ou de disfarçar uma anomalia.

559. Patranhas, enganações, falsidades.

560. Cidade do subúrbio de Paris, à margem esquerda do Sena.

561. Poesia bucólica em que pastores dialogam.

562. Cidade suburbana de Paris, à margem esquerda do Sena, próxima a Corbevoie.

563. Comuna francesa localizada na região administrativa da Île-de-France, nos subúrbios de Paris.

se entrelaçam. Em Viroflay[564], proposta brusca de Chambray para darem um passeio por um sítio de Viroflay que só ele conhece, recanto bucólico, de incomparável doçura, inacessível ao burguês. Depois, às duas horas tomariam o outro trem para Versalhes. E nem a deixa hesitar – arrebata-a moralmente, ou antes fisiologicamente, pela simples força da voz quente, dos olhos alegres, de toda a sua pessoa franca e máscula.

Ei-los no campo, com um aroma de seiva em redor, e a Primavera e Satanás conspirando e soprando sobre *Madame* os seus bafos quentes. Chambray conhece à orla do bosque, junto de água, uma tavernola que tem as janelas encaixilhadas em madressilva. Porque não irão lá almoçar uma caldeirada[565], regada com vinho branco de Suresnes? *Madame* na verdade sente uma fomezinha alegre de ave solta no prado; e Satanás, dando ao rabo, corre adiante, a propiciar as coisas na tavernola. Acham lá, com efeito, uma instalação magistral: quarto fresco e silencioso, mesa posta, cortina de cassa ao fundo escondendo e traindo a alcova. "Em todo o caso que o almoço suba depressa, porque eles têm de partir pelo trem das duas horas" – tal é o brado sincero de Chambray!

Quando chega a caldeirada, Chambray tem uma inspiração genial – despe o casaco, abanca em mangas de camisa. É um rasgo de boêmia e de liberdade, que a encanta, a excita, faz surgir a "garota" que há quase sempre no fundo da "matrona". Atira também o chapéu, um chapéu de duzentos francos, para o fundo do quarto, alarga os braços, e tem este grito de alma:

– *Ah oui, que c'est bon, de se desembêter!*[566]

E depois, como dizem os espanhóis – *la mar*. O Sol, ao despedir-se da Terra por esse dia, deixou-os ainda em Viroflay; ainda na tavernola; ainda no quarto; e outra vez à mesa, diante

---

564. Comuna francesa localizada no departamento de Yvelines, na região administrativa de Île-de-France, a cerca de três quilômetros do castelo Versailles, a seis quilômetros e meio de Paris.

565. Nome genérico de um tipo de ensopado cuja receita varia de acordo com a região, à base de peixes, contendo também camadas de tomates, cebolas e batatas.

566. "Ah sim, que é bom, se desenfadar!"

de um *beefsteak*[567] reconfortante, como os acontecimentos pediam com urgência e lógica.

Versalhes, esquecido! Tratava-se de voltar à estação para tomar o trem de Paris. Ela aperta devagar as fitas do chapéu, apanha uma das flores da janela que mete no corpete, fixa um olhar lento em redor pelo quarto e pela alcova, para tudo decorar e reter – e partem. Na estação, ao saltar para um compartimento diferente (por causa da chegada a Paris), Chambray, num aperto de mão, já apressado e frouxo, suplica-lhe que ao menos lhe diga como se chama. Ela murmura – Lucie.

– E é tudo o que sei dela – conclui Chambray, acendendo o charuto. – E sei também que é casada porque na gare de Saint-Lazare, à espera dela, e acompanhado por um trintanário[568] sério, de casa burguesa, estava o marido... É um *rastacuero*[569] cor de chocolate, com uma barbita rala, enorme pérola na gravata... Coitado, ficou encantado quando ela lhe deu um grande ramo de cravos amarelos, que eu lhe mandara arranjar em Viroflay... Mulher deliciosa. Não há senão as francesas!

Que diz V. a estas coisas consideráveis, meu bom Ramalho? Eu digo que, em resumo, este nosso mundo é perfeito e não há nos espaços outro mais bem organizado. Porque note V. como, ao fim deste domingo de maio, todas estas três excelentes criaturas, com uma simples jornada a Versalhes, obtiveram um ganho positivo na vida. Chambray passou por um imenso prazer e uma imensa vaidade – os dois únicos resultados que ele conta na existência como proventos sólidos e valendo o trabalho de existir. *Madame* experimentou uma sensação nova ou diferente, que a desenervou, a desafogou, lhe permitiu reentrar mais acalmada na monotonia do seu lar, e ser útil aos seus com rediviva aplicação. E o argentino adquiriu outra inesperada e triunfal certeza de quanto era amado e feliz na sua escolha. Três ditosos, ao fim desse dia de Primavera e de campo. E se daqui resultar um filho (o filho que o argentino

---

567. "Bife".
568. Ajudante de cocheiro que viajava na boleia e executava pequenos serviços.
569. Pessoa rica mas inculta, "novo-rico".

apetece) que herde as qualidades fortes e brilhantemente gaulesas de Chambray, acresce, ao contentamento individual dos três, um lucro efetivo para a sociedade. Este mundo, portanto, está superiormente organizado.

Amigo fiel, que fielmente o espera à volta da Holanda,

Fradique

VII

A Madame de Jouarre (Trad.)

Lisboa, março.

Minha querida madrinha.

Foi ontem, por noite morta, no comboio, ao chegar a Lisboa (vindo do norte e do Porto), que de repente me acudiu à memória estremunhada o juramento que lhe fiz no sábado de Páscoa em Paris, com as mãos piamente estendidas sobre a sua maravilhosa edição dos *Deveres* de Cícero[570]. Juramento bem estouvado, este, de lhe mandar todas as semanas, pelo correio, Portugal em "descrições, notas, reflexões e panoramas", como se lê no subtítulo da *Viagem à Suíça* do seu amigo o barão de Fernay, comendador de Carlos III[571] e membro da Academia de Toulouse. Pois com tanta fidelidade cumpro eu os meus juramentos (quando feitos sobre a moral de Cícero, e para regalo de quem reina na minha vontade) que, apenas o recordei, abri logo escancaradamente ambos os olhos para recolher "descrições, notas, reflexões e panoramas" desta terra que é minha e que *está a la disposition de usted...*[572] Chegára-

---

570. Marco Túlio Cícero (106 a.C.-43 a.C.), filósofo, orador, escritor, advogado e político romano. *Dos deveres* (44 a.C.) constitui a última obra filosófica de Cícero, na qual ele formula os valores políticos e éticos da sociedade romana, a partir de seu ponto de vista de homem de Estado.

571. Carlos III (1716-1788), rei de Nápoles (de 1734 a 1759) e da Espanha (de1759 a 1788), pertencente à casa de Bourbon. Carlos III foi o terceiro filho de Filipe V de Espanha a herdar, sucessivamente, o trono espanhol.

572. "Está à sua disposição..."

mos a uma estação que chamam de Sacavém – e tudo o que os meus olhos arregalados viram do meu país, através dos vidros úmidos do vagão, foi uma densa treva, donde morticamente surgiam aqui e além luzinhas remotas e vagas. Eram lanternas de faluas[573] dormindo no rio – e simbolizavam de um modo bem humilhante essas escassas e desmaiadas parcelas de verdade positiva que ao homem é dado descobrir no universal mistério do Ser. De sorte que tornei a cerrar resignadamente os olhos – até que, à portinhola, um homem de boné de galão, com o casaco encharcado de água, reclamou o meu bilhete, dizendo "Vossa Excelência"! Em Portugal, boa madrinha, todos somos nobres, todos fazemos parte do Estado, e todos nos tratamos por "Excelência".

Era Lisboa e chovia. Vínhamos poucos no comboio, uns trinta talvez – gente simples, de maletas ligeiras e sacos de chita, que bem depressa atravessou a busca paternal e sonolenta da Alfândega, e logo se sumiu para a cidade sob a molhada noite de março.

No casarão soturno, à espera das bagagens sérias, fiquei eu, o Smith, e uma senhora esgrouviada, de óculos no bico, envolta numa velha capa de peles. Deviam ser duas horas da madrugada. O asfalto sujo do casarão regelava os pés.

Não sei quantos séculos assim esperamos, Smith imóvel, a dama e eu marchando desencontradamente e rapidamente para aquecer ao comprido do balcão de madeira, onde dois guardas de Alfândega, escuros como azeitonas, bocejavam com dignidade. Da porta do fundo, uma carreta, em que oscilava o montão da nossa bagagem, veio por fim rolando com pachorra. A dama de nariz de cegonha reconheceu logo a sua caixa de folha-de-flandres, cuja tampa, caindo para trás, revelou aos meus olhos que observavam (em seu serviço, exigente madrinha!) um penteador sujo, uma boceta[574] de doce, um livro de missa e dois ferros de frisar. O guarda enterrou o braço através destas coisas íntimas, e com um gesto clemente declarou a Alfândega satisfeita. A dama abalou.

---

573. Embarcações de dois mastros, velas triangulares, proa e popa afiladas, usadas para serviço nos portos.

574. Caixinha redonda, oval ou oblonga, feita de materiais diversos e usada para guardar pequenos objetos.

Ficamos sós, Smith e eu. Smith já arrebanhara a custo a minha bagagem. Mas faltava inexplicavelmente um saco de couro; e em silêncio, com a guia na mão, um carregador dava uma busca vagarosa através dos fardos, barricas, pacotes, velhos baús, armazenados ao fundo, contra a parede enxovalhada. Vi este digno homem hesitando pensativamente diante de um embrulho de lona, diante de uma arca de pinho. Seria qualquer desses o saco de couro? Depois, descoroçoado, declarou que, positivamente, nas nossas bagagens não havia nem couro nem saco. Smith protestava, já irritado. Então o capataz arrancou a guia das mãos inábeis do carregador, e recomeçou ele, com a sua inteligência superior de chefe, uma rebusca através das "arrumações", esquadrinhando zelosamente caixotes, vasilhas, pipos, chapeleiras, canastras, latas e garrafões... Por fim sacudiu os ombros, com indizível tédio, e desapareceu para dentro, para a escuridão das plataformas interiores. Passados instantes, voltou, coçando a cabeça por baixo do boné, cravando os olhos em roda, pelo chão vazio, à espera que o saco rompesse das entranhas deste globo desconsolador. Nada! Impaciente, encetei eu próprio uma pesquisa sôfrega através do casarão. O guarda da Alfândega, de cigarro colado ao beiço (bondoso homem!), deitava também aqui e além um olhar auxiliador e magistral. Nada! Repentinamente porém uma mulher de lenço vermelho na cabeça, que ali vadiava, naquela madrugada agreste, apontou para a porta da estação:

– Será aquilo, meu senhor?

Era! Era o meu saco, fora, no passeio, sob a chuvinha miúda. Não indaguei como ele se encontrava ali, sozinho, separado da bagagem a que estritamente o prendia o número de ordem estampado na guia em letras grossas – e reclamei uma tipoia. O carregador atirou o jaleco para cima da cabeça, saiu ao largo e recolheu logo, anunciando com melancolia que não havia tipoias.

– Não há! Essa é curiosa! Então como saem daqui os passageiros?

O homem encolheu os ombros. "Às vezes havia, outras vezes não havia, era conforme calhava a sorte..." Fiz reluzir uma placa de cinco tostões, e supliquei àquele benemérito que corresse às vizinhanças da estação, à cata de um veículo qualquer com rodas, coche ou carroça, que me levasse ao conchego de um caldo e de um lar. O homem largou, resmungando. E eu logo, como patriota descontente, censurei (voltado para o capataz e para o homem da Alfândega) a irregularidade daquele serviço. Em todas as estações do mundo, mesmo em Túnis, mesmo na Romélia[575], havia, à chegada dos comboios, ônibus, carros, carretas, para transportar gente e bagagem... Por que não as havia em Lisboa? Eis aí um abominável serviço que desonrava a nação!

O aduaneiro esboçou um movimento de desalento, como na plena consciência de que todos os serviços eram abomináveis, e a Pátria toda uma irreparável desordem. Depois para se consolar puxou com delícia o lume ao cigarro. Assim se arrastou um destes quartos de hora que fazem rugas na face humana.

Finalmente, o carregador voltou, sacudindo a chuva, afirmando que não havia uma tipoia em todo o bairro de Santa Apolônia[576].

– Mas que hei-de eu fazer? Hei-de ficar aqui?

O capataz aconselhou-me que deixasse a bagagem, e na manhã seguinte, com uma carruagem certa (contratada talvez por escritura), a viesse recolher "muito a meu contento". Essa separação, porém, não convinha ao meu conforto. Pois nesse caso ele não via solução, a não ser que por acaso alguma caleche, tresnoitada e tresmalhada[577], viesse a cruzar por aquelas paragens.

Então, à maneira de náufragos numa ilha deserta do Pacífico, todos nos apinhamos à porta da estação, esperando através da treva a vela – quero dizer, a sege salvadora. Espera amarga, espera estéril! Nenhuma luz de lanterna, nenhum rumor de rodas, cortou a mudez daqueles ermos.

Farto, inteiramente farto, o capataz declarou que "iam dar três horas, e ele queria fechar a estação!" E eu? Ia eu ficar

---

575. Eça quer passar a ideia de um lugar remoto. Província outrora da Turquia, a Romélia, com abertura para o Mar Negro, hoje faz parte da Bulgária.

576. A Estação de Santa Apolônia, em Lisboa, é a mais antiga estação ferroviária da cidade e situa-se perto do bairro da Alfama.

577. Dispersa, perdida.

ali na rua, amarrado, sob a noite agreste, a um montão de bagagens intransportável? Não! Nas entranhas do digno capataz decerto havia melhor misericórdia. Comovido, o homem lembrou outra solução. E era que nós – eu e o Smith, ajudados por um carregador – atirássemos a bagagem para as costas, e marchássemos com ela para o hotel. Com efeito, este parecia ser o único recurso aos nossos males. Todavia (tanto costas amolecidas por longos e deleitosos anos de civilização repugnam a carregar fardos, e tão tenaz é a esperança naqueles a quem a sorte se tem mostrado amorável) eu e o Smith ainda uma vez saímos ao largo, mudos, sondando a escuridão, com o ouvido inclinado ao lajedo, a escutar ansiosamente se ao longe, muito ao longe, não sentiríamos rolar para nós o calhambeque da Providência. Nada, desoladamente nada, na sombra avara!... A minha querida madrinha, seguindo estes lances, deve ter já lágrimas a bailar nas suas compassivas pestanas. Eu não chorei – mas tinha vergonha, uma imensa e pungente vergonha do Smith! Que pensaria aquele escocês da minha pátria – e de mim, seu amo, parcela dessa pátria desorganizada? Nada mais frágil que a reputação das nações. Uma simples tipoia que falta de noite, e eis, no espírito do estrangeiro, desacreditada toda uma civilização secular!

No entanto o capataz fervia. Eram três horas (mesmo três e um quarto), e ele queria fechar a estação! Que fazer! Abandonamo-nos, suspirando, à decisão do desespero. Agarrei o estojo de viagem e o rolo de mantas; Smith deitou aos seus respeitáveis ombros, virgens de cargas, uma grossa maleta de couro; o carregador gemeu sob a enorme mala de cantoneiras de aço. E (deixando ainda dois volumes para ser recolhidos de dia) começamos, sombrios e em fila, a trilhar à pata a distância que vai de Santa Apolônia ao Hotel Bragança! Poucos passos adiante, como o estojo de viagem me derreava o braço, atirei-o para as costas... E todos os três, de cabeça baixa, o dorso esmagado sob dezenas de quilos, com um intenso azedume a estragar-nos o fígado, lá continuamos, devagar, numa fileira soturna, avançando para dentro da capital destes reinos! Eu viera a Lisboa com um fim de repouso e de luxo. Este era o luxo, este o repouso! Ali, sob a chuvinha impertinente, ofegando, suando, tropeçando no lajedo maljunto de uma rua tenebrosa, a trabalhar de carrejão!...

Não sei quantas eternidades gastamos nesta via dolorosa. Sei que de repente (como se a trouxesse, à rédea, o anjo da nossa guarda) uma caleche, uma positiva caleche, rompeu a passo do negrume de uma viela. Três gritos, sôfregos e desesperados, estacaram a parelha. E, uma a uma, todas as malas rolaram em catadupa sobre o calhambeque, aos pés do cocheiro, que, tomado de assalto e de assombro, ergueu o chicote, praguejando com furor. Mas serenou, compreendendo a sua espantosa onipotência – e declarou que ao Hotel Bragança (uma distância pouco maior que toda a Avenida dos Campos Elísios) não me podia levar por menos de "três mil réis". Sim, minha madrinha, "dezoito francos"! Dezoito francos em metal, prata ou ouro, por uma corrida, nesta Idade Democrática e Industrial, depois de todo o penoso trabalho das Ciências e das Revoluções para igualizarem e embaratecerem os confortos sociais. Trêmulo de cólera, mas submisso como quem cede à exigência de um trabuco, enfiei para a tipoia – depois de me ter despedido com grande afeto do carregador, camarada fiel da nossa trabalhosa noite.

Partimos, enfim, num galope desesperado. Daí a momentos estávamos assaltando a porta adormecida do Hotel Bragança, com repiques, clamores, punhadas, cócegas, injúrias, gemidos, todas as violências e todas as seduções. Debalde! Não foi mais resistente ao belo cavaleiro Percival o portão de ouro do Palácio da Ventura! Finalmente o cocheiro atirou-se a ela aos coices. E, decerto por compreender melhor esta linguagem, a porta, lenta e estremunhada, rolou nos seus gonzos[578]! Graças te sejam, meu Deus, Pai inefável! Estamos enfim sob um teto, no meio dos tapetes e estuques do progresso, ao cabo de tão bárbara jornada. Restava pagar o batedor. Vim para ele com acerba ironia:

– Então, são três mil réis?

À luz do vestíbulo, que me batia a face, o homem sorria. E que há-de ele responder, o malandro sem par?

---

578. Dobradiças.

— Aquilo era por dizer... Eu não tinha conhecido o sr. D. Fradique... Lá para o sr. D. Fradique é o que quiser.

Humilhação incomparável! Senti logo não sei que torpe enternecimento que me amolecia o coração. Era a bonacheirice[579], a relassa[580] fraqueza que nos enlaça a todos nós portugueses, nos enche de culpada indulgência uns para os outros, e, irremediavelmente, estraga entre nós toda a disciplina e toda a ordem. Sim, minha cara madrinha... Aquele bandido conhecia o sr. D. Fradique. Tinha um sorriso brejeiro e serviçal. Ambos éramos portugueses. Dei uma libra àquele bandido!

E aqui está, para seu ensino, a verídica maneira por que se entra, no último quartel do século XIX, na grande cidade de Portugal. Todo seu, aquele que longe de si sempre pena,

Fradique

VIII

Ao Sr. E. Mollinet
Diretor da Revista de Biografia e de História

Paris, setembro.

Meu caro sr. Mollinet.

Encontrei ontem à noite, ao voltar de Fontainebleau, a carta em que o meu douto amigo, em nome e no interesse da *Revista de Biografia e de História*, me pergunta quem é este meu compatriota Pacheco (José Joaquim Alves Pacheco), cuja morte está sendo tão vasta e amargamente carpida nos jornais de Portugal. E deseja ainda o meu amigo saber que obras, ou que fundações, ou que livros, ou que ideias, ou que acréscimo na civilização portuguesa deixou esse Pacheco, seguido ao túmulo por tão sonoras, reverentes lágrimas.

---

579. Relativo ao caráter daquele que é bonachão (natural, bondoso, sem afetação).

580. Provável corruptela de relapsa (reincidente, contumaz).

Eu casualmente conheci Pacheco. Tenho presente, como num resumo, a sua figura e a sua vida. Pacheco não deu ao seu país nem uma obra, nem uma fundação, nem um livro, nem uma ideia. Pacheco era entre nós superior e ilustre unicamente porque "tinha um imenso talento". Todavia, meu caro sr. Mollinet, este talento, que duas gerações tão soberbamente aclamaram, nunca deu, da sua força, uma manifestação positiva, expressa, visível! O talento imenso de Pacheco ficou sempre calado, recolhido, nas profundidades de Pacheco! Constantemente ele atravessou a vida por sobre eminências sociais: deputado, diretor-geral, ministro, governador de bancos, conselheiro de Estado, par, presidente do Conselho – Pacheco tudo foi, tudo teve, neste país que, de longe e a seus pés, o contemplava, assombrado do seu imenso talento. Mas nunca, nestas situações, por proveito seu ou urgência do Estado, Pacheco teve necessidade de deixar sair, para se afirmar e operar fora, aquele imenso talento que lá dentro o sufocava. Quando os amigos, os partidos, os jornais, as repartições, os corpos coletivos, a massa compacta da nação murmurando em redor de Pacheco "que imenso talento!" o convidavam a alargar o seu domínio e a sua fortuna – Pacheco sorria, baixando os olhos sérios por trás dos óculos dourados, e seguia, sempre para cima, sempre para mais alto, através das instituições, com o seu imenso talento aferrolhado dentro do crânio como no cofre de um avaro. E esta reserva, este sorrir, este lampejar dos óculos, bastavam ao país que neles sentia e saboreava a resplandecente evidência do talento de Pacheco.

Este talento nasceu em Coimbra, na aula de Direito Natural, na manhã em que Pacheco, desdenhando a sebenta, assegurou que "o século XIX era um século de progresso e de luz". O curso começou logo a pressentir e a afirmar, nos cafés da Feira, que havia muito talento em Pacheco: e esta admiração cada dia crescente do curso, comunicando-se, como todos os movimentos religiosos, das multidões impressionáveis às classes raciocinadoras, dos rapazes aos lentes, levou facilmente Pacheco a um "prêmio" no fim do ano. A fama desse talento alastrou então por toda a Academia – que, vendo Pacheco sempre pensabundo, já de óculos, austero nos seus passos, com praxistas[581] gordos debaixo do braço, percebia ali um grande espírito que se concentra e se retesa todo em força íntima. Esta geração acadêmica, ao dispersar, levou pelo país, até os mais sertanejos burgos, a notícia do imenso talento de Pacheco. E já em escuras boticas de Trás-os-Montes[582], em lojas palreiras[583] de barbeiros do Algarve[584], se dizia, com respeito, com esperança: "Parece que há agora aí um rapaz de imenso talento que se formou, o Pacheco!"

Pacheco estava maduro para a representação nacional. Veio ao seu seio – trazido por um governo (não recordo qual) que conseguira, com dispêndios e manhas, apoderar-se do precioso talento de Pacheco. Logo na estrelada noite de dezembro em que ele, em Lisboa, foi ao Martinho[585] tomar chá e torradas, se sussurrou pelas mesas, com curiosidade: "É o Pacheco, rapaz de imenso talento!" E, desde que as Câmaras se constituíram, todos os olhares, os do governo e os da oposição, começaram a se voltar com insistência, quase com ansiedade, para Pacheco, que, na ponta de uma bancada, conservava a sua atitude de pensador recluso, os braços cruzados sobre o colete de veludo, a fronte vergada para o lado como sob o peso das riquezas interiores, e os óculos a faiscar... Finalmente uma tarde, na discussão da resposta ao discurso da Coroa, Pacheco teve um movimento como para atalhar um padre zarolho que arengava sobre a "liberdade". O sacerdote imediatamente

---

581. Jurista especializado em direito processual.

582. O Alto Trás-os-Montes é uma subregião estatística portuguesa, dividida entre o Distrito de Bragança e o Distrito de Vila Real. Há, na região de Trás-os-Montes, um concelho (vila) chamado Boticas.

583. Faladoras, conversadoras. No contexto, *palreira* indica o lugar onde se conversa.

584. O Algarve é a região mais meridional de Portugal (que engloba uma subregião estatística com o mesmo nome e com as mesmas dimensões, e que corresponde também, na sua totalidade, à antiga província do mesmo nome e ainda ao Distrito de Faro e à nova Grande Área Metropolitana do Algarve), com capital em Faro.

585. O Café Martinho (1846-1967), em Lisboa, foi um dos locais mais frequentados pelos literatos, políticos e intelectuais portugueses. Muito citado na ficção eciana, se localizava no Largo Dom João da Câmara, nas proximidades do Teatro Nacional Dona Maria II, no Rossio. Hoje no seu lugar funciona um banco.

estacou com deferência; os taquígrafos apuraram vorazmente a orelha: e toda a Câmara cessou o seu desafogado sussurro, para que, num silêncio condignamente majestoso, se pudesse pela vez primeira produzir o imenso talento de Pacheco. No entanto Pacheco não prodigalizou desde logo os seus tesouros. De pé, com o dedo espetado (jeito que foi sempre muito seu), Pacheco afirmou num tom que traía a segurança do pensar e do saber íntimo: "Que ao lado da liberdade devia sempre coexistir a autoridade!" Era pouco, decerto – mas a Câmara compreendeu bem que, sob aquele curto resumo, havia um mundo, todo um formidável mundo, de ideias sólidas. Não volveu a falar durante meses – mas o seu talento inspirava tanto mais respeito quanto mais invisível e inacessível se conservava lá dentro, no fundo, no rico e povoado fundo do seu ser. O único recurso que restou então aos devotos desse imenso talento (que já os tinha, incontáveis) foi contemplar a testa de Pacheco – como se olha para o céu pela certeza de que Deus está por trás, dispondo. A testa de Pacheco oferecia uma superfície escanteada, larga e lustrosa. E muitas vezes, junto dele, conselheiros e diretores-gerais balbuciavam maravilhados: "Nem é necessário mais! Basta ver aquela testa!"

Pacheco pertenceu logo às principais comissões parlamentares. Nunca, porém, acedeu a relatar um projeto, desdenhoso das especialidades. Apenas às vezes, em silêncio, tomava uma nota lenta. E, quando emergia da sua concentração, espetando o dedo, era para lançar alguma ideia geral sobre a ordem, o progresso, o fomento, a economia. Havia aqui a evidente atitude de um imenso talento que (como segredavam os seus amigos, piscando o olho com finura) "está à espera, lá em cima, a pairar". Pacheco mesmo, de resto, ensinava (esboçando, com a mão gorda, o voar superior de uma asa por sobre o arvoredo copado) que "talento verdadeiro só devia conhecer as coisas *pela rama*[586]".

Este imenso talento não podia deixar de socorrer os conselhos da Coroa. Pacheco, numa recomposição ministerial (provocada por uma roubalheira) foi ministro – e imediatamente se

---

586. De maneira superficial, sem aprofundamento.

percebeu que maciça consolidação viera dar ao Poder o imenso talento de Pacheco. Na sua pasta (que era a da Marinha) Pacheco não fez durante os longos meses de gerência "absolutamente nada", como insinuaram três ou quatro espíritos amargos e estreitamente positivos. Mas pela primeira vez, dentro deste regime, a nação deixou de curtir inquietações e dúvidas sobre o nosso império colonial. Por quê? Porque sentia que finalmente os interesses supremos desse império estavam confiados a um imenso talento, ao talento imenso de Pacheco.

Nas cadeiras do governo, Pacheco rarissimamente surdia do seu silêncio repleto e fecundo. Às vezes, porém, quando a oposição se tornava clamorosa, Pacheco descerrava o braço, tomava com lentidão uma nota a lápis – e esta nota, traçada com saber e maduríssimo pensar, bastava para perturbar, acuar a oposição. É que o imenso talento de Pacheco terminara por inspirar, nas câmaras, nas comissões, nos centros, um terror disciplinar! Ai desse sobre quem viesse a desabar com cólera aquele talento imenso! Certa lhe seria a humilhação irresgatável! Assim dolorosissimamente o experimentou o pedagogista que um dia se arrojou a acusar o senhor ministro do Reino (Pacheco dirigia então o Reino) de descurar a instrução do país! Nenhuma incriminação podia ser mais sensível àquele imenso espírito que, na sua frase lapidária e suculenta, ensinara que "um povo sem o curso dos liceus é um povo incompleto". Espetando o dedo (jeito sempre tão seu) Pacheco esborrachou o homem temerário com esta coisa tremenda: "Ao ilustre deputado que me censura só tenho a dizer que, enquanto, sobre questões de instrução pública, Sua Excelência, aí nessas bancadas, faz berreiro, eu, aqui nesta cadeira, faço luz!" Eu estava lá, nesse esplêndido momento, na galeria. E não me recordo de ter jamais ouvido, numa assembleia humana, uma tão apaixonada e fervente rajada de aclamações! Creio que foi daí a dias que Pacheco recebeu a Grã-Cruz da Ordem de Sant'Iago[587].

---

587. A Ordem de Sant'Iago da Espada é uma antiga ordem honorífica militar. Tem a sua origem na Ordem Militar de Santiago, fundada em 1170, por Fernando II, rei de Leão (1157-1188), em Cáceres, no reino de Castela. A sua introdução em Portugal está documentada em data próxima do ano de 1172.

O imenso talento de Pacheco pouco a pouco se tornava um credo nacional. Vendo que inabalável apoio esse imenso talento dava às instituições que servia, todas o apeteceram. Pacheco começou a ser um diretor universal de companhias e de bancos. Cobiçado pela Coroa, penetrou no Conselho de Estado. O seu partido reclamou avidamente que Pacheco fosse seu chefe. Mas os outros partidos cada dia se socorriam com submissa reverência do seu imenso talento. Em Pacheco pouco a pouco se concentrava a nação.

À maneira que ele assim envelhecia, e crescia em influência e dignidades, a admiração pelo seu imenso talento chegou a tomar no país certas formas de expressão só próprias da religião e do amor. Quando ele foi presidente do Conselho, havia devotos que espalmavam a mão no peito, com unção, reviravam o branco do olho ao céu, para murmurar piamente: "Que talento!" E havia amorosos que, cerrando os olhos e repenicando um beijo nas pontas apinhadas dos dedos, balbuciavam com langor[588]: "Ai! que talento!" E, para que o esconder? Outros havia, a quem aquele imenso talento amargamente irritava, como um excessivo e desproporcional privilégio. A esses ouvi eu bradar com furor, atirando, patadas ao chão: "Irra, que é ter talento demais!" Pacheco, no entanto, já não falava. Sorria apenas. A testa cada vez se lhe tornava mais vasta.

Não relembrarei a sua incomparável carreira. Basta que o meu caro sr. Mollinet percorra os nossos anais. Em todas as instituições, reformas, fundações, obras, encontrará o cunho de Pacheco. Portugal todo, moral e socialmente, está repleto de Pacheco. Foi tudo, teve tudo. Decerto, o seu talento era imenso! Mas imenso se mostrou o reconhecimento da sua pátria! Pacheco e Portugal, de resto, necessitavam insubstituivelmente um do outro, e ajustadissimamente se completavam. Sem Portugal – Pacheco não teria sido o que foi entre os homens; mas sem Pacheco – Portugal não seria o que é entre as nações!

A sua velhice ofereceu um caráter augusto[589]. Perdera o cabelo radicalmente. Todo ele era testa. E mais que nunca revelava o seu imenso talento – mesmo nas mínimas coisas.

---

588. Languidez, preguiça.
589. Que merece respeito, reverência; venerável.

Muito bem me lembro da noite (sendo ele presidente do Conselho) em que, na sala da condessa de Arrodes, alguém, com fervor, apeteceu conhecer o que Sua Excelência pensava de Canovas del Castillo[590]. Silenciosamente, magistralmente, sorrindo apenas, Sua Excelência deu com a mão grave, de leve, um corte horizontal no ar. E foi em torno um murmúrio de admiração, lento e maravilhado. Naquele gesto quantas coisas sutis, fundamente pensadas! Eu, por mim, depois de muito esgaravatar, interpretei-o deste modo: "Medíocre, meia-altura, o sr. Canovas!" Porque, note o meu caro sr. Mollinet como aquele talento, sendo tão vasto, era ao mesmo tempo tão fino!

Rebentou – quero dizer, Sua Excelência morreu, quase repentinamente, sem sofrimento, no começo deste duro inverno. Ia ser justamente criado marquês de Pacheco. Toda a nação o chorou com infinita dor. Jaz no Alto de São João, sob um mausoléu, onde por sugestão do senhor conselheiro Acácio (em carta ao *Diário de Notícias*) foi esculpida uma figura de "Portugal chorando o Gênio".

Meses depois da morte de Pacheco, encontrei a sua viúva, em Sintra, na casa do Dr. Videira. É uma mulher (asseguram amigos meus) de excelente inteligência e bondade. Cumprindo um dever de português, lamentei, diante da ilustre e afável senhora, a perda irreparável que era sua e da pátria. Mas quando, comovido, aludi ao imenso talento de Pacheco, a viúva de Pacheco ergueu, num brusco espanto, os olhos que conservara baixos – e um fugidio, triste, quase apiedado sorriso arregaçou-lhe os cantos da boca pálida... Eterno desacordo dos destinos humanos! Aquela mediana senhora nunca compreendera aquele imenso talento! Creia-me, meu caro sr. Mollinet, seu dedicado,

Fradique

---

590. Antonio Canovas del Castillo (1828-1897) foi um dos mais influentes políticos espanhóis do século XIX.

IX

A Clara... (Trad.)

Paris, junho.

Minha adorada amiga.

Não, não foi na Exposição dos Aguarelistas[591], em março, que eu tive consigo o meu primeiro encontro, por mandado dos Fados[592]. Foi no inverno, minha adorada amiga, no baile dos Tressans. Foi aí que a vi, conversando com Madame de Jouarre, diante de um console, cujas luzes, entre os molhos de orquídeas, punham nos seus cabelos aquele nimbo de ouro que tão justamente lhe pertence como "rainha de graça entre as mulheres". Lembro ainda, bem religiosamente, o seu sorrir cansado, o vestido preto com relevos cor de botão de ouro, o leque antigo que tinha fechado no regaço. Passei; mas logo tudo em redor me pareceu irreparavelmente enfadonho e feio; e voltei a readmirar, a meditar em silêncio a sua beleza, que me prendia pelo esplendor patente e compreensível, e ainda por não sei quê de fino, de espiritual, de dolente[593] e de meigo que brilhava através e vinha da alma. E tão intensamente me embebi nessa contemplação, que levei comigo a sua imagem, decorada e inteira, sem esquecer um fio dos seus cabelos ou uma ondulação da seda que a cobria, e corri a encerrar-me com ela, alvoroçado, como um artista que nalgum escuro armazém, entre poeira e cacos, descobrisse a obra sublime de um mestre perfeito.

E por que não o confessarei? Essa imagem foi para mim, ao princípio, meramente um quadro, pendurado no fundo da minha alma, que eu a cada doce momento olhava – mas para lhe louvar apenas, com crescente surpresa, os encantos diversos de linha e de cor. Era somente uma rara tela, posta em

---

591. O mesmo que aquarelistas, pintores de aquarelas.

592. Ordens do destino; sorte, vaticínios.

593. Que sente e/ou expressa dor; lamentoso, magoado, queixoso.

sacrário[594], imóvel e muda no seu brilho, sem outra influência mais sobre mim que a de uma forma muito bela que cativa um gosto muito educado. O meu ser continuava livre, atento às curiosidades que até aí o seduziam, aberto aos sentimentos que até aí o solicitavam; e, só quando sentia a fadiga das coisas imperfeitas ou o desejo novo de uma ocupação mais pura, regressava à Imagem que em mim guardava, como um Fra Angelico[595], no seu claustro, pousando os pincéis ao fim do dia, e ajoelhando ante a Madona[596] a implorar dela repouso e inspiração superior.

Pouco a pouco, porém, tudo o que não foi esta contemplação perdeu para mim valor e encanto. Comecei a viver cada dia mais retirado no fundo da minha alma, perdido na admiração da imagem que lá rebrilhava – até que só essa ocupação me pareceu digna da vida, no mundo todo não reconheci mais que uma aparência inconstante, e fui como um monge na sua cela, alheio às coisas mais reais, de joelhos e hirto[597] no seu sonho, que é para ele a única realidade.

Mas não era, minha adorada amiga, um pálido e passivo êxtase diante da sua imagem. Não! Era antes um ansioso e forte estudo dela, com que eu procurava conhecer através da forma a essência e (pois que a beleza é o esplendor da verdade) deduzir das perfeições do seu corpo as superioridades da sua alma. E foi assim que lentamente surpreendi o segredo da sua natureza; a sua clara testa que o cabelo descobre, tão clara e lisa, logo me contou a retidão do seu pensar: o seu sorriso, de uma nobreza tão intelectual, facilmente me revelou o seu desdém do mundanal[598] e do efêmero, a sua incansável aspiração para um viver de verdade e de beleza: cada graça de seus

---

594. Lugar onde se guardam objetos sagrados (hóstia consagrada e relíquias, por exemplo).

595. Fra Angelico (c. 1387-1455), pintor e monge italiano. Pode ser considerado como o mais importante pintor do Ocidente da época do Gótico Tardio ao início do Renascimento.

596. Representação de Virgem Maria. Quando usada para descrever o tema de um quadro, refere-se em geral a uma representação da Virgem e do Menino Jesus.

597. Sem flexibilidade, duro, firme.

598. Mundano, referente ao mundo, em seu aspecto material.

movimentos me traiu uma delicadeza do seu gosto; e nos seus olhos diferencei o que neles tão adoravelmente se confunde, luz de razão, calor de coração, luz que melhor aquece, calor que melhor alumia... Já a certeza de tantas perfeições bastaria a fazer dobrar, numa adoração perpétua, os joelhos mais rebeldes. Mas sucedeu ainda que, ao passo que a compreendia e que a sua essência se me manifestava, assim visível e quase tangível, uma influência descia dela sobre mim – uma influência estranha, diferente de todas as influências humanas e que me dominava com transcendente onipotência. Como lhe poderei dizer? Monge, fechado na minha cela, comecei a aspirar à santidade, para me harmonizar e merecer a convivência com a santa a que me votara. Fiz então sobre mim um áspero exame de consciência. Investiguei com inquietação se o meu pensar era condigno da pureza do seu pensar; se no meu gosto não haveria desconcertos que pudessem ferir a disciplina do seu gosto; se a minha ideia da vida era tão alta e séria como aquela que eu pressentira na espiritualidade do seu olhar, do seu sorrir; e se o meu coração não se dispersara e enfraquecera demais para poder palpitar com paralelo vigor junto do seu coração. E tem sido em mim agora um arquejante esforço para subir a uma perfeição idêntica àquela que em si tão submissamente adoro.

De sorte que a minha querida amiga, sem saber, se tornou a minha educadora. E tão dependente fiquei logo desta direção, que já não posso conceber os movimentos do meu ser senão governados por ela e por ela enobrecidos. Perfeitamente sei que tudo o que hoje surge em mim de algum valor, ideia ou sentimento é obra dessa educação que a sua alma dá à minha, de longe, só com existir e ser compreendida. Se hoje me abandonasse a sua influência – devia antes dizer, como um asceta, a sua Graça –, todo eu rolaria para uma inferioridade sem remição[599]. Veja, pois, como se me tornou necessária e preciosa... E considere que, para exercer esta supremacia salvadora, as suas mãos não tiveram de se impor sobre as minhas – bastou que eu a avistasse de longe, numa festa, resplandecendo. Assim um arbusto silvestre floresce à borda de um fosso, porque

---

599. Liberação de pena, de ofensa, de dívida; perdão, quitação, resgate.

lá em cima nos remotos céus fulge um grande sol, que não o vê, não o conhece, e magnanimamente o faz crescer, desabrochar e dar o seu curto aroma... Por isso o meu amor atinge esse sentimento indescrito e sem nome que a planta, se tivesse consciência, sentiria pela luz.

E considere ainda que, necessitando de si como da luz, nada lhe rogo, nenhum bem imploro de quem tanto pode e é para mim dona de todo o bem. Só desejo que me deixe viver sob essa influência, que, emanando do simples brilho das suas perfeições, tão fácil e docemente opera o meu aperfeiçoamento. Só peço esta permissão caridosa. Veja, pois, quanto me conservo distante e vago, na esbatida[600] humildade de uma adoração que até receia que o seu murmúrio, um murmúrio de prece, roce o vestido da imagem divina...

Mas se a minha querida amiga, por acaso, certa do meu renunciamento a toda a recompensa terrestre, me permitisse desenrolar junto de si, num dia de solidão, a agitada confidência do meu peito, decerto faria um ato de inefável misericórdia – como outrora a Virgem Maria quando animava os seus adoradores, ermitas[601] e santos, descendo numa nuvem e concedendo-lhes um sorriso fugitivo, ou deixando-lhes cair entre as mãos erguidas uma rosa do Paraíso. Assim, amanhã, vou passar a tarde com Madame de Jouarre. Não há aí a santidade de uma cela ou de uma ermida, mas quase o seu isolamento; e, se a minha querida amiga surgisse, em pleno resplendor, e eu recebesse de si, não direi uma rosa, mas um sorriso, ficaria, então, radiosamente seguro de que este meu amor, ou este meu sentimento indescrito e sem nome que vai além do amor, encontra ante seus olhos piedade e permissão para esperar.

Fradique

---

600. De cor pálida, apagada.

601. Mesmo que eremita, indivíduo que, geralmente por penitência, vive isolado dos demais.

X

A Madame de Jouarre (Trad.)

Lisboa, junho.

Minha excelente madrinha.

Eis o que tem "visto e feito", desde maio, na formosíssima Lisboa, *Ulissipo pulquerrima*[602], o seu admirável afilhado. Descobri um patrício meu, das Ilhas, e meu parente, que vive há três anos construindo um sistema de filosofia no terceiro andar de uma casa de hóspedes, na Travessa da Palha. Espírito livre, empreendedor e destro, paladino das ideias gerais, o meu parente, que se chama Procópio, considerando que a mulher não vale o tormento que espalha e que os oitocentos mil réis de um olival bastam, e de sobra, a um espiritualista, votou a sua vida à lógica e só se interessa e sofre pela verdade. É um filósofo alegre; conversa sem berrar; tem uma aguardente de moscatel excelente; e eu trepo com gosto duas ou três vezes por semana à sua oficina de metafísica a saber se, conduzido pela alma doce de Maine de Biran[603], que é o seu cicerone nas viagens do Infinito, ele já entreviu enfim, disfarçada por trás dos seus derradeiros véus, a causa das causas. Nestas piedosas visitas vou, pouco a pouco, conhecendo alguns dos hóspedes que nesse terceiro andar da Travessa da Palha gozam uma boa vida de cidade, a doze tostões por dia, fora vinho e roupa lavada. Quase todas as profissões em que se ocupa a classe média em Portugal estão aqui representadas

---

602. Ulissipo ou Olissipo foi o nome romano da cidade de Lisboa. A cidade era uma das mais importantes da Lusitânia, contudo não era a sua capital, que ficava em Emerita Augusta, a atual Mérida (na Extremadura Espanhola). Foi Município Romano, sendo os seus cidadãos também romanos apesar de não serem de ascendência romana, devido à aliança que o governo da cidade empreendeu com Roma. *Pulquerrima* significa "belíssima".

603. François-Pierre-Gonthier Maine de Biran (1766-1824), filósofo francês, muito influente no chamado "espiritualismo eclético" francês do século XIX (que se desdobraria no pensamento de Henri Bergson (1859-1941), por exemplo). Dentre outras obras, Maine de Biran escreveu *Novas considerações sobre as relações da física e da moral do homem* (1834).

com fidelidade, e eu posso assim estudar, sem esforço, como num índice, as ideias e os sentimentos que no nosso ano da graça formam o fundo moral da nação.

Esta casa de hóspedes oferece encantos. O quarto do meu primo Procópio tem uma esteira nova, um leito de ferro filosófico e virginal, cassa[604] vistosa nas janelas, rosinhas e aves pela parede, e é mantido em rígido asseio por uma destas criadas como só produz Portugal, bela moça de Trás-os-Montes, que, arrastando os seus chinelos com a indolência grave de uma ninfa latina, varre, esfrega e arruma todo o andar; serve nove almoços, nove jantares e nove chás; escarola[605] as louças; prega esses botões de calças e de ceroulas que os Portugueses estão constantemente a perder! Engoma as saias da madama; reza o terço da sua aldeia; e tem ainda vagares para amar desesperadamente um barbeiro vizinho, que está decidido a casar com ela quando for empregado na Alfândega. (E tudo isto por três mil réis de soldada.) Ao almoço há dois pratos, sãos e fartos, de ovos e bifes. O vinho vem do lavrador, vinhinho leve e precoce, feito pelos veneráveis preceitos das "Geórgicas"[606], e semelhante decerto ao vinho da Rethia[607] – *quo te carmine dicam, Rethica*[608]? A torrada, tratada pelo lume forte, é incomparável. E os quatro painéis que orlam a sala, um retrato de Fontes (estadista, já morto, que é tido pelos Portugueses em grande veneração), uma imagem de Pio IX[609] sorrindo e abençoando, uma vista da várzea de Colares[610], e duas donzelas

---

604. Tecido fino, transparente, de linho ou de algodão. No contexto, cortinas feitas desse material.

605. Limpa, lava.

606. Geórgicas são um conjunto de quatro livros escritos por Virgílio (70 a.C. -19 a.C.), em que ele procura coletar de várias fontes da sociedade conhecimentos do mundo rural numa perspectiva bucólica.

607. Cidade italiana localizada em Lovero, comuna da região da Lombardia, província de Sondrio.

608. "Quem te cantará dignamente, amável vinho destas serras?"

609. Giovanni Maria Mastai-Ferretti (1792 - 1878), o Papa Pio IX, ocupou o posto máximo da igreja católica durante mais de 31 anos, entre 1846 e a data do seu falecimento. Era Frade Dominicano.

610. Vila portuguesa situada entre Sintra e o mar.

beijocando uma rola, inspiram as salutares ideias, tão necessárias, de ordem social, de fé, de paz campestre e de inocência.

A patroa, dona Paulina Soriana, é uma madama de quarenta outonos, frescalhota e roliça, com um pescoço muito nédio[611], e toda ela mais branca que o chambre branco que usa sobre uma saia de seda roxa. Parece uma excelente senhora, paciente e maternal, de bom juízo e de boa economia. Sem ser rigorosamente viúva – tem um filho, já gordo também, que rói as unhas e segue o curso dos liceus. Chama-se Joaquim, e, por ternura, Quinzinho; sofreu esta primavera não sei que duro mal que o forçava a infindáveis orchatas[612] e semicúpios[613]; e está destinado por dona Paulina à burocracia, que ela considera, e muito justamente, a carreira mais segura e a mais fácil.

– O essencial para um rapaz (afirmava há dias a apreciável senhora, depois do almoço, traçando a perna) é ter padrinhos e apanhar um emprego; fica logo arrumado; o trabalho é pouco e o ordenadozinho está certo ao fim do mês.

Mas dona Paulina está tranquila com a carreira do Quinzinho. Pela influência (que é todo-poderosa nestes Reinos) de um amigo certo, o senhor conselheiro Vaz Neto, há já no Ministério das Obras Públicas ou da Justiça uma cadeira de amanuense[614], reservada, marcada com lenço, à espera do Quinzinho. E, mesmo como o Quinzinho foi reprovado nos últimos exames, já o senhor conselheiro Vaz Neto lembrou que, visto ele se mostrar assim desmazelado, com pouco gosto pelas letras, o melhor era não teimar mais nos estudos e no liceu, e entrar imediatamente para a repartição...

– Que ainda assim (ajuntou a boa senhora, quando me honrou com estas confidências) gostava que o Quinzinho acabasse os estudos. Não era pela necessidade, e por causa do emprego, como Vossa Excelência vê: era pelo gosto.

---

611. Brilhante, lustroso.

612. Orchata é uma bebida refrescante preparada com uma decocção de cevada e amêndoas, ou com pevides de melancia ou melão, esmagadas, água e açúcar.

613. Banho de imersão da parte inferior do corpo. Também conhecido como banho de asseio ou banho de assento.

614. Funcionário de repartição pública que geralmente fazia cópias, registros e cuidava da correspondência.

Quinzinho tem, pois, a sua prosperidade agradavelmente garantida. De resto, suponho que dona Paulina junta um pecúlio prudente. Na casa, bem afreguesada, há agora sete hóspedes – e todos fiéis, sólidos, gastando, com os extras, de quarenta e cinco a cinquenta mil réis por mês. O mais antigo, o mais respeitado (e aquele que eu precisamente já conheço) é o Pinho – o Pinho brasileiro, o comendador Pinho. É ele quem todas as manhãs anuncia a hora do almoço (o relógio do corredor ficou desarranjado desde o Natal), saindo do seu quarto às dez horas, pontualmente, com a sua garrafa de água de Vidago[615], e vindo ocupar à mesa, já posta, mas ainda deserta, a sua cadeira, uma cadeira especial de verga[616], com almofadinha de vento. Ninguém sabe deste Pinho nem a idade, nem a família, nem a terra de província em que nasceu, nem o trabalho que o ocupou no Brasil, nem as origens da sua comenda. Chegou uma tarde de inverno num paquete da Mala Real[617]; passou cinco dias no Lazareto[618]; desembarcou com dois baús, a cadeira de verga, e cinquenta e seis latas de doce de tijolo[619]; tomou o seu quarto nesta casa de hóspedes, com a janela para a travessa; e aqui engorda, pacífica e risonhamente, com os seis por cento das suas inscrições. É um sujeito atochado, baixote, de barba grisalha, a pele escura, toda em tons de tijolo e de café, sempre vestido de casimira preta, com uma luneta de ouro pendente de uma fita de seda, que ele, na rua, a cada esquina, desemaranha do cordão de ouro do relógio para ler com interesse e lentidão os cartazes dos teatros. A sua vida tem uma dessas prudentes regularidades que tão admiravelmente concorrem para criar a ordem nos Estados. Depois do

---

615. Vidago é uma freguesia portuguesa do concelho de Chaves. É conhecida pelas suas águas minerais medicinais, principalmente das marcas Vidago Salus e Campilho.

616. Peça flexível de madeira, ripa.

617. A Mala Real Portuguesa é uma companhia marítima fundada no século XIX.

618. Estabelecimento para controle sanitário, onde são postas de quarentena as pessoas que, chegadas a um porto ou aeroporto, podem ser portadoras de moléstias contagiosas.

619. Doce sólido, de formato semelhante ao do tijolo. Provável referência à goiabada brasileira que também pode receber o nome de "doce de tijolo".

almoço, calça as botas de cano, lustra o chapéu de seda, e vai muito devagar até a Rua dos Capelistas[620], ao escritório térreo do corretor Godinho, onde passa duas horas pousado num mocho, junto do balcão, com as mãos cabeludas encostadas ao cabo do guarda-sol. Depois, entala o guarda-sol debaixo do braço, e pela Rua do Ouro, com uma pachorra saboreada, parando a contemplar alguma senhora de sedas mais tufadas, ou alguma vitória de librés mais lustrosas, alonga os passos para a Tabacaria Sousa, ao Rossio[621], onde bebe um copo de água de Caneças[622], e repousa até que a tarde refresque. Segue então para a avenida, a gozar o ar puro e o luxo da cidade, sentado num banco; ou dá a volta ao Rossio, sob as árvores, com a face erguida e dilatada em bem-estar. Às seis recolhe, despe e dobra a sobrecasaca, calça os chinelos de marroquim[623], enverga uma regalada quinzena de ganga[624], e janta, repetindo sempre a sopa. Depois do café dá um "higiênico" pela Baixa[625], com demoras pensativas, mas risonhas, diante das vitrinas de confeitaria e de modas; e em certos dias sobe o Chiado, dobra a esquina da Rua Nova da Trindade, e regateia, com placidez e firmeza, uma senha para o Ginásio. Todas as sextas-feiras entra no seu banco, que é o London Brazilian. Aos domingos, à noitinha, com recato, visita uma moça gorda e limpa que mora na Rua da Madalena. Cada semestre recebe o juro das suas inscrições.

Toda a sua existência é assim um pautado repouso. Nada o inquieta, nada o apaixona. O universo, para o comendador

---

620. Nome vulgar da Rua do Comércio, em Lisboa.

621. Nome popular da praça D. Pedro IV, em Lisboa.

622. Caneças é uma freguesia portuguesa do concelho de Odivelas, onde existem ainda aquedutos construídos durante o império romano. A vila de Caneças forneceu, durante muito tempo, água a Lisboa e a outras cidades importantes de Portugal.

623. Couro curtido de bode ou de cabra.

624. Tecido vulgar, geralmente azul ou amarelo, que antigamente se fabricava na Índia.

625. A Baixa de Lisboa, também chamada Baixa Pombalina por ter sido edificada por ordem do Marquês de Pombal (1699-1782) logo depois do terremoto de 1755, situa-se entre o Terreiro do Paço, junto ao rio Tejo e o Rossio (Praça D. Pedro IV, ou D. Pedro I do Brasil).

Pinho, consta de duas únicas entidades – ele próprio, Pinho, e o Estado que lhe dá os seis por cento; portanto o universo todo está perfeito, e a vida perfeita, desde que Pinho, graças às águas de Vidago, conserve apetite e saúde, e que o Estado continue a pagar fielmente o cupão[626]. De resto, pouco lhe basta para contentar a porção de alma e corpo de que aparentemente se compõe. A necessidade que todo o ser vivo (mesmo as ostras, segundo afirmam os naturalistas) tem de comunicar com os seus semelhantes por meio de gestos ou sons, é em Pinho pouco exigente. Pelos meados de abril, sorri e diz, desdobrando o guardanapo: "Temos o verão conosco". Todos concordam e Pinho goza. Por meados de outubro, corre os dedos pela barba e murmura: "Temos conosco o inverno". Se outro hóspede discorda, Pinho emudece, porque teme controvérsias. E esta honesta permutação de ideias lhe basta. À mesa, contanto que lhe sirvam uma sopa suculenta, num prato fundo, que ele possa encher duas vezes – fica consolado e disposto a dar graças a Deus. O *Diário de Pernambuco*[627], o *Diário de Notícias*, alguma comédia do Ginásio[628], ou uma mágica, satisfazem e de sobra essas outras necessidades de inteligência e de imaginação, que Humboldt[629] encontrou mesmo entre os Botocudos. Nas funções do sentimento, Pinho só pretende modestamente (como revelou um dia ao meu primo) "não apanhar uma doença". Com as coisas públicas está sempre agradado, governe este ou governe aquele, contanto que a polícia mantenha a ordem e que não se produzam nos princípios e nas ruas distúrbios nocivos ao pagamento do cupão. E, enquanto ao destino ulterior da sua alma, Pinho (como ele a mim próprio me assegurou) "só deseja depois de morto que não o enterrem vivo". Mesmo acerca de um ponto tão importante,

---

626. O mesmo que cupom, título, apólice, cautela ou assemelhado, que dá direito a recebimento de juros e/ou dividendos em datas prefixadas.

627. Jornal mais antigo em circulação da América Latina, fundado em 1825, no Recife, e existente até hoje.

628. Teatro do Ginásio, em Lisboa, fundado em 1846.

629. Friedrich Heinrich Alexander, Barão de Humboldt, (1769-1859), mais conhecido como Alexander von Humboldt, foi um naturalista e explorador alemão.

como é para um comendador o seu mausoléu, Pinho pouco requer: apenas uma pedra lisa e decente, com o seu nome, e um singelo "Orai por ele".

Erraríamos, porém, minha querida madrinha, em supor que Pinho seja alheio a tudo quanto seja humano. Não! Estou certo que Pinho respeita e ama a humanidade. Somente a humanidade, para ele, tornou-se, no decurso da sua vida, excessivamente restrita. Homens, homens sérios, verdadeiramente merecedores desse nobre nome, e dignos de que por eles se mostre reverência, afeto, e se arrisque um passo que não canse muito – para Pinho só há os prestamistas[630] do Estado. Assim, meu primo Procópio, com uma malícia bem inesperada num espiritualista, contou-lhe há tempos em confidência, arregalando os olhos, que eu possuía muitos papéis! Muitas apólices! Muitas inscrições!... Pois na primeira manhã que voltei, depois dessa revelação, à casa de hóspedes, Pinho, ligeiramente corado, quase comovido, ofereceu-me uma boceta de doce de tijolo embrulhada num guardanapo. Ato tocante, que explica aquela alma! Pinho não é um egoísta, um Diógenes de rabona preta, secamente retraído dentro da pipa da sua inutilidade. Não. Há nele toda a humana vontade de amar os homens, seus semelhantes, e de os beneficiar. Somente quem são, para Pinho, os seus genuínos "semelhantes"? Os prestamistas do Estado. E em que consiste para Pinho o ato de benefício? Na cessão aos outros daquilo que a ele lhe é inútil. Ora, Pinho não se dá bem com o uso da goiabada – e logo que soube que eu era um possuidor de inscrições, um seu semelhante capitalista como ele, não hesitou, não se retraiu mais ao seu dever humano, praticou logo o ato de benefício, e lá veio, ruborizado e feliz, trazendo o seu doce dentro de um guardanapo.

É o comendador Pinho um cidadão inútil? Não, certamente! Até para manter em estabilidade e solidez a ordem de uma nação, não há mais prestadio[631] cidadão do que este Pinho, com a sua placidez de hábitos, o seu fácil assentimento a todos os feitios da coisa pública, a sua conta do banco verificada às

---

630. Indivíduo que empresta dinheiro a juros e/ou possui títulos de dívida pública.
631. Que tem serventia, utilidade.

sextas-feiras, os seus prazeres colhidos em higiênico recato, a sua reticência, a sua inércia. De um Pinho nunca pode sair ideia ou ato, afirmação ou negação, que desmanche a paz do Estado. Assim, gordo e quieto, colado sobre o organismo social, não concorrendo para o seu movimento, mas não o contrariando também, Pinho apresenta todos os caracteres de uma excrescência sebácea. Socialmente, Pinho é um lobinho[632]. Ora nada mais inofensivo que um lobinho: e nos nossos tempos, em que o Estado está cheio de elementos mórbidos, que o parasitam, o sugam, o infeccionam e o sobre-excitam, esta inofensibilidade de Pinho pode mesmo (em relação aos interesses da ordem) ser considerada como qualidade meritória. Por isso o Estado, segundo corre, o vai criar barão. E barão de um título que os honra a ambos, ao Estado e a Pinho, porque é nele simultaneamente prestada uma homenagem graciosa e discreta à família e à religião. O pai de Pinho chamava-se Francisco – Francisco José Pinho. E o nosso amigo vai ser feito barão de São Francisco.

Adeus, minha querida madrinha! Vamos no nosso décimo oitavo dia de chuva! Desde o começo de junho e das rosas, que neste país de sol sobre azul, na terra trigueira da oliveira e do louro, queridos a Febo[633], está chovendo, chovendo em fios de água cerrados, contínuos, imperturbados, sem sopro de vento que os ondule, nem raio de luz que os diamantize, formando das nuvens às ruas uma trama mole de umidade e tristeza, onde a alma se debate e definha, como uma borboleta presa nas teias de uma aranha. Estamos em pleno versículo XVII, do capítulo VII do "Gênese"[634]. No caso de estas águas do céu não cessarem, eu concluo que as intenções de Jeová, para com este país pecador, são diluvianas; e, não me julgando menos digno da graça e da aliança divina do que Noé, vou comprar madeira e betume, e fazer

---

632. Cisto sebáceo, ou qualquer cisto subcutâneo; calombo; lombinho.

633. Segundo a mitologia romana, Febo é o deus equivalente ao grego Apolo, de cujo nome passou a ser um epíteto. Personifica a luz e é o deus da música.

634. Versículo bíblico, do Livro do Gênesis, que diz o seguinte: "E veio o dilúvio sobre a terra durante quarenta dias; e as águas cresceram, e elevaram a arca muito alto por cima da terra."

uma arca segundo os bons modelos hebraicos ou assírios. Se por acaso daqui a tempos uma pomba branca for bater com as asas à sua vidraça, sou eu que aportei ao Havre[635] na minha arca, levando comigo, entre outros animais, o Pinho e a dona Paulina, para que mais tarde, tendo baixado as águas, Portugal se repovoe com proveito, e o Estado tenha sempre Pinhos a quem peça dinheiro emprestado, e Quinzinhos gordos com quem gaste o dinheiro que pediu a Pinho. Seu afilhado do coração,

Fradique

XI

A Mr. Bertrand B.
Engenheiro na Palestina

Paris, abril.

Meu caro Bertrand.

Muito ironicamente, hoje, neste Domingo de Páscoa em que os céus contentes se revestiram pascalmente de uma casula[636] de ouro e de azul, e os lilases novos perfumam o meu jardim para o santificar, me chega a tua horrenda carta, contando que findaste o traçado do caminho de ferro de Jafa[637] a Jerusalém! E triunfas! Decerto, à porta de Damasco[638], com as botas

---

635. Le Havre é uma comuna francesa localizada na região administrativa da Alta-Normandia, no departamento Seine-Maritime.

636. Um tipo de manta, de paramento eclesiástico, de seda, damasco etc., guarnecido de galões cujas cores variam conforme o rito, e que o sacerdote veste sobre a alva e a estola para celebrar missa.

637. Jaffa, Jafa, Jafo ou Jope é uma cidade de Israel, vinculada ao município de Tel Aviv, famosa pelo porto antigo e pelo centro histórico, de qual, segundo o relato bíblico, o profeta Jonas saiu para Társis de barco e foi engolido por uma baleia.

638. Damasco é a capital da Síria e a capital mais antiga do mundo.

fortes enterradas no pó de Josafat[639], o guarda-sol pousado sobre uma pedra tumular de profeta, o lápis ainda errante sobre o papel, sorris, todo te dilatas, e através das lunetas defumadas contemplas, marcada por bandeirinhas, a "linha" onde em breve, fumegando e guinchando, rolará da velha Jepo para a velha Sião[640] o negro comboio da tua negra obra! Em redor os empreiteiros, limpando o grosso suor da façanha, desarrolham as garrafas da cerveja festiva! E por trás de vós o progresso, hirto contra as muralhas de Herodes[641], todo engonçado, todo aparafusado, também triunfa, esfregando, com estalidos ásperos, as suas rígidas mãos de ferro fundido.

Bem o sinto, bem o compreendo o teu escandaloso traçado, oh filho dileto e fatal da Escola de Pontes e Calçadas[642]! Nem necessitava esse plano com que me deslumbras, todo em linhas escarlates, parecendo golpes de uma faca vil por cima de uma carne nobre. E em Jafa, na antiquíssima Jepo, já heroica e santa antes do Dilúvio, que a tua primeira estação com os alpendres, e a carvoeira, e as balanças, e a sineta, e o chefe de boné agaloado[643], se ergue entre esses laranjais, gabados pelo Evangelho, onde São Pedro, correndo aos brados das mulhe-

---

639. O Vale de Josafat (ou Vale do Cédron) é um vale que se estende ao longo do muro oriental de Jerusalém, separando o Monte de Templo do Monte das Oliveiras. Continua ao leste pelo Deserto da Judeia, em direção ao Mar Morto.

640. Nome de origem bíblica, Sião, posteriormente chamada de cidade de David, foi a fortaleza conquistada pelo rei David aos jebuseus. Após a morte do rei David, o termo Sião passou a se referir ao monte em Jerusalém onde ficava o Templo de Salomão. Mais tarde, Sião passou a se referir ao próprio templo e aos terrenos do templo. Depois disso, Sião foi usado para simbolizar Jerusalém e a terra prometida.

641. Herodes, o Grande (73 a.C.-4 a.C.), foi rei da Judeia entre 37 a.C. e 4 a.C., imposto pelo Império Romano. É conhecido principalmente pela oposição dos judeus ortodoxos de seu tempo e por ter buscado matar Jesus, de acordo com o Evangelho de São Mateus, um relato não sustentado pelos outros evangelhos. Herodes ampliou o templo de Jerusalém e construiu as muralhas da cidade e a fortaleza de Masada, foco de resistência de rebeldes judeus em 73 d.C.

642. A Escola de Pontes e Calçadas de Paris, criada em 1747, é uma das mais antigas escolas de engenharia civil da Europa.

643. Guarnecido ou bordado com galões.

res, ressuscitou Dorcas, a boa tecedeira[644], e a ajudou a sair do seu sepulcro. Daí a locomotiva, com a sua primeira classe forrada de chita, rola descaradamente pela planície de Saaron[645], tão amada do Céu, que, mesmo sob o bruto pisar das hordas filistinas, nunca nela murchavam anêmonas e rosas. Corta através de Beth-Dagon[646], e mistura o pó do seu carvão de Cardiff[647] ao vetusto pó do Templo de Baal[648], que Sansão[649], mudo e repassado de tristeza, derrocou movendo os ombros. Corre por sobre Lida[650], e atroa com guinchos o grande São Jorge, que ainda couraçado, emplumado, e o guante[651] sobre a espada, ali dorme o seu sono terrestre. Toma água, por um tubo de couro, do poço santo donde a Virgem na fugida para o Egito, repousando sob o figueiral, deu de beber ao Menino. Para em Ramleh[652], que é a velha Arimateia ("Arimateia, quinze minutos de demora!"), a aldeia dos doces hortos e do homem doce que enterrou o Senhor. Fura, por túneis fuma-

---

644. Dorcas é uma personagem bíblica que ajudava os necessitados e costurava túnicas e vestidos para as viúvas da cidade de Jope (Atos dos Apóstolos 9.39). Após a morte, foi ressuscitada por Simão Pedro (São Pedro), um dos doze apóstolos de Jesus Cristo.

645. Saaron ou Saron é uma região da Palestina localizada entre as montanhas do Efrain e o mar Mediterrâneo.

646. Beth-Dagon é o nome de duas cidades da Palestina. Uma delas, segundo o relato bíblico, fazia parte da região dominada pela tribo de Judá, a mais numerosa tribo de Israel, e ficava entre uma cadeia de montanhas e o mar Mediterrâneo. A outra Beth-Dagon ficaria na região dominada pela tribo de Zebulom.

647. Cardiff é a capital do País de Gales. Foi um dos mais importantes portos de carvão da Europa, onde se criou um tipo de carvão que leva o nome da cidade, o Carvão Cardiff Mineral.

648. O deus Baal e sua adoração têm origem remota, anterior ao surgimento do povo hebreu, que destruiu, segundo o relato bíblico, o maior dos templos construídos em sua homenagem.

649. Sansão, de acordo com a sua descrição na bíblia hebraica, foi um homem nazireu (consagrado a Deus desde o nascimento). Distinguia-se por ser portador de uma força sobre-humana, que, segundo a Bíblia, era-lhe fornecida pelo Espírito do Senhor.

650. Cidade da região central de Israel onde encontra-se a sepultura de São Jorge.

651. Luva de ferro que fazia parte das antigas armaduras.

652. Ramleh ou Ramla é uma cidade da região central de Israel.

rentos, as colinas de Judá, onde choraram os profetas. Rompe por entre ruínas que foram a cidadela e depois a sepultura dos Macabeus[653]. Galga, numa ponte de ferro, a torrente em que David[654] errante escolhia pedras para a sua funda derrubadora de monstros. Coleia e arqueja pelo vale melancólico que habitou Jeremias[655]. Suja ainda Emaús[656], vara o Cedron e estaca enfim, suada, azeitada, sórdida de felugem, no vale de Hennon, no término de Jerusalém!

Ora, meu bom Bertrand, eu que não sou das Pontes e Calçadas, nem acionista da Companhia dos Caminhos de Ferro da Palestina, apenas um peregrino saudoso desses lugares adoráveis, considero que a tua obra de civilização é uma obra de profanação. Bem sei, engenheiro! São Pedro ressuscitando a velha Dorcas; a florescência miraculosa das roseiras de Saaron; o Menino bebendo, na fuga para o Egito, à sombra das árvores que os anjos iam adiante semeando – são fábulas... Mas são fábulas que há dois mil anos dão encanto, esperança, abrigo consolador e energia para viver a um terço da humanidade. Os lugares onde se passaram essas histórias, decerto muito simples e muito humanas, que depois, pela necessidade que a alma tem do divino, se transformaram na tão linda mitologia cristã, são, por isso, veneráveis. Neles viveram, combateram, ensinaram, padeceram, desde Jacob até São Paulo, todos os seres excecionais que hoje povoam o Céu. Jeová só entre esses montes se mostrava, com terrífico esplendor, no tempo em que visitava os homens. Jesus desceu a esses vales pensativos para renovar o mundo. Sempre a Palestina foi a residência preferida da Divindade.

---

653. Nome de uma família judaica que liderou a revolta contra o domínio selêucida e fundou uma dinastia de reis da Judeia entre 140 a.C. e 37 a.C.

654. David ou Davi foi um rei do antigo Israel, considerado um dos patriarcas da nação. Na Bíblia, Davi aparece inicialmente como tocador de harpa na corte de Saul e ganha notoriedade ao matar em combate o gigante guerreiro filisteu Golias, ganhando o direito de casar com a filha do rei Saul e a isenção de impostos.

655. Jeremias é o nome de nove personagens do Antigo Testamento. O Jeremias mais conhecido é o profeta (é, provavelmente, a ele que se refere Fradique) que teria sido o autor de dois dos livros da Bíblia ("Livro de Jeremias" e "Lamentações de Jeremias").

656. Localidade na Palestina.

Nada de material devia pois desmanchar o seu recolhimento espiritual. E é penoso que a fumaraça do progresso suje um ar que conserva o perfume da passagem dos anjos, e que os seus trilhos de ferro revolvam o solo onde ainda não se apagaram as pegadas divinas.

Tu sorris, e acusas precisamente a velha Palestina de ser uma incorrigível fonte de ilusão. Mas a ilusão, Bertrand amigo, é tão útil como a certeza: e na formação de todo o espírito, para que ele seja completo, devem entrar tanto os contos de fadas como os problemas de Euclides[657]. Destruir a influência religiosa e poética da Terra Santa, tanto nos corações simples como nas inteligências cultas, é um retrocesso na civilização, na verdadeira, naquela de que tu não és obreiro, e que tem por melhor esforço aperfeiçoar a alma do que reforçar o corpo, e, mesmo pelo lado da utilidade, considera um sentimento mais útil do que uma máquina. Ora, locomotivas manobrando pela Judeia e Galileia, com a sua materialidade de carvão e ferro, o seu desenvolvimento inevitável de hotéis, ônibus, bilhares e bicos de gás, destroem, irremediavelmente, o poder emotivo das Terras dos Milagres, porque a modernizam, a industrializam, a banalizam...

Esse poder, essa influência espiritual da Palestina, de que provinha? De ela se ter conservado, através destes quatro mil anos, imutavelmente "bíblica e evangélica"... Decerto sobrevieram mudanças em Israel; a administração turca tem menos esplendor que a administração romana; dos vergéis e jardins que cercavam Jerusalém só restam penhasco e urtiga; as cidades, esboroadas, perderam o seu heroísmo de cidadelas; o vinho é raro; todo o saber se apagou; e não duvido que aqui e além, em Sião, nalgum terraço de mercador levantino[658], se assobie ao luar a *Valsa de Madame Angot*[659].

---

657. Euclides de Alexandria (360 a.C.-295 a.C.), professor, matemático platônico e escritor de origem desconhecida, criador da famosa geometria euclidiana: o espaço euclidiano, imutável, simétrico e geométrico, metáfora do saber na antiguidade clássica, que se manteve incólume no pensamento matemático medieval e renascentista. Somente nos tempos modernos puderam ser construídos modelos de geometrias não euclidianas.

658. Indivíduo procedente dos países do Levante (Turquia, Síria, Egito) e Ásia Menor.

659. Madame Angot é personagem da opereta *La fille de Mme Angot* (1872), de Alexandre Charles Lecocq (1832–1918).

Mas a vida íntima, na sua forma rural, urbana ou nômade, as maneiras, os costumes, os cerimoniais, os trajes, os utensílios – tudo permanece como nos tempos de Abraão e nos tempos de Jesus. Entrar na Palestina é penetrar numa Bíblia viva. As tendas de pele de cabra plantadas à sombra dos sicômoros[660]; o pastor apoiado à sua alta lança, seguido do seu rebanho; as mulheres, veladas de amarelo ou branco, cantando, a caminho da fonte, com o seu cântaro no ombro; o montanhês atirando a funda às águias; os velhos sentados, pela frescura da tarde, à porta das vilas muradas; os claros terraços cheios de pombas; o escriba que passa, com o seu tinteiro dependurado da cinta; as servas moendo o grão; o homem de longos cabelos nazarenos que nos saúda com a palavra de *paz*, e que conversa conosco por parábolas; a hospedeira que nos acolhe, atirando, para passarmos, um tapete ante o limiar da sua morada; e ainda as procissões nupciais; e as danças lentas ao rufo-rufo das pandeiretas; e as carpideiras em torno aos sepulcros caiados – tudo transporta o peregrino à velha Judeia das Escrituras, e de um modo tão presente e real, que a cada momento duvidamos se aquela ligeira e morena mulher, com largas argolas de ouro e um aroma de sândalo, que conduz um cordeiro preso pela ponta do manto, não será ainda Raquel, ou se, entre os homens sentados além, à sombra da figueira e da vinha, aquele de curta barba frisada, que ergue o braço, não será Jesus ensinando.

Esta sensação, preciosa para o crente, é preciosa para o intelectual, porque o põe numa comunhão flagrante com um dos mais maravilhosos momentos da história humana. Decerto seria igualmente interessante (mais interessante talvez) que se pudesse colher a mesma emoção na Grécia, e que aí encontrássemos ainda nos seus trajes, nas suas maneiras, na sua sociabilidade, a grande Atenas de Péricles. Infelizmente, essa Atenas incomparável jaz morta, para sempre soterrada, desfeita em pó, sob a Atenas romana, e a Atenas bizantina, e a Atenas bárbara, e a Atenas muçulmana, e a Atenas consti-

---

660. Figueira nativa de regiões tropicais e meridionais da África, introduzida no Mediterrâneo, muito usada no Antigo Egito, em estátuas e sarcófagos.

tucional e sórdida. Por toda a parte o velho cenário da história está assim esfrangalhado e em ruína. Os próprios montes perderam, ao que parece, a configuração clássica: e ninguém pode achar, no Lácio[661], o rio e o fresco vale que Virgílio[662] habitou e tão virgilianamente cantou. Um único sítio na Terra permanecia ainda com os aspectos, os costumes, com que o tinham visto, e de que tinham partilhado, os homens que deram ao mundo uma das suas mais altas transformações – e esse sítio era um pedaço da Judeia, da Samaria[663] e da Galileia[664]. Se ele for grosseiramente modernizado, nivelado ao protótipo social, querido do século, que é o distrito de Liverpool ou o departamento de Marselha, e se assim desaparecer para sempre a oportunidade educadora de ver uma grande imagem do passado, que profanação, que devastação bruta e bárbara! E, por perder essa forma sobrevivente das civilizações antigas, o tesouro do nosso saber e da nossa inspiração fica irreparavelmente diminuído.

Ninguém mais do que eu, decerto, aprecia e venera um caminho de ferro, meu Bertrand – e ser-me-ia penoso ter de jornadear de Paris a Bordeaux, como Jesus subia do vale de Jericó[665] para Jerusalém, escarranchado num burro. As coisas mais úteis, porém, são importunas, e mesmo escandalosas, quando invadem grosseiramente lugares que não lhes são con-

---

661. O Lácio é uma região central da Itália, que se estende da cordilheira dos Apeninos, espinha dorsal da Península Itálica, até o mar Tirreno.

662. Publius Vergilius Maro (70 a.C.-19 a.C.), mais conhecido como Virgílio, poeta romano, autor das *Geórgicas* (ver nota 684) e da *Eneida*, epopeia nacional italiana escrita no século I a.C.

663. Cidade que, durante a divisão do reino de Israel, foi a capital do reino do norte. A província da Samaria foi tomada pelos Assírios em, aproximadamente, 722 a.C. Segundo a Bíblia, a Samaria compreendia, primeiramente, todo o território ocupado pelas dez tribos revoltadas, que se reuniram sob o governo de Jeroboão.

664. Região do norte de Israel, situada entre o mar Mediterrâneo, o lago de Tiberíades e o vale de Jezreel. É uma região de colinas, entre elas o célebre monte Tabor, local em que, segundo a Bíblia, ocorreu a transfiguração de Jesus Cristo.

665. Uma das mais antigas cidades do mundo, localizada na Palestina, na margem oeste do rio Jordão.

gêneres[666]. Nada mais necessário na vida do que um restaurante; e, todavia, ninguém, por mais descrente ou irreverente, desejaria que se instalasse um restaurante com as suas mesas, o seu tinir de pratos, o seu cheiro a guisados – nas naves de Notre-Dame[667] ou na velha Sé de Coimbra[668]. Um caminho de ferro é obra louvável entre Paris e Bordeaux. Entre Jericó e Jerusalém basta a égua ligeira que se aluga por dois dracmas[669], e a tenda de lona que se planta à tarde entre os palmares, à beira de uma água clara, e onde se dorme tão santamente sob a paz radiante das estrelas da Síria.

E são justamente essa tenda, e o camelo grave que carrega os fardos, e a escolta flamejante de beduínos, e os pedaços de deserto onde se galopa com a alma cheia de liberdade, e o lírio de Salomão[670] que se colhe nas fendas de uma ruína sagrada, e as frescas paragens junto aos poços bíblicos, e as rememorações do passado à noite em torno à fogueira do acampamento, que fazem o encanto da jornada, e atraem o homem de gosto que ama as emoções delicadas de Natureza, História e Arte. Quando de Jerusalém se partir para a Galileia num vagão estridente e cheio de pó, talvez ninguém empreenda a peregrinação magnífica – a não ser o destro *commis-voyageur*[671] que vai vender pelos bazares chitas de Manchester ou panos vermelhos de Sedan[672]. O teu negro comboio rolará vazio. Que

---

666. Similares, do mesmo gênero e/ou espécie.

667. A Catedral de Notre-Dame de Paris é uma das mais antigas catedrais francesas em estilo gótico.

668. A Sé Velha de Coimbra é o um dos edifícios em estilo românico mais importantes de Portugal. A construção da Sé começou em algum momento depois da Batalha de Ourique (1139), quando Afonso Henriques se declarou rei de Portugal e escolheu Coimbra como capital do reino.

669. Moedas de prata utilizadas na Grécia antiga.

670. Há várias referências ao lírio na narrativa bíblica, dentre elas, algumas associam o rei Salomão à planta, que era de sua predileção. A mais famosa dessas referências é do evangelho de São Mateus: "Olhai os lírios do campo; eles não trabalham nem tecem; no entanto eu vos digo: mesmo Salomão, em toda a sua glória, não se vestiu como um deles" (Mateus, 26,28,29).

671. "Caixeiro-viajante".

672. Comuna francesa situada no departamento de Ardennes.

pura alegria essa para todos os entendimentos cultos – que não sejam acionistas dos Caminhos de Ferro da Palestina!...

Mas sossega, Bertrand, engenheiro e acionista! Os homens, mesmo os que melhor servem o ideal, nunca resistem às tentações sensualistas do progresso. Se, de um lado, à saída de Jafa, a própria caravana da rainha de Sabá[673], com os seus elefantes e onagros[674], e estandartes, e liras, e os arautos coroados de anêmonas, e todos os fardos abarrotados de pedrarias e bálsamos, infindável em poesia e lenda, se oferecesse ao homem do século XIX para o conduzir lentamente a Jerusalém e a Salomão – e do outro lado um comboio, silvando, de portinholas abertas, lhe prometesse a mesma jornada, sem soalheiras nem solavancos, a vinte quilômetros por hora, com bilhete de ida e volta, esse homem, por mais intelectual, por mais eruditamente artista, agarraria a sua chapeleira e enfiaria sofregamente para o vagão, onde pudesse descalçar as botas e dormitar de ventre estendido.

Por isso a tua obra maligna prosperará pela própria virtude da sua malignidade. E, dentro de poucos anos, o ocidental positivo que de manhã partir da velha Jepo, no seu vagão de primeira classe, e comprar na estação de Gaza a *Gazeta Liberal do Sinai*, e jantar divertidamente em Ramleh no Grande Hotel dos Macabeus, irá, à noite, em Jerusalém, através da Via Dolorosa[675] iluminada pela eletricidade, beber um *bock* e bater três carambolas no Cassino do Santo Sepulcro!

Será este o teu feito – e o fim da lenda cristã.

Adeus, monstro!

Fradique

---

673. A rainha de Sabá é mencionada no Antigo Testamento e no Alcorão como a soberana de um reino muito rico, o reino de Sabá. A rainha que teria visitado o rei Salomão junto a uma grande caravana. Os árabes chamam a essa mulher Bilqus ou Balkis; na Etiópia, *Makedda, Magda, Maqda* ou *Makera*, que significa "grandeza". Na Bíblia ela é descrita como "negra e bonita".

674. Jumento selvagem encontrado nos desertos da Ásia.

675. Rua na cidade antiga de Jerusalém. De acordo com a tradição católica e grego-ortodoxa, foi nessa rua que Jesus Cristo carregou a cruz a que seria pregado. No fim da rua encontra-se o santo sepulcro.

XII

A Madame de Jouarre

Quinta de Refaldes (Minho).

Minha querida madrinha.

Estou vivendo pinguemente[676] em terras eclesiásticas, porque esta quinta foi de frades. Agora pertence a um amigo meu, que é, como Virgílio, poeta e lavrador, e canta piedosamente as origens heroicas de Portugal enquanto amanha[677] os seus campos e engorda os seus gados. Rijo, viçoso, requeimado dos sóis, tem oito filhos, com que vai povoando estas celas monásticas forradas de cretones[678] claros. E eu justamente voltei de Lisboa a estes milheirais do norte para ser padrinho do derradeiro, um famoso senhor de três palmos, cor de tijolo, todo roscas e regueifas[679], com uma careca de melão, os olhinhos luzindo entre rugas como vidrilhos, e o ar profundamente cético e velho. No sábado, dia de São Bernardo, sob um azul que São Bernardo tornara especialmente vistoso e macio, ao repicar dos sinos claros, entre aromas de roseira e jasmineiro, lá o conduzimos, todo enfeitado de laçarotes e rendas, à Pia, onde o padre Teotônio inteiramente o lavou da fétida crosta de pecado original, que desde a bolinha dos calcanhares até a moleirinha o cobria todo, pobre senhor de três palmos que ainda não vivera da alma, e já perdera a alma... E desde então, como se Refaldes fosse a ilha dos Latofágios[680], e eu tivesse comido

---

676. Fartamente, abundantemente.

677. Lavra, cultiva.

678. Cretone é um tecido grosso, encorpado, de algodão ou de linho, usado na confecção de colchas, cortinas, tapeçarias etc.

679. "Roscas e regueifas" significam, no contexto, dobrinhas, pregas ou dobras de gordura na carne ou no corpo.

680. Latofágio provavelmente é o mesmo que lotófago, aquele que se alimenta das sementes comestíveis da flor de lótus. Há lotófagos dentre os habitantes de certas ilhas da costa africana do mar Mediterrâneo.

em vez da couve-flor da horta a flor do Loto[681], por aqui me quedei, olvidado do mundo e de mim, na doçura destes ares, destes prados, de toda esta rural serenidade que me afaga e me adormece.

O casarão conventual que habitamos, e onde os cónegos regrantes[682] de Santo Agostinho[683], os ricos e nédios crúzios[684], vinham preguiçar no verão, prende por um claustro florido de hidrângeas[685] a uma igreja lisa e sem arte, com um adro assombreado por castanheiros, pensativo, grave, como são sempre os do Minho. Uma cruz de pedra encima o portão, onde pende ainda da corrente de ferro a vetusta e lenta sineta fradesca. No meio do pátio, a fonte de boa água, que canta adormecidamente caindo de concha em concha, tem no topo outra cruz de pedra, que um musgo amarelento reveste de melancolia secular. Mais longe, num vasto tanque, lago caseiro orlado de bancos, onde decerto os bons crúzios se vinham embeber pelas tardes de frescura e repouso, a água das regas, límpida e farta, brota dos pés de uma santa de pedra, hirta no seu nicho, e que é talvez Santa Rita[686]. Adiante ainda, na horta, outra santa franzina, sustentando nas mãos um vaso partido, preside, como uma náiade[687], ao borbulhar de outra fonte, que por quelhas[688] de granito vai luzindo e fugindo através do feijoal. Nos esteios de pedra que sustentam a vinha há por vezes uma cruz gravada, ou um Coração Sagrado, ou o monograma

---

681. Olhada com respeito e veneração pelos povos orientais, a flor de loto (ou flor de lótus) é frequentemente associada a Buda, por representar a expansão espiritual e a pureza, pois brota imaculada de águas lodosas.

682. Seguidores das regras monásticas.

683. Aurélio Agostinho, Agostinho de Hipona ou Santo Agostinho (354-430) foi um bispo católico, teólogo e filósofo. É considerado santo e doutor da Igreja pelos católicos. Tornou-se célebre ao escrever as *Confissões* (398), obra considerada o primeiro texto autobiográfico do Ocidente.

684. Indivíduo pertencente à Ordem de Santa Cruz de Coimbra ou sacerdote dessa congregação religiosa.

685. Hortênsias.

686. Rita Lotti, a Santa Rita de Cássia (1381-1457), foi uma monja agostiniana da diocese de Espoleto, Itália.

687. Ninfa mitológica das fontes e dos rios.

688. Calhas usadas no escoamento de águas pluviais.

de Jesus. Toda a quinta, assim santificada por signos devotos, lembra uma sacristia onde os tetos fossem de parra[689], a relva cobrisse os soalhos, por cada fenda borbulhasse um regato, e o incenso saísse dos cravos.

Mas, com todos estes emblemas sacros, nada há que nos mova, ou severamente nos arraste, aos renunciamentos do mundo. A quinta foi sempre, como agora, de grossa fartura, toda em campos de pão, bem-arada e bem-regada, fecunda, estendida ao sol como um ventre de ninfa antiga. Os frades excelentes que nela habitaram amavam largamente a terra e a vida. Eram fidalgos que tomavam serviço na milícia do Senhor, como os seus irmãos mais velhos tomavam serviço na milícia de el-rei – e que, como eles, gozavam risonhamente os vagares, os privilégios e a riqueza da sua ordem e da sua casta. Vinham para Refaldes, pelas calmas de julho, em seges e com lacaios. A cozinha era mais visitada que a igreja – e todos os dias os capões[690] alouravam[691] no espeto. Uma poeira discreta velava a livraria, onde apenas por vezes algum cônego reumatizado e retido nas almofadas da sua cela mandava buscar o *D. Quixote*, ou as *Farsas de D. Petronilla*. Espanejada, arejada, bem-catalogada, com rótulos e notas traçadas pela mão erudita dos abades – só a adega...

Não se procure, pois, nesta morada de monges, o precioso sabor das tristezas monásticas; nem as quebradas de serra e vale, cheias de ermo e mudez, tão doces para nelas se curtirem deliciosamente as saudades do Céu; nem as espessuras de bosque, onde São Bernardo se embrenhava, por nelas encontrar melhor que na sua cela a "fecunda solidão"; nem os claros de pinheiral gemente, com rochas nuas, tão próprias para a choça e para a cruz do ermita... Não! Aqui, em torno do pátio (onde a água da fonte todavia corre dos pés da cruz), são sólidas

---

689. Ramo de videira.

690. Frangos, bezerros, carneiros ou outros animais capados e alimentados de forma especial para que engordem rapidamente e sejam abatidos para alimentação.

691. Douravam (ao fogo).

tulhas⁶⁹² para o grão, fofos eidos⁶⁹³ em que o gado medra⁶⁹⁴, capoeiras abarrotadas de capões e de perus reverendos. Adiante é a horta viçosa, cheirosa, suculenta, bastante a fartar as panelas todas de uma aldeia, mais enfeitada que um jardim, com ruas que as tiras de morangal⁶⁹⁵ orlam e perfumam e as latadas⁶⁹⁶ ensombram, copadas de parra densa. Depois a eira de granito, limpa e alisada, rijamente construída para longos séculos de colheitas, com o seu espigueiro ao lado, bem fendilhado, bem arejado, tão largo que os pardais voam dentro como num pedaço de céu. E por fim, ondulando ricamente até as colinas macias, os campos de milho e de centeio, o vinhedo baixo, os olivais, os relvados, o linho sobre os regatos, o mato florido para os gados... São Francisco de Assis e São Bruno abominariam este retiro de frades e fugiriam dele, escandalizados, como de um pecado vivo.

A casa dentro oferece o mesmo bom conchego temporal. As celas espaçosas, de tetos apainelados, abrem para as terras semeadas, e recebem delas, através da vidraçaria cheia de sol, perene sensação de fartura, de opulência rural, de bens terrenos que não enganam. E a sala melhor, traçada para as ocupações mais gratas, é o refeitório, com as suas varandas rasgadas, onde os regalados monges pudessem, ao fim do jantar, conforme a venerável tradição dos crúzios, beber o seu café aos goles, galhofando, arrotando, respirando a fresquidão, ou seguindo nas faias⁶⁹⁷ do pátio o cantar alto de um melro⁶⁹⁸.

De sorte que não houve necessidade de alterar esta vivenda, quando de religiosa passou a secular. Estava já sabiamente preparada para a profanidade – e a vida que nela então se começou a viver não foi diferente da do velho convento,

---

692. Celeiros, depósitos.

693. Nas aldeias portuguesas, lugares junto da casa, próprios para abrigar animais.

694. Cresce, progride.

695. Aglomerado de morangueiros, plantações de morangos.

696. Espécie de grade horizontal, ou um tanto inclinada, constituída de paus roliços, varas ou caniços, que, disposta ao longo de uma parede, oferece suporte para videiras ou quaisquer outras plantas trepadeiras.

697. Tipo de árvores de até cinco metros.

698. Pequeno pássaro canoro.

apenas mais bela, porque, livre das contradições do espiritual e do temporal, a sua harmonia se tornou perfeita. E, tal como é, desliza com incomparável doçura. De madrugada os galos cantam, a quinta acorda, os cães de fila são acorrentados, a moça vai mungir[699] as vacas, o pegureiro[700] atira o seu cajado ao ombro, a fila dos jornaleiros mete-se às terras – e o trabalho principia, esse trabalho que em Portugal parece a mais segura das alegrias e a festa sempre incansável, porque é todo feito a cantar. As vozes vêm, altas e desgarradas, no fino silêncio, de além, de entre os trigos, ou do campo em sacha[701], onde alvejam as camisas de linho cru, e os lenços de longas franjas vermelhejam mais que papoulas. E não há neste labor nem dureza, nem arranque. Todo ele é feito com a mansidão com que o pão amadurece ao sol. O arado mais acaricia do que rasga a gleba[702]. O centeio cai por si, amorosamente, no seio atraente da foice. A água sabe onde o torrão tem sede, e corre para lá gralhando e refulgindo. Ceres[703] nestes sítios benditos permanece verdadeiramente, como no Lácio, a deusa da Terra, que tudo propicia e socorre. Ela reforça o braço do lavrador, torna refrescante o seu suor, e da alma lhe limpa todo o cuidado escuro. Por isso os que a servem mantêm uma serenidade risonha na tarefa mais dura. Essa era a ditosa feição da vida antiga.

À uma hora é o jantar, sério e pingue[704]. A quinta tudo fornece prodigamente: e o vinho, o azeite, a hortaliça, a fruta têm um sabor mais vivo e são, assim caídos das mãos do bom Deus sobre a mesa, sem passar pela mercancia e pela loja. Em palácio algum, por esta Europa superfina, se come na verdade tão deliciosamente como nestas rústicas quintas de Portugal. Na cozinha enfumarada, com duas panelas de barro e quatro achas a arder no chão, estas caseiras de aldeia, de mangas arregaçadas, guisam um banquete que faria exultar o velho Júpiter, esse transcendente guloso, educado a néctar, o deus que mais

---

699. Ordenhar, tirar leite.
700. Pastor.
701. Afofada com sacho (um tipo de enxada).
702. Terra fértil, terreno próprio para o cultivo.
703. Na mitologia romana, deusa da agricultura.
704. Farto, abundante.

comeu, e mais nobremente soube comer, desde que há deuses no Céu e na Terra. Quem nunca provou este arroz de caçoula[705], este anho[706] pascal candidamente assado no espeto, estas cabidelas[707] de frango coevas[708] da monarquia que enchem a alma não pode realmente conhecer o que seja a especial bem-aventurança tão grosseira e tão divina, que no tempo dos frades se chamava a *comezaina*[709]. E a quinta, depois, com as suas latadas de sombra macia, a dormente sussurração das águas regantes, os ouros claros e foscos ondulando nos trigais, oferece, mais que nenhum outro paraíso humano ou bíblico, o repouso acertado para quem emerge, pesado e risonho, deste arroz e deste anho!

Se estes meios-dias são um pouco materiais, breve a tarde trará a porção de poesia de que necessita o espírito. Em todo o céu se apagou a refulgência de ouro, o esplendor arrogante que não se deixa fitar e quase repele; agora, apaziguado e tratável, ele derrama uma doçura, uma pacificação que penetra na alma, a torna também pacífica e doce, e cria esse momento raro em que céu e alma fraternizam e se entendem. Os arvoredos repousam numa imobilidade de contemplação, que é inteligente. No piar velado e curto dos pássaros, há um recolhimento e consciência de ninho feliz. Em fila, a boiada volta dos pastos, cansada e farta, e vai ainda beberar ao tanque, onde o gotejar da água sob a cruz é mais preguiçoso. Toca o sino a Ave-Maria. Em todos os casais se está murmurando o nome de Nosso Senhor. Um carro retardado, pesado de mato, geme pela sombra da azinhaga[710]. E tudo é tão calmo e simples e terno, minha madrinha, que, em qualquer banco de pedra em que me sente, fico enlevado, sentindo a penetrante bondade das coisas, e tão em harmonia com ela, que não há nesta alma, toda incrustada das lamas do mundo, pensamento que não pudesse contar a um santo...

---

705. Espécie de panela feita de argila ou metal, de diâmetro maior que a altura e provida de cabo.

706. Cordeiro, filhote de ovelha.

707. Prato que consiste em miúdos de frango refogados no sangue da própria ave.

708. Da mesma idade ou época, contemporâneos.

709. Reunião festiva de pessoas realizada, especialmente, para comer e beber.

710. Atalho entre muros, casas de campo, sebes ou propriedades rústicas.

Verdadeiramente estas tardes santificam. O mundo recua para muito longe, para além dos pinhais e das colinas, como uma miséria esquecida: – e estamos então realmente na felicidade de um convento, sem regras e sem abade, feito só da religiosidade natural que nos envolve, tão própria à oração que não tem palavras, e que é por isso a mais bem compreendida por Deus.

Depois escurece, já há pirilampos nas sebes. Vênus, pequenina, cintila no alto. A sala, em cima, está cheia de livros, dos livros fechados no tempo dos crúzios – porque só desde que não pertence a uma ordem espiritual é que esta casa se espiritualizou. E o dia na quinta finda com uma lenta e quieta palestra sobre ideias e letras, enquanto na guitarra ao lado geme algum dos fados de Portugal, longo em saudades e em ais, e a Lua, ao fundo da varanda, uma Lua vermelha e cheia, surde, como a escutar, por detrás dos negros montes.

Deus nobis hæc otia fecit in umbra Lusitanæ pulcherrimæ...[711] Mau latim – grata verdade.

Seu grato e mau afilhado,

Fradique

XIII

A Clara... (Trad.)

Paris, novembro.

Meu amor.

Ainda há poucos instantes (dez instantes, dez minutos, que tanto gastei num fiacre desolador desde a nossa Torre de Marfim[712]), eu sentia o rumor do teu coração junto do meu, sem que nada os separasse senão uma pouca de argila mortal, em

---

711. Numa tradução aproximada, "Deus nos fez este ócio (ou descanso) à sombra da belíssima lusitânia".

712. A expressão "Torre de Marfim" designa um mundo ou atmosfera onde intelectuais se envolvem em questionamentos desvinculados das preocupações práticas do dia a dia. No contexto, refere-se a algum lugar isolado onde os amantes podem se relacionar tranquilamente.

ti tão bela, em mim tão rude – e já estou tentando recontinuar ansiosamente, por meio deste papel inerte, esse inefável estar contigo que é hoje todo o fim da minha vida, a minha suprema e única vida. É que, longe da tua presença, cesso de viver, as coisas para mim cessam de ser – e fico como um morto jazendo no meio de um mundo morto. Apenas, pois, me finda esse perfeito e curto momento de vida que me dás, só com pousar junto de mim e murmurar o meu nome – recomeço a aspirar desesperadamente para ti como para uma ressurreição!

Antes de te amar, antes de receber das mãos do meu Deus a minha Eva – que era eu, na verdade? Uma sombra flutuando entre sombras. Mas tu vieste, doce adorada, para me fazer sentir a minha realidade, e me permitir que eu bradasse também triunfalmente o meu – "Amo, logo existo!" E não foi só a minha realidade que me desvendaste – mas ainda a realidade de todo este universo, que me envolvia como um ininteligível e cinzento montão de aparências. Quando há dias, no terraço de Savran[713], ao anoitecer, te queixavas que eu contemplasse as estrelas estando tão perto dos teus olhos, e espreitasse o adormecer das colinas junto ao calor dos teus ombros – não sabias, nem eu te soube então explicar, que essa contemplação era ainda um modo novo de te adorar, porque realmente estava admirando nas coisas a beleza inesperada que tu sobre elas derramas por uma emanação que te é própria, e que, antes de viver a teu lado, nunca eu lhes percebera, como não se percebe a vermelhidão das rosas ou o verde tenro das relvas antes de nascer o Sol! Foste tu, minha bem-amada, que me alumiaste o mundo. No teu amor recebi a minha iniciação. Agora entendo, agora sei. E, como o antigo iniciado, posso afirmar: "Também fui a Elêusis[714]; pela larga estrada pendurei muita flor que não era verdadeira, diante de muito altar que não era divino; mas a Elêusis cheguei, em Elêusis penetrei – e vi e senti a verdade!..."

E acresce ainda, para meu martírio e glória, que tu és tão suntuosamente bela e tão etereamente bela, de uma beleza

---

713. Cidade da província de Odessa Oblast, no sudeste da Ucrânia.

714. A Baía de Elêusis, de acordo com a mitologia grega, era um centro de iniciação nos mistérios e no culto da deusa Deméter.

feita de Céu e de Terra, beleza completa e só tua, que eu já concebera – que nunca julgara realizável. Quantas vezes, ante aquela sempre admirada e toda perfeita Vênus de Milo[715], pensei que se debaixo da sua testa de deusa pudessem tumultuar os cuidados humanos; se os seus olhos soberanos e mudos se soubessem toldar de lágrimas; se os seus lábios, só talhados para o mel e para os beijos, consentissem em tremer no murmúrio de uma prece submissa; se sob esses seios, que foram o apetite sublime dos deuses e dos heróis, um dia palpitasse o amor e com ele a bondade; se o seu mármore sofresse, e pelo sofrimento se espiritualizasse, juntando ao esplendor da harmonia a graça da fragilidade; se ela fosse do nosso tempo e sentisse os nossos males, e permanecendo Deusa do Prazer se tornasse Senhora da Dor – então não estaria colocada num museu, mas consagrada num santuário, porque os homens, ao reconhecer nela a aliança sempre almejada e sempre frustrada do real e do ideal, decerto a teriam aclamado *in eternum*[716], como a definitiva Divindade. Mas quê! A pobre Vênus só oferecia a serena magnificência da carne. De todo lhe faltava a chama que arde na alma e a consome. E a criatura incomparável do meu cismar, a Vênus Espiritual, Citereia[717] e Dolorosa, não existia, nunca existiria!... E, quando eu assim pensava, eis que tu surges, e eu te compreendo! Eras a encarnação do meu sonho, ou antes de um sonho que deve ser universal – mas só eu te descobri, ou, tão feliz fui, que só por mim quiseste ser descoberta!

Vê, pois, se jamais te deixarei escapar dos meus braços! Por isso mesmo que és a minha Divindade – para sempre e irremediavelmente estás presa dentro da minha adoração. Os sacerdotes de Cartago[718] acorrentavam às lajes dos templos, com cadeias de bronze, as imagens dos seus Baals. Assim te

---

715. Famosa estátua grega que representa Afrodite, a deusa do amor sexual e da beleza física.

716. "Para sempre", "eternamente".

717. Natural de Citera, ilha grega que faz parte do arquipélago jônico.

718. Antiga cidade, originariamente uma colônia fenícia no norte da África, situada na Tunísia. Foi uma potência do mundo antigo, disputando com Roma o controle do mar Mediterrâneo.

quero também, acorrentada dentro do templo avaro que te construí, só divindade minha, sempre no teu altar – e eu sempre diante dele rojado, recebendo constantemente na alma a tua visitação, abismando-me sem cessar na tua essência, de modo que nem por um momento se descontinue essa fusão inefável, que é para ti um ato de misericórdia e para mim de salvação. O que eu desejaria na verdade é que fosses invisível para todos e como não existente – que perpetuamente um estofo informe escondesse o teu corpo, uma rígida mudez ocultasse a tua inteligência. Assim passarias no mundo como uma aparência incompreendida. E só para mim, de dentro do invólucro escuro, se revelaria a tua perfeição rutilante. Vê quanto te amo – que te queria entrouxada num rude, vago, vestido de merino[719], com um ar quedo[720], inanimado... Perderia assim o triunfal contentamento de ver resplandecer entre a multidão maravilhada aquela que em segredo nos ama. Todos murmurariam compassivamente: "Pobre criatura!" E só eu saberia, da "pobre criatura", o corpo e a alma adoráveis!

Quanto adoráveis! Nem compreendo que, tendo consciência do teu encanto, não estejas de ti namorada como aquele Narciso[721] que treme de frio, coberto de musgo, à beira da fonte, em Savran. Mas eu largamente te amo, e por mim e por ti! A tua beleza, na verdade, atinge a altura de uma virtude – e foram decerto os modos tão puros da tua alma que fixaram as linhas tão formosas do teu corpo. Por isso há em mim um incessante desespero de não te saber amar condignamente – ou antes (pois desceste de um Céu superior) de não saber tratar, como ela merece, a hóspeda divina do meu coração. Desejaria, por vezes, envolver-te toda numa felicidade imaterial, seráfica[722], calma, infinitamente como deve ser a Bem-Aventurança

---

719. Tecido feito da lã de merino, raça de carneiros originária da Espanha.

720. Parado, imóvel.

721. Personagem da mitologia grega. Narciso era um jovem e belo rapaz que rejeitou o amor da ninfa Eco. Como punição, recaiu sobre ele a maldição de apaixonar-se perdidamente por sua própria imagem refletida na água. Incapaz de levar a termo sua paixão, Narciso suicida-se por afogamento.

722. Relativo a Serafim, anjo de primeira hierarquia na ordem celeste. No contexto, bela, sublime, pura.

– e assim deslizarmos enlaçados através do silêncio e da luz, muito brandamente, num sonho cheio de certeza, saindo da vida à mesma hora e indo continuar no Além o mesmo sonho extático[723]. E outras vezes desejaria arrebatar-te numa felicidade veemente, tumultuosa, fulgurante, toda de chama, de tal sorte que nela nos destruíssemos sublimemente, e de nós só restasse uma pouca de cinza sem memória e sem nome! Possuo uma velha gravura que é um Satanás, ainda em toda a refulgência da beleza arcangélica[724], arrastando nos braços para o abismo uma freira, uma santa, cujos derradeiros véus de penitência se vão esgarçando pelas pontas das rochas negras. E na face da santa, através do horror, brilha, irreprimida e mais forte que o horror, uma tal alegria e paixão, tão intensas – que eu as apeteceria para ti, oh minha santa roubada! Mas de nenhum destes modos te sei amar, tão fraco ou inábil é o meu coração, de modo que, por o meu amor não ser perfeito, tenho de me contentar que seja eterno. Tu sorris tristemente desta eternidade. Ainda ontem me perguntavas: "No calendário do seu coração, quantos dias dura a Eternidade?" Mas considera que eu era um morto – e que tu me ressuscitaste. O sangue novo que me circula nas veias, o espírito novo que em mim sente e compreende são o meu amor por ti – e, se ele me fugisse, eu teria outra vez, regelado e mudo, de reentrar no meu sepulcro. Só posso deixar de te amar – quando deixar de ser. E a vida contigo, e por ti, é tão inexprimivelmente bela! É a vida de um deus. Melhor talvez: – se eu fosse esse pagão que tu afirmas que sou, mas um pagão do Lácio, pastor de gados, crente ainda em Júpiter e Apolo, a cada instante temeria que um desses deuses invejosos te raptasse, te elevasse ao Olimpo para completar a sua ventura divina. Assim não receio – toda minha te sei e para todo o sempre, olho o mundo em torno de nós como um paraíso para nós criado, e durmo seguro sobre o teu peito na plenitude da glória, oh minha três vezes bendita, rainha da minha graça.

---

723. Envolvido em êxtase, maravilhado, encantado.

724. Próprio de arcanjo, anjo de primeira categoria na hierarquia celestial, de acordo com o cristianismo.

Não penses que estou compondo cânticos em teu louvor. É em plena simplicidade que deixo escapar o que me está borbulhando na alma... Ao contrário! Toda a poesia de todas as idades, na sua gracilidade ou na sua majestade, seria impotente para exprimir o meu êxtase. Balbucio, como posso, a minha infinita oração. E nesta desoladora insuficiência do verbo humano é como o mais inculto e o mais iletrado que ajoelho ante ti, e levanto as mãos, e te asseguro a única verdade, melhor que todas as verdades – que te amo, e te amo, e te amo, e te amo!...

Fradique

XIV

A Madame de Jouarre (Trad.)

Lisboa, junho.

Minha querida madrinha.
Naquela casa de hóspedes da Travessa da Palha, onde vive, atrelado à lavra[725] angustiosa da verdade, meu primo, o metafísico, conheci, logo depois de voltar de Refaldes, um padre. O padre Salgueiro, que talvez a minha madrinha, com essa sua maliciosa paciência de colecionar tipos, ache interessante e psicologicamente divertido.

O meu distraído e pálido metafísico afirma, encolhendo os ombros, que padre Salgueiro não se destaca por nenhuma saliência de corpo ou alma entre os vagos padres da sua diocese – e que resume mesmo, com uma fidelidade de índice, o pensar, e o sentir, e o viver, e o parecer da classe eclesiástica em Portugal. Com efeito, por fora, na casca, padre Salgueiro é o costumado e corrente padre português, gerado na gleba, desbravado e afinado depois pelo seminário, pela frequentação das autoridades e das secretarias, por ligações de confissão

---
725. Extração (de pedras preciosas, ouro etc.) ou invenção, fabricação de algo. Tanto um significado quanto o outro são apropriados ao contexto.

e missa com fidalgas que têm capela, e sobretudo por longas residências em Lisboa, nestas casas de hóspedes da Baixa, infestadas de literatura e política. O peito bem-arcado, de fôlego fundo, como um fole de forja[726]; as mãos ainda escuras, ásperas, apesar do longo contato com a alvura e doçura das hóstias; o carão cor de couro curtido, com um sobretom azul nos queixos escanhoados[727]; a coroa lívida entre o cabelo mais negro e grosso que pelos de crina; os dentes escaroladamente brancos – tudo nele pertence a essa forte plebe agrícola donde saiu, e que ainda hoje em Portugal fornece à Igreja todo o seu pessoal, pelo desejo de se aliar e de se apoiar à única grande instituição humana que realmente compreende e de que não desconfia. Por dentro, porém, como miolo, padre Salgueiro apresenta toda uma estrutura moral deliciosamente pitoresca e nova para quem, como eu, do clero lusitano só entrevira exterioridades, uma batina desaparecendo pela porta de uma sacristia, um velho lenço de rapé posto na borda de um confessionário, uma sobrepeliz[728] alvejando numa tipoia atrás de um morto...

O que em padre Salgueiro me encantou logo, na noite em que tanto palestramos, rondando pachorrentamente o Rossio, foi a sua maneira de conceber o sacerdócio. Para ele o sacerdócio (que de resto ama e acata como um dos mais úteis fundamentos da sociedade) não constitui de modo algum uma função espiritual – mas unicamente e terminantemente uma função civil. Nunca, desde que foi colado à sua paróquia, padre Salgueiro se considerou senão como um funcionário do Estado, um empregado público, que usa um uniforme, a batina (como os guardas da Alfândega usam a fardeta[729]), e que, em lugar de entrar todas as manhãs numa repartição do Terreiro do Paço para escrevinhar ou arquivar ofícios, vai, mesmo nos dias santificados, a uma outra repartição, onde, em vez da carteira, se ergue um altar, celebrar missas e administrar sacramentos. As suas relações portanto não são, nunca foram, com

---

726. O fole é um instrumento utilizado para produzir correntes de ar. Na forja, era utilizado para ativar uma combustão.

727. Barbeados de forma rente.

728. Espécie de manto branco que os padres usam sobre a batina.

729. Jaleco, tipo de uniforme que os soldados usam para serviços internos, como a faxina.

o Céu (do céu só lhe importa saber se está chuvoso ou claro) – mas com a Secretaria da Justiça e dos Negócios Eclesiásticos. Foi ela que o colocou na sua paróquia, não para continuar a obra do Senhor guiando docemente os homens pela estrada limpa da salvação (missões de que não curam as secretarias do Estado) mas, como funcionário, para executar certos atos públicos que a lei determina a bem da ordem social – batizar, confessar, casar, enterrar os paroquianos.

Os sacramentos são, pois, para este excelente padre Salgueiro, meras cerimônias civis, indispensáveis para a regularização do estado civil – e nunca, desde que os administra, pensou na sua natureza divina, na graça que comunicam às almas, e na força com que ligam a vida transitória a um princípio imanente[730]. Decerto, outrora no seminário, padre Salgueiro decorou em compêndios ensebados a sua Teologia Dogmática[731], a sua Teologia Pastoral[732], a sua Moral[733], o seu São Tomás[734], o seu Liguori[735] – mas meramente para cumprir as disciplinas oficiais do curso, ser ordenado pelo seu bispo, depois provido numa paróquia pelo seu ministro, como todos os outros bacharéis que em Coimbra decoram as sebentas de Direito Natural e de Direito Romano para "fazerem o curso",

---

730. Que está inseparavelmente contido ou implicado na natureza do ser, de um conjunto de seres, de um experiência, de um conceito.

731. Compêndio utilizado nos seminários, que apresenta o conjunto das verdades reveladas por Deus propostas pelo Magistério da Igreja Católica Romana, isto é, do dogma e das verdades com ele vinculadas.

732. Compêndio que trata da ciência pastoral, ou seja, de orientar os futuros padres com relação à pregação da religião católica.

733. Fradique refere-se, provavelmente, a algum tipo de obra dogmática adotada em seminários como leitura obrigatória.

734. São ou Santo Tomás de Aquino (1225-1274) foi um frade e teólogo italiano, o mais distinto expoente da Escolástica. Foi proclamado santo pela Igreja Católica e cognominado de *Doctor Communis* ou *Doctor Angelicus*. Tomás de Aquino fundamentou filosoficamente a teologia católica, fundindo ambas, filosofia e teologia, através de obras dogmáticas como a *Suma Teológica* (final do século XIII).

735. Santo Afonso de Liguori (1696-1787), padre italiano, autor de diversas obras teológicas, ascéticas, místicas e pastorais, dentre as quais a mais conhecida é a *Teologia Moral*.

receber na cabeça a borla[736] de doutor, e depois o aconchego de um emprego fácil. Só o grau vale e importa, porque justifica o despacho. A ciência é a formalidade penosa que lá conduz – verdadeira provação, que, depois de atravessada, não deixa ao espírito desejos de regressar à sua disciplina, à sua aridez, à sua canseira. Padre Salgueiro, hoje, já esqueceu regaladamente a significação teológica e espiritual do casamento – mas casa, e casa com perícia, com bom rigor litúrgico, com boa fiscalização civil, esmiuçando escrupulosamente as certidões, pondo na bênção toda a unção prescrita, perfeito em unir as mãos com a estola[737], cabal[738] na ejaculação dos latins, porque é subsidiado pelo Estado para casar bem os cidadãos, e, funcionário zeloso, não quer cumprir com defeitos funções que lhe são pagas sem atraso.

A sua ignorância é deliciosa. Além de raros atos da vida ativa de Jesus, a fuga para o Egito no burrinho, os pães multiplicados nas bodas de Canaã, o azorrague caindo sobre os vendilhões do Templo, certas expulsões de demônios, nada sabe do Evangelho – que considera todavia *muito bonito*. À doutrina de Jesus é tão alheio como à filosofia de Hegel. Da Bíblia também só conhece episódios soltos, que aprendeu certamente em oleografias[739] – a Arca de Noé, Sansão arrancando as portas de Gaza, Judite degolando Holofernes. O que também me diverte, nas noites amigas em que conversamos na Travessa da Palha, é o seu desconhecimento absolutamente cândido das origens, da história da Igreja. Padre Salgueiro imagina que o cristianismo se fundou de repente, num dia (decerto um domingo), por milagre flagrante de Jesus Cristo – e desde essa festiva hora tudo para ele se esbate numa treva incerta, onde vagamente reluzem nimbos de santos e tiaras de papas, até Pio IX. Não admira, porém, na obra pontifical de Pio IX, nem a

---

736. Barrete conferido a doutores e magistrados.

737. Paramento sacerdotal que consiste em uma faixa larga de lã ou seda usada em torno do pescoço e que geralmente desce até os joelhos.

738. Completo, inteiro, pleno.

739. Reprodução de um quadro a óleo, feita de uma tela para outra.

infalibilidade[740], nem o *Syllabus*[741] – porque se preza de liberal, deseja mais progresso, bendiz os benefícios da instrução, assina *O Primeiro de Janeiro*[742].

Onde eu também o acho superiormente pitoresco é cavaqueando acerca dos deveres que lhe incumbem como pastor de almas – os deveres para com as almas. Que ele, por continuação de uma obra divina, esteja obrigado a consolar dores, pacificar inimizades, dirigir arrependimentos, ensinar a cultura da bondade, adoçar a dureza dos egoísmos, é para o benemérito padre Salgueiro a mais estranha e incoerente das novidades! Não que desconheça a beleza moral dessa missão, que considera mesmo *cheia de poesia*. Mas não admite que, formosa e honrosa como é, lhe pertença a ele, padre Salgueiro! Outro tanto seria exigir de um verificador da Alfândega que moralizasse e purificasse o comércio. Esse santo empreendimento pertence aos santos. E os santos, na opinião de padre Salgueiro, formam uma casta, uma aristocracia espiritual, com obrigações sobrenaturais que lhes são delegadas e pagas pelo Céu. Muito diferentes se apresentam as obrigações de um pároco! Funcionário eclesiástico, ele só tem a cumprir funções rituais em nome da Igreja, e, portanto, do Estado que a subsidia. Há aí uma criança para batizar? Padre Salgueiro toma a estola e batiza. Há aí um cadáver para enterrar? Padre Salgueiro toma o hissope[743] e enterra. No fim do mês recebe os seus dez mil réis (além da esmola) – e o seu bispo reconhece o seu zelo.

A ideia que padre Salgueiro tem da sua missão o determina, com louvável lógica, a sua conduta. Levanta-se às dez horas, hora classicamente adotada pelos empregados do Estado. Nunca abre o Breviário[744] – a não ser em presença dos

---

740. Dogma segundo o qual o papa, para os católicos, e a Igreja, para os não católicos, são infalíveis, não se enganam em questões de fé ou de moral, quando em exercício solene de seus ministérios.

741. Encíclica conservadora de Pio IX (ver nota 609), mais conhecida como *Quanta Cura* (1864), em que o pontífice lista oitenta "erros" do mundo moderno.

742. Jornal liberal português fundado na cidade do Porto, em 1868.

743. Utensílio usado para aspergir água-benta, composto de um cabo e de uma bola de metal oca, com orifícios, na outra extremidade.

744. Compêndio que reúne os ofícios que os sacerdotes católicos rezam diariamente.

seus superiores eclesiásticos, e então por deferência hierárquica, como um tenente, que, em face do seu general, se perfila, pousa a mão na espada. Enquanto a orações, meditações, mortificações, exames de alma, todos esses pacientes métodos de aperfeiçoamento e santificação própria, nem sequer suspeita que lhe sejam necessários ou favoráveis. Para quê? Padre Salgueiro constantemente tem presente que, sendo um funcionário, deve manter, sem transigência, nem omissões, o decoro que tornará as suas funções respeitadas do mundo. Veste, por isso, sempre de preto. Não fuma. Todos os dias de jejum come um peixe austero. Nunca transpôs as portas impuras de um botequim. Durante o inverno só uma noite vai a um teatro, a São Carlos, quando se canta o *Polliuto*, uma ópera sacra, de puríssima lição. Deceparia a língua, com furor, se dela lhe pingasse uma falsidade. E é casto. Não condena e repele a mulher com cólera, como os Santos Padres – até a venera, se ela é econômica e virtuosa. Mas o regulamento da Igreja proíbe a mulher: ele é um funcionário eclesiástico, e a mulher portanto não entra nas suas funções. É rigidamente casto. Não conheço maior respeitabilidade do que a de padre Salgueiro.

As suas ocupações, segundo observei, consistem muito logicamente, como empregado (além das horas dadas aos deveres litúrgicos), em procurar melhoria de emprego. Pertence por isso a um partido político – e em Lisboa, três noites por semana, toma chá em casa do seu chefe, levando rebuçados[745] às senhoras. Maneja habilmente eleições. Faz serviços e recados, complexos e indescritos, a todos os diretores-gerais da Secretaria dos Negócios Eclesiásticos. Com o seu bispo é incansável – e ainda há meses o encontrei, suado e aflito, por causa de duas incumbências de Sua Excelência, uma relativa a queijadas de Sintra, outra a uma coleção do *Diário do Governo*.

Não falei da sua inteligência. É prática e metódica – como verifiquei assistindo a um sermão que ele pregou pela festa de São Venâncio. Por esse sermão, encomendado, recebia padre Salgueiro vinte mil réis – e deu, por esse preço, um

---

745. O rebuçado é um doce feito de calda de açúcar endurecida, à qual se acrescentam corantes e/ou ingredientes ou essências de vários sabores.

sermão suculento, documentado, encerrando tudo o que convinha à glorificação de São Venâncio. Estabeleceu a filiação do santo; desenrolou todos os seus milagres (que são poucos) com exatidão, exarando[746] as datas, citando as autoridades; narrou com rigor hagiológico[747] o seu martírio; enumerou as igrejas que lhe são consagradas, com as épocas da fundação. Enxertou destramente louvores ao ministro dos Negócios Eclesiásticos. Não esqueceu a Família Real, a quem rendeu preito[748] constitucional. Foi, em suma, um excelente relatório sobre São Venâncio.

Felicitei nessa noite, com fervor, o reverendo padre Salgueiro. Ele murmurou, modesto e simples:

– São Venâncio infelizmente não se presta. Não foi bispo, nunca exerceu cargo público!... Em todo o caso, creio que cumpri.

Ouço que vai ser nomeado cônego. Larguissimamente o merece. Jesus não possui melhor amanuense. E nunca realmente compreendi por que razão outro amigo meu, frade do Varatojo[749], que, pelo êxtase da sua fé, a profusão da sua caridade, o seu devorador cuidado na pacificação das almas, me faz lembrar os velhos homens evangélicos, chama sempre a este sacerdote tão zeloso, tão pontual, tão proficiente, tão respeitável – "o horrendo padre Salgueiro!"

Ora veja, minha madrinha! Mais de trinta ou quarenta mil anos são necessários para que uma montanha se desfaça e se abata até o tamanhinho de um outeiro[750] que um cabrito galga brincando. E menos de dois mil anos bastaram para que o cristianismo baixasse dos grandes padres das Sete Igrejas da Ásia[751] até o divertido padre Salgueiro, que não é de Sete Igre-

---

746. Registrando.

747. Hagiologia é o discurso, obra ou conjunto de obras a respeito dos santos e/ou das coisas consideradas santas.

748. Homenagem, manifestação de respeito e/ou veneração.

749. Frade do Convento do Varatojo, localizado em Torres Vedras, Distrito de Lisboa.

750. Pequena elevação de terreno; colina, monte.

751. Referência às igrejas de Éfeso, Esmirna, Pérgamo, Tiatira, Sardes, Filadélfia e Laodiceia. O livro mais antigo do Novo Testamento, o Apocalipse, identifica estas sete igrejas da Ásia onde a seita cristã nasceu.

jas, nem mesmo de uma, mas somente, e muito devotamente, da Secretaria dos Negócios Eclesiásticos. Este baque provaria a fragilidade do Divino – se não fosse que realmente o Divino abrange as religiões e as montanhas, a Ásia, o padre Salgueiro, os cabritinhos folgando, tudo o que se desfaz e tudo o que se refaz, e até este seu afilhado, que é todavia humaníssimo.

Fradique

XV

A Bento de S.

Paris, outubro.

Meu caro Bento.
A tua ideia de fundar um jornal é daninha e execrável. Lançando, e em formato rico, com telegramas e crônicas, uma outra "dessas folhas impressas que aparecem todas as manhãs", como diz tão assustada e pudicamente o arcebispo de Paris, tu vais concorrer para que no teu tempo e na tua terra se aligeirem mais os juízos ligeiros, se exacerbe mais a vaidade, e se endureça mais a intolerância. Juízos ligeiros, vaidade, intolerância – eis três negros pecados sociais que, moralmente, matam uma sociedade! E tu alegremente te preparas para os atiçar. Inconsciente como uma peste, espalhas sobre as almas a morte. Já decerto o Diabo está atirando mais brasa para debaixo da caldeira de pez[752] em que, depois do julgamento, recozerás e ganirás, meu Bento e meu réprobo!

Não penses que, moralista amargo, exagero, como qualquer João Crisóstomo[753]. Considera antes como foi incontestavelmente a imprensa, que, com a sua maneira superficial, leviana e atabalhoada de tudo afirmar, de tudo julgar, mais enraizou no nosso tempo o funesto hábito dos juízos ligeiros.

---

752. Caldeira de piche ou algum outro betume natural.

753. São João Crisóstomo (347-407) foi um teólogo e escritor cristão, Patriarca de Constantinopla no fim do século IV e início do V.

Em todos os séculos decerto se improvisaram estouvadamente opiniões: o grego era inconsiderado e gárrulo[754]; já Moisés, no longo deserto, sofria com o murmurar variável dos hebreus; mas nunca, como no nosso século apressado, essa improvisação impudente se tornou a operação natural do entendimento. Com exceção de alguns filósofos escravizados pelo método, e de alguns devotos roídos pelo escrúpulo, todos nós hoje nos desabituamos, ou antes nos desembaraçamos alegremente, do penoso trabalho de verificar. É com impressões fluidas que formamos as nossas maciças conclusões. Para julgar em política o fato mais complexo, largamente nos contentamos com um boato, mal escutado a uma esquina, numa manhã de vento. Para apreciar em literatura o livro mais profundo, atulhado de ideias novas, que o amor de extensos anos fortemente encadeou, apenas nos basta folhear aqui e além uma página, através do fumo escurecedor do charuto. Principalmente para condenar, a nossa ligeireza é fulminante. Com que soberana facilidade declaramos "Este é uma besta! Aquele é um maroto!" Para proclamar "É um gênio!" ou "É um santo!" oferecemos uma resistência mais considerada. Mas, ainda assim, quando uma boa digestão ou a macia luz de um céu de maio nos inclinam à benevolência, também concedemos bizarramente, e só com lançar um olhar distraído sobre o eleito, a coroa ou a auréola, e aí empurramos para a popularidade um maganão[755] enfeitado de louros ou nimbado de raios. Assim passamos o nosso bendito dia a estampar rótulos definitivos no dorso dos homens e das coisas. Não há ação individual ou coletiva, personalidade ou obra humana, sobre que não estejamos prontos a promulgar rotundamente uma opinião bojuda. E a opinião tem sempre, e apenas, por base aquele pequenino lado do fato, do homem, da obra, que perpassou num relance ante os nossos olhos escorregadios e fortuitos. Por um gesto julgamos um caráter; por um caráter avaliamos um povo. Um inglês, com quem outrora jornadeei pela Ásia, varão douto, colaborador de revistas, sócio de Academias, considerava os franceses todos, desde os senadores até os varredores, como

---

754. No contexto, falador, tagarela.

755. Malandro, inescrupuloso.

"porcos e ladrões..." Por quê, meu Bento? Porque em casa de seu sogro houvera um escudeiro, vagamente oriundo de Dijon[756], que não mudava de colarinho e surripiava os charutos. Este inglês ilustra magistralmente a formação escandalosa das nossas generalizações.

E quem nos tem enraizado estes hábitos de desoladora leviandade? O jornal – o jornal, que oferece cada manhã, desde a crônica até os anúncios, uma massa espumante de juízos ligeiros, improvisados na véspera, à meia-noite, entre o silvar do gás e o fervilhar das chalaças[757], por excelentes rapazes que rompem pela redação, agarram uma tira de papel, e, sem tirar mesmo o chapéu, decidem com dois rabiscos da pena sobre todas as coisas da Terra e do Céu. Que se trate de uma revolução do Estado, da solidez de um banco, de uma mágica, ou de um descarrilamento, o rabisco da pena, com um traço, esparrinha[758] e julga. Nenhum estudo, nenhum documento, nenhuma certeza. Ainda este domingo, meu Bento, um alto jornal de Paris, comentando a situação econômica e política de Portugal, afirmava, e com um aprumado saber, que "em Lisboa os filhos das mais ilustres famílias da aristocracia se empregam como *carregadores da Alfândega*, e ao fim de cada mês mandam receber as soldadas *pelos seus lacaios*"! Que dizes tu aos herdeiros das casas históricas de Portugal, carregando pipas de azeite no cais da Alfândega, e conservando criados de farda para lhes ir receber o salário? Estas pipas, estes fidalgos, estes lacaios dos carregadores formam uma deliciosa e quimérica[759] Alfândega que é menos das Mil e Uma Noites, que das Mil e Uma Asneiras. Pois assim o ensinou um jornal considerável, rico, bem provido de enciclopédias, de mapas, de estatísticas, de telefones, de telégrafos, com uma redação muito erudita, pinguemente remunerada, que conhece a Europa, pertence à Academia das Ciências Morais e Sociais, e legisla no Senado! E tu, Bento, no teu jornal, fornecido também de enciclopédias

---

756. Comuna francesa localizada na região administrativa da Borgonha, no departamento Côte-d'Or.

757. Gracejos, ditos ou feitos espirituosos.

758. Amontoa confusamente coisas sobre outras.

759. Utópica, fantástica, fantasiosa.

e de telefones, vais com pena sacudida lançar sobre a França e sobre a China, e sobre o desventuroso universo que se torna assunto e propriedade tua, juízos tão sólidos e comprovados como os que aquela bendita gazeta arquivou definitivamente acerca da nossa Alfândega e da nossa fidalguia...

Este é o primeiro pecado, bem negro. Considera agora outro, mais negro. Pelo jornal, e pela reportagem que será a sua função e a sua força, tu desenvolverás, no teu tempo e na tua terra, todos os males da vaidade! A reportagem, bem sei, é uma útil abastecedora da história. Decerto importou saber se era adunco ou chato o nariz de Cleópatra[760], pois que do feitio desse nariz dependeram, durante algum tempo, de Filipe a Actium[761], os destinos do universo. E quantos mais detalhes a esfuracadora[762] bisbilhotice dos repórteres revelar sobre o sr. Renan, e os seus móveis, e a sua roupa branca, tantos mais elementos positivos possuirá o século XX para reconstruir com segurança a personalidade do autor das *Origens do cristianismo*, e, através dela, compreender a obra. Mas, como a reportagem hoje se exerce, menos sobre os que influem nos negócios do mundo ou nas direções do pensamento, do que, como diz a Bíblia, sobre toda a "sorte e condições de gente

---

760. Cleópatra VII Thea Filopator (70 ou 69 a.C.-30 a.C.) foi a última rainha egípcia da dinastia de Ptolomeu (367 a.C.-283 a.C.), general que governou o Egito após o rei Alexandre III da Macedônia (356 a.C.-323 a.C.) conquistar o Egito. É uma das mulheres mais conhecidas da história da humanidade e uma das governantes mais famosas do Egito. Nunca foi a detentora única do poder em sua terra natal – cogovernou sempre com um homem ao seu lado: seu pai, seu irmão (com quem casaria mais tarde) e, depois, com o seu filho. Em todos esses casos, os seus companheiros eram apenas reis titularmente, mantendo ela a autoridade de fato.

761. A Batalha de Actium aconteceu no dia 2 de setembro de 31 a.C., perto de Actium, na Grécia, durante a guerra civil romana. Tratava-se de uma disputa entre Marco Antonio (83-30 a.C.) e Octaviano (63 a.C.-14 d.C) (depois conhecido como imperador César Augusto). A frota de Octaviano era comandada por Marcus Vipsanius Agrippa (63 a.C.-12 a.C.) e a de Marco Antonio, apoiada pelos barcos de guerra da rainha Cleópatra. O resultado foi uma vitória decisiva de Octaviano, que findou a oposição ao seu poderio crescente. Essa batalha marca o fim da República e o início do Império Romano.

762. Esburacadora, de esburacar, fuçar.

vã", desde os jóqueis até os assassinos, a sua indiscriminada publicidade concorre pouco para a documentação da história, e muito, prodigiosamente, escandalosamente, para a propagação das vaidades!

O jornal é com efeito o fole incansável que assopra a vaidade humana, lhe irrita e lhe espalha a chama. De todos os tempos é ela, a vaidade do homem! Já sobre ela gemeu o gemebundo[763] Salomão, e por ela se perdeu Alcibíades, talvez o maior dos gregos. Incontestavelmente, porém, meu Bento, nunca a vaidade foi, como no nosso danado século XIX, o motor ofegante do pensamento e da conduta. Nestes estados de civilização, ruidosos e ocos, tudo deriva da vaidade, tudo tende à vaidade. E a forma nova da vaidade para o civilizado consiste em ter o seu rico nome impresso no jornal, a sua rica pessoa comentada no jornal! "Vir no jornal!" eis hoje a impaciente aspiração e a recompensa suprema! Nos regimes aristocráticos o esforço era obter, se não já o favor, ao menos o sorriso do Príncipe. Nas nossas democracias a ânsia da maioria dos mortais é alcançar em sete linhas o louvor do jornal. Para se conquistarem essas sete linhas benditas, os homens praticam todas as ações – mesmo as boas. Mesmo as boas, meu Bento! O "nosso generoso amigo Z..." só manda os cem mil réis à creche, para que a gazeta exalte os cem mil réis de Z..., nosso amigo generoso. Nem é mesmo necessário que as sete linhas contenham muito mel e muito incenso; basta que ponham o nome em evidência, bem negro, nessa tinta cujo brilho é mais apetecido que o velho nimbo de ouro do tempo das santidades. E não há classe que não ande devorada por esta fome mórbida do reclamo[764]. Ela é tão roedora nos seres de exterioridade e de mundanidade, como naqueles que só pareciam amar na vida, como a sua forma melhor, a quietação e o silêncio... Entramos na Quaresma (é entre as Cinzas, e com cinzas, que te estou moralizando). Agora, nestas semanas de peixe, surdem os frades dominicanos, do fundo dos seus claustros, a pregar nos púlpitos de Paris. E por que esses sermões sensacionais, de uma arte profana e teatral, com

---

763. Lamentador, gemedor.
764. Reclame, propaganda, publicidade.

exibições de psicologia amorosa, com afetações de anarquismo evangélico, e tão criadores de escândalo que Paris corre mais gulosamente a Notre-Dame em tarde de dominicano, do que à Comédia Francesa[765] em noite de Coquelin[766]? Por que os monges, filhos de São Domingos[767], querem setenta linhas nos jornais do Boulevard, e toda a celebridade dos histriões[768]. O jornal estende sobre o mundo as suas duas folhas, salpicadas de preto, como aquelas duas asas com que os iconografistas[769] do século XV representavam a Luxúria ou a Gula: e o mundo todo se arremessa para o jornal, se quer agachar sob as duas asas que o levem à glorífola, lhe espalhem o nome pelo ar sonoro. E é por essa glorífola que os homens se perdem, e as mulheres se aviltam, e os políticos desmancham a ordem do Estado, e os artistas rebolam na extravagância estética, e os sábios alardeiam teorias mirabolantes, e de todos os cantos, em todos os gêneros, surge a horda ululante[770] dos charlatães... (Como me vim tornando altiloquente[771] e roncante!...) Mas é a verdade, meu Bento! Vê quantos preferem ser injuriados a serem ignorados! (Homenzinhos de letras, poetisas, dentistas etc.) O próprio mal apetece sofregamente as sete linhas que o maldizem. Para aparecerem no jornal, há assassinos que assassinam. Até o velho instinto da conservação cede ao novo instinto da notoriedade; e existe tal maganão, que, ante um funeral convertido em apoteose pela abundância das coroas, dos coches e dos prantos oratórios, lambe os beiços, pensativo, e deseja ser o morto.

---

765. A Comédia Francesa, também conhecida como Casa de Moliére, é o teatro nacional da França. Diretamente subvencionada pelo Estado, é o teatro público mais antigo de que se tem notícia.

766. Benoît-Constant Coquelin (1841-1909), também conhecido como Coquelin aîné, ator francês de grande versatilidade. Muito popular no final do século XIX e início do século XX.

767. Fradique refere-se ao monges da ordem dos Dominicanos, fundada por São Domingos de Gusmão (1170-1221).

768. Comediantes, palhaços, farsantes.

769. Pintores, ilustradores.

770. Uivante. Por extensão de sentido, deprimente, lamentosa.

771. Empostado, pomposo.

Neste verão, uma manhã, muito cedo, entrei numa taverna de Montmartre a comprar fósforos. Rente ao balcão de zinco, diante de dois copos de vinho branco, um meliante, que, pelas ventas chatas, o bigode hirsuto[772] e pendente, o barrete de pele de lontra, parecia (e era) um huno, um sobrevivente das hordas de Alarico, gritava triunfalmente para outro vadio imberbe e lívido, a quem arremessara um jornal:

– É verdade, em todas as letras, o meu nome todo! Na segunda coluna, logo em cima, onde diz: "Ontem um infame e ignóbil bandido..." Sou eu! O nome todo!

E espalhou lentamente em redor um olhar que triunfava. Eis aí, como agora se diz tão alambicadamente[773], um "estado de alma"! Tu, Bento, vais criar destes estados.

Depois considera o derradeiro pecado, negríssimo. Tu fundas, com o teu novo jornal, uma nova escola de intolerância. Em torno de ti, do teu partido, dos teus amigos, ergues um muro de pedra miúda e bem-cimentada; dentro desse murozinho, onde plantas a tua bandeirola com o costumado lema de "imparcialidade, desinteresse etc.", só haverá, segundo Bento e o seu jornal, inteligência, dignidade, saber, energia, civismo; para além desse muro, segundo o jornal de Bento, só haverá necessariamente sandice, vileza, inércia, egoísmo, traficância! É a disciplina de partido (e, para te agradar, entendo partido, no seu sentido mais amplo, abrangendo a literatura, a filosofia etc.) que te impõe fatalmente esta divertida separação das virtudes e dos vícios. Desde que penetras na batalha, nunca poderás admitir que a razão ou a justiça ou a utilidade se encontrem do lado daqueles contra quem descarregas, pela manhã, a tua metralha silvante de adjetivos e verbos – porque então a decência, se não já a consciência, te forçariam a saltar o muro e desertar para esses justos. Tens de sustentar que eles são maléficos, desarrazoados[774], velhacos, e vastamente merecem o chumbo com que os traspassas. Das solas dos pés até os teus raros cabelos, meu Bento, desde logo te atolas na

---

772. Espetado, eriçado.

773. Pretensiosamente, afetadamente.

774. Irracionais, despropositados.

intolerância! Toda a ideia que se eleve, para além do muro, a condenarás como funesta, sem exame, só porque apareceu dez braças adiante, do lado dos outros, que são os réprobos, e não do lado dos teus, que são os eleitos. Realizam esses outros uma obra? Bento não poupará prosa nem músculo para que ela pereça; e, se por entre as pedras que lhe atira, casualmente entrevê nela certa beleza ou certa utilidade, mais furiosamente apressa a sua demolição, porque seria mortificante para os seus amigos que alguma coisa de útil ou de belo nascesse dos seus inimigos – e vivesse. Nos homens que vagam para além do teu muro, tu só verás pecadores; e, quando entre eles reconhecesses São Francisco de Assis distribuindo aos pobres os derradeiros ceitis[775] da Porciúncula[776], taparias a face para que tanta santidade não te amolecesse, e gritarias mais sanhudamente[777]: "Lá anda aquele malandro a esbanjar com os vadios o dinheiro que roubou!"

Assim tu serás no teu jornal. E, em torno de ti, os que o compram e o adotam lentamente e moralmente se fazem à tua imagem. Todo o jornal destila intolerância, como um alambique destila álcool, e cada manhã a multidão se envenena aos goles com esse veneno capcioso. É pela ação do jornal que se azedam todos os velhos conflitos do mundo – e que as almas, desevangelizadas, se tornam mais rebeldes à indulgência. A sociabilidade incessantemente amacia e arredonda as divergências humanas, como um rio arredonda e alisa todos os seixos que nele rolam: e a humanidade, que uma longa cultura e a velhice têm tornado docemente sociável, tenderia a uma suprema pacificação – se cada manhã o jornal não avivasse os ódios de princípios, de classes, de raças, e, com os seus gritos, os acirrasse como se acirram mastins[778] até que se enfureçam e mordam. O jornal exerce hoje todas as funções malignas do defunto Satanás, de quem herdou a ubiquidade; e é não só o Pai da Mentira, mas o Pai da Discórdia. É ele que por um lado

---

775. Trocados, centavos.

776. Igreja de Santa Maria dos Anjos, conhecida como "Porciúncula", uma capela restaurada por São Francisco de Assis em 1208.

777. Furiosamente.

778. Cães de guarda.

inflama as exigências mais vorazes – e por outro fornece pedra e cal às resistências mais iníquas. Vê tu quando se alastra uma greve, ou quando entre duas nações bruscamente se chocam interesses, ou quando, na ordem espiritual, dois credos se confrontam em hostilidade; o instinto primeiro dos homens, que o abuso da civilização material tem amolecido e desmarcializado[779], é murmurar "paz! juízo!" e estenderem as mãos uns para os outros, naquele gesto hereditário que funda os patos[780]. Mas surge logo o jornal, irritado como a fúria antiga, que os separa, e lhes sopra na alma a intransigência, e os empurra à batalha, e enche o ar de tumulto e de pó.

O jornal matou na Terra a paz. E não só atiça as questões já dormentes como borralhos[781] de lareira, até que delas salte novamente uma chama furiosa, mas inventa dissensões novas, como esse antissemitismo[782] nascente, que repetirá, antes que o século finde, as anacrônicas e brutas perseguições medievais. Depois é o jornal...

Mas escuta! Onze horas! Onze horas ligeiras estão dançando, no meu velho relógio, o minuete de Gluck[783]. Ora esta carta já vai, como a de Tibério[784], muito tremenda e verbosa, *verbosa et tremenda epistola*[785]; e eu tenho pressa de a findar, para ir, ainda antes do almoço, ler os meus jornais, com delícia. Teu

Fradique

---

779. Sem o aspecto marcial, desmilitarizado, pacificado.

780. No contexto, tolos, parvos.

781. Cinzas ainda quentes, com algumas brasas vivas.

782. Aversão aos semitas, especialmente aos judeus.

783. Christoph Willibald (von) Gluck (1714-1787), compositor alemão, um dos mais importantes da ópera clássica.

784. Tibério Cláudio Nero César (42 a.C.-37 d.C.), imperador romano de 14 até à sua morte. Foi o segundo imperador de Roma pertencente à dinastia Julio-Claudiana.

785. "Verbosa e tremenda epístola".

XVI

A Clara... (Trad.)

Paris, outubro.

Minha muito amada Clara.

Toda em queixumes, quase rabugenta, e mentalmente trajada de luto, me apareceu hoje a tua carta com os primeiros frios de outubro. E por que, minha doce descontente? Porque, mais fero[786] de coração que um Trastamara[787] ou um Bórgia[788], estive cinco dias (cinco curtos dias de outono) sem te mandar uma linha, afirmando essa verdade tão patente e de ti conhecida como o disco do Sol – "que só em ti penso, e só em ti vivo!..." Mas não sabes tu, oh superamada, que a tua lembrança me palpita na alma tão natural e perenemente como o sangue no coração? Que outro princípio governa e mantém a minha vida senão o teu amor? Realmente necessitas ainda, cada manhã, um certificado, em letra bem firme, de que a minha paixão está viva e viçosa e te envia os bons-dias? Para quê? Para sossego da tua incerteza? Meu Deus! Não será antes para regalo do teu orgulho? Sabes que és deusa, e reclamas incessantemente o incenso e os cânticos do teu devoto. Mas Santa Clara, tua padroeira, era uma grande santa, de alta linhagem, de triunfal beleza, amiga de São Francisco de Assis, confidente de Gregório IX[789], fundadora de mosteiros, suave

---

786. Feroz, violento.

787. A dinastia de Trastamara, fundada por Henrique II (1334-1379), governou o reino de Castela de 1369 a 1516.

788. O clã dos Bórgia, família espanhola que migrou para a Itália durante o século XV, transformou-se no protótipo da corrupção, do nepotismo, da ambição e da falta de escrúpulos. Buscaram o poder e a riqueza, como outras famílias do Renascimento com as quais rivalizaram; o fato, porém, de serem estrangeiros e de interromperem o monopólio da aristocracia italiana sobre a corte papal, atraiu muitos e poderosos inimigos. Originários de Aragão, na Espanha, há notícias sobre o estabelecimento dos Bórgia no reino de Valência desde o século XIII.

789. Ugolino dei Conti di Segni (1170-1241), o Papa Gregório IX, fundador da Santa Inquisição.

fonte de piedade e milagres – e todavia só é festejada uma vez, cada ano, a 27 de agosto!

Sabes bem que estou gracejando, Santa Clara da minha fé! Não! Não mandei essa linha supérflua, porque todos os males bruscamente se abateram sobre mim: um defluxo[790] burlesco[791], com melancolia, obtusidade e espirros; um confuso duelo, de que fui o enfastiado padrinho, e em que apenas um ramo seco de olaia[792] sofreu, cortado por uma bala; e, enfim, um amigo que regressou da Abissínia[793], cruelmente abissinizante, e a quem tive de escutar com resignado pasmo as caravanas, os perigos, os amores, as façanhas e os leões!... E aí está como a minha pobre Clara, solitária nas suas florestas, ficou sem essa folha, cheia das minhas letras e tão inútil para a segurança do seu coração como as folhas que a cercam, já murchas decerto e dançando no vento.

Porque não sei como se comportam os teus bosques – mas aqui as folhas do meu pobre jardim amarelaram e rolam na erva úmida. Para me consolar da verdura perdida, acendi o meu lume – e toda a noite de ontem mergulhei na muito velha crônica de um cronista medieval da minha terra, que se chama Fernão Lopes[794]. Aí se conta de um rei que recebeu o débil nome de "Formoso"[795], e que, por causa de um grande amor, desdenhou princesas de Castela e de Aragão, dissipou tesouros, afrontou sedições[796], sofreu a desafeição dos povos, perdeu a vassalagem de castelos e terras, e quase estragou o

---

790. Inflamação da mucosa nasal, corrimento nasal, coriza.

791. Cômico, risível.

792. Tipo de árvore também conhecida como árvore-de-judas.

793. Região ao norte da atual Etiópia.

794. Fernão Lopes (c. 1380-1459) foi funcionário do paço e notário, nomeado cronista pelo rei D. Duarte (1391-1438), escreveu as crônicas dos reis D. Pedro I (1320-1367), D. Fernando (1345-1383) e D. João I (1357-1433). Por sua linguagem, seu perfil de pesquisador e seu estilo, é considerado "pai" da historiografia e da prosa portuguesa.

795. Cognome de Dom Fernando I (1345-1383), rei de Portugal de 1367 até sua morte.

796. Revoltas, motins.

reino! Eu já conhecia a crônica – mas só agora compreendo o rei. E grandemente o invejo, minha linda Clara! Quando se ama como ele (ou como eu), deve ser um contentamento esplêndido o ter princesas da cristandade, e tesouros, e um povo, e um reino forte para sacrificar a dois olhos, finos e lânguidos, sorrindo pelo que esperam e mais pelo que prometem... Na verdade só se deve amar quando se é rei porque só então se pode comprovar a altura do sentimento com a magnificência do sacrifício. Mas um mero vassalo como eu (sem hoste[797] ou castelo), que possui ele de rico, ou de nobre, ou de belo para sacrificar? Tempo, fortuna, vida? Mesquinhos valores. É como ofertar na mão aberta um pouco de pó. E depois a bem-amada nem sequer fica na história.

E por história – muito aprovo, minha estudiosa Clara, que andes lendo a do divino Buda. Dizes, desconsoladamente, que ele te parece apenas "um Jesus muito complicado". Mas, meu amor, é necessário desentulhar esse pobre Buda da densa aluvião de lendas e maravilhas que sobre ele tem acarretado, durante séculos, a imaginação da Ásia. Tal como ela foi, desprendida da sua mitologia, e na sua nudez histórica, nunca alma melhor visitou a Terra, e nada iguala, como virtude heroica, a "Noite do Renunciamento"[798]. Jesus foi um proletário, um mendigo sem vinha ou leira[799], sem amor nenhum terrestre, que errava pelos campos da Galileia, aconselhando os homens a que abandonassem como ele os seus lares e bens, descessem à solidão e à mendicidade, para penetrarem um dia num reino venturoso, abstrato, que está nos Céus. Nada sacrificava em si e instigava os outros ao sacrifício – chamando todas as grandezas ao nível da sua humildade. O Buda, pelo contrário, era um príncipe, e, como eles costumam ser na Ásia, de ilimitado poder, de ilimitada riqueza; casara por um imenso amor, e daí lhe viera um filho, em quem esse amor mais se sublimara – e este príncipe, este esposo, este pai, um dia, por dedicação aos

---

797. Tropa, exército.

798. Episódio da história de Sidarta Gautama, o Buda. Refere-se à noite em que o príncipe Sidarta renuncia ao seu castelo e à sua fortuna para tornar-se um religioso.

799. Pequeno campo cultivado, horta.

homens, deixa o seu palácio, o seu reino, a esposada do seu coração, o filhinho adormecido no berço de nácar[800], e, sob a rude estamenha[801] de um mendicante, vai através do mundo esmolando e pregando a renúncia aos deleites, o aniquilamento de todo o desejo, o ilimitado amor pelos seres, o incessante aperfeiçoamento na caridade, o desdém forte do ascetismo que se tortura, a cultura perene da misericórdia que resgata, e a confiança na morte...

Incontestavelmente, a meu ver (tanto quanto estas excelsas coisas se podem discernir de uma casa de Paris, no século XIX e com defluxo), a vida do Buda é mais meritória. E depois considera a diferença do ensino dos dois divinos mestres. Um, Jesus, diz: "Eu sou filho de Deus, e insto com cada um de vós, homens mortais, em que pratiqueis o bem durante os poucos anos que passais na Terra, para que eu depois, em prêmio, vos dê a cada um, individualmente, uma existência superior, infinita em anos e infinita em delícias, num palácio que está para além das nuvens e que é de meu Pai!" O Buda, esse, diz simplesmente: "Eu sou um pobre frade mendicante, e peço-vos que sejais bons durante a vida, porque de vós, em recompensa, nascerão outros melhores, e desses outros ainda mais perfeitos, e assim, pela prática crescente da virtude em cada geração, se estabelecerá pouco a pouco na Terra a virtude universal!" A justiça do justo, portanto, segundo Jesus, só aproveita egoistamente ao justo. E a justiça do justo, segundo Buda, aproveita ao ser que o substituir na existência, e depois ao outro que desse nascer, sempre durante a passagem na Terra, para lucro eterno da Terra. Jesus cria uma aristocracia de santos, que arrebata para o Céu onde ele é Rei, e que constituem a corte do Céu para deleite da sua divindade – e não vem dela proveito direto para o mundo, que continua a sofrer da sua porção de mal, sempre indiminuída. O Buda, esse, cria, pela soma das virtudes individuais, santamente acumuladas, uma humanidade que em cada ciclo nasce progressivamente melhor, que por fim se torna perfeita, e que se estende a toda a

---

800. O mesmo que madrepérola (substância calcária de que é feito o interior das conchas).

801. Hábito de frade; tecido leve, de lã.

Terra donde o mal desaparece, e onde o Buda é sempre, à beira do caminho rude, o mesmo frade mendicante. Eu, minha flor, sou pelo Buda. Em todo o caso, esses dois mestres possuíram, para bem dos homens, a maior porção de divindade que até hoje tem sido dado à alma humana conter. De resto, tudo isto é muito complicado; e tu sabiamente procederias em deixar o Buda no seu budismo, e, uma vez que esses teus bosques são tão admiráveis, em te retemperar na sua força e nos seus aromas salutares. O Buda pertence à cidade e ao colégio de França; no campo a verdadeira ciência deve cair das árvores, como nos tempos de Eva. Qualquer folha de olmo te ensina mais que todas as folhas dos livros. Sobretudo do que eu – que aqui estou pontificando e fazendo pedantescamente, ante os teus lindos olhos, tão finos e meigos, um curso escandaloso de religiões comparadas.

Só me restam três polegadas de papel, e ainda não te contei, oh doce exilada, as novas de Paris, *acta Urbis*[802]. (Bom, agora latim!) São raras, e pálidas. Chove; continuamos em República; Madame de Jouarre, que chegou da Rocha com menos cabelos brancos, mas mais cruel, convidou alguns desventurados (dos quais eu o maior) para escutarem três capítulos de um novo atentado do barão de Fernay sobre a Grécia; os jornais publicam outro prefácio do sr. Renan, todo cheio do sr. Renan, e em que ele se mostra, como sempre, o enternecido e erudito vigário de Nossa Senhora da Razão; e temos, enfim, um casamento de paixão e luxo, o do nosso escultural visconde de Fonblant com Mademoiselle Degrave, aquela nariguda, magrinha e de maus dentes, que herdou, milagrosamente, os dois milhões do cervejeiro e que tem tão lindamente engordado e ri com dentes tão lindos. Eis tudo, minha adorada... E é tempo que te mande, em montão, nesta linha, as saudades, os desejos e as coisas ardentes e suaves e sem nome de que meu coração está cheio, sem que se esgote por mais que ple-

---

[802]. As "acta populi diurna" ou "acta urbis" eram um tipo de manuscrito criado durante o império romano, em que as deliberações do senado eram escritas e divulgadas. Talvez sejam o mais antigo ancestral do jornal como hoje conhecemos.

namente as arremesse aos teus pés adoráveis, que beijo com submissão e com fé.

Fradique

XVII

A Clara... (Trad.)

Minha amiga.
É verdade que eu parto, e para uma viagem muito longa e remota, que será como um desaparecimento. E é verdade ainda que a empreendo assim bruscamente, não por curiosidade de um espírito que já não tem curiosidades – mas para findar do modo mais condigno e mais belo uma ligação que, como a nossa, não deveria nunca ser maculada por uma agonia tormentosa e lenta.

Decerto, agora que eu dolorosamente reconheço que sobre o nosso tão viçoso e forte amor se vai em breve exercer a lei do universal deperecimento[803] e fim das coisas, eu poderia, poderíamos ambos, tentar, por um esforço destro e delicado do coração e da inteligência, o seu prolongamento fictício. Mas seria essa tentativa digna de si, de mim, da nossa lealdade – e da nossa paixão? Não! Só nos prepararíamos assim um arrastado tormento, sem a beleza dos tormentos que a alma apetece e aceita, nos puros momentos de fé e todo deslustrado e desfeado[804] por impaciências, recriminações, inconfessados arrependimentos, falsas ressurreições do desejo, e todos os enervamentos da saciedade. Não conseguiríamos deter a marcha da lei inexorável – e um dia nos encontraríamos, um diante do outro, como vazios, irreparavelmente tristes e cheios do amargor da luta inútil. E de uma coisa tão pura e sã e luminosa, como foi o nosso amor, só nos ficaria, presente e pungente, a recordação de destroços

---
803. Desfalecimento, esgotamento, perecimento.
804. O mesmo que afeado, deformado, feio.

e farrapos feitos por nossas mãos, e por elas rojados com desespero no pó derradeiro de tudo.

Não! Tal acabar seria intolerável. E depois, como toda a luta é ruidosa, e não se pode nunca disciplinar e enclausurar no segredo do coração, nós deixaríamos decerto entrever enfim ao mundo um sentimento que dele escondemos por altivez, não por cautela – e o mundo conheceria o nosso amor justamente quando ele já perdera a elevação e a grandeza que quase o santificavam... De resto, que importa o mundo? Só por nós, que fomos um para o outro e amplamente o mundo todo, é que devemos evitar ao nosso amor a lenta decomposição que degrada.

Para perpétuo orgulho do nosso coração é necessário que desse amor, que tem de perecer como tudo o que vive, mesmo o Sol, nos fique uma memória tão límpida e perfeita que ela só por si nos possa dar, durante o porvir melancólico, um pouco dessa felicidade e encanto que o próprio amor nos deu quando era em nós uma sublime realidade governando o nosso ser.

A morte, na plenitude da beleza e da força, era considerada pelos antigos como o melhor benefício dos deuses – sobretudo para os que sobreviviam, porque sempre a face amada que passara lhes permanecia na memória com o seu natural viço e sã formosura, e não mirrada e deteriorada pela fadiga, pelas lágrimas, pela desesperança, pela dor. Assim deve ser também com o nosso amor.

Por isso mal lhe surpreendi os primeiros desfalecimentos, e, desolado, verifiquei que o tempo o roçara com a frialdade da sua foice – decidi partir, desaparecer. O nosso amor, minha amiga, será assim como uma flor milagrosa que cresceu, desabrochou, deu todo o seu aroma – e, nunca cortada, nem sacudida dos ventos ou das chuvas, nem de leve emurchecida, fica na sua haste solitária, encantando ainda com as suas cores os nossos olhos quando para ela de longe se volvam, e para sempre, através da idade, perfumando a nossa vida.

Da minha vida sei pelo menos que ela perpetuamente será iluminada e perfumada pela sua lembrança. Eu sou na verdade como um desses pastores que outrora, caminhando pensativamente por uma colina da Grécia, viam de repente, ante os seus olhos extáticos, Vênus magnífica e amorosa que lhes abria os braços brancos. Durante um momento o pastor mortal repousava sobre o seio divino, e sentia o murmúrio do divino suspirar. Depois havia um leve frêmito – e ele só encontrava ante si uma nuvem rescendente[805] que se levantava, se sumia nos ares por entre o voo claro das pombas. Apanhava então o seu cajado, descia a colina... Mas para sempre, através da vida, conservava um deslumbramento inefável. Os anos podiam rolar, e o seu gado morrer, e a ventania levar o colmo da sua choupana, e todas as misérias da velhice sobre ele caírem – que sem cessar a sua alma resplandecia, e um sentimento de glória ultra-humano o elevava acima do transitório e do perecível, porque na fresca manhã de maio, além, sobre o cimo da colina, ele tivera o seu momento de divinização entre o mirto[806] e o tomilho[807]!

Adeus, minha amiga. Pela felicidade incomparável que me deu – seja perpetuamente bendita.

Eça de Queiroz

---

805. Que exala odor, perfumada.

806. Arbusto ou árvore pequena também conhecida como murta.

807. Arbusto odorífero também conhecido como timo.

Eça de Queiroz e seu tempo

Fabio Bortolazzo Pinto

José Maria Eça de Queiroz nasceu em 1845, em Póvoa de Varzim, pequena cidade do distrito do Porto, em Portugal. Por ser fruto de uma aventura amorosa pré-nupcial, nos primeiros anos de vida é criado pelos avós paternos e só aos dez anos vai morar com os pais, então casados. A legitimação de sua filiação, feita apenas em 1885, causa, em 1906, uma curiosa disputa entre Póvoa de Varzim e a vizinha Vila do Conde (onde foi registrado): durante uma homenagem ao célebre escritor, ambas afirmavam ser sua terra de origem. Apuram-se, então, as circunstâncias do nascimento de Eça e sua condição inicial de enjeitado. A partir de tal descoberta, pode-se especular acerca dos reflexos que ficariam de sua primeira infância, principalmente na construção das personagens femininas em sua obra, geralmente pouco confiáveis, superficiais ou fáceis, como a Luísa de *O primo Basílio* (1878). Ainda com relação às origens, é curioso o silêncio que o autor mantém sobre a infância e o horror que demonstra, por muito tempo, em relação ao casamento e à vida familiar.

Em 1861, aos dezesseis anos, Eça matricula-se na Faculdade de Direito de Coimbra, onde trava relações que o marcam para toda a vida. A figura que mais lhe chama atenção, nesse período, é Antero de Quental. Espécie de líder estudantil, insubordinado ao conservadorismo dos mestres, poeta e declamador inspirado, Antero é o protótipo do revolucionário romântico.

O diálogo com Antero e com outras personalidades do meio acadêmico abre para Eça todo um universo de referências literárias e filosóficas. Nesse tempo, ele toma parte nas primeiras tertúlias, encontros de discussão poética e devaneio filosófico, que jamais esqueceria e que buscaria manter pela vida afora, com velhos e novos amigos. Era comum a todos os participantes das tertúlias de Coimbra o interesse pela França. Sabiam tudo do país vizinho e quase nada do seu próprio. Portugal era, para eles, um lugar desolado, retrógrado, sem futuro, em tudo contrário à idolatrada terra de Victor Hugo, o grande artífice, o ídolo máximo. Também cultuavam Baudelaire e Théophile Gautier, poetas que praticaram as estéticas do romantismo, do parnasianismo e do simbolismo, e cujos versos eram, invariavelmente, recitados nas reuniões. São ecos dessa época os folhetins que Eça publicaria, a partir de 1866, no jornal *Gazeta de Portugal* e que só seriam reunidos em volume único em 1906, sob o título de *Prosas bárbaras*.

Ainda em Coimbra, Eça acompanha o desenrolar da célebre "Questão Coimbrã", que foi, em síntese, uma disputa entre escritores lisboetas ligados à literatura, digamos, oficial – Antonio Feliciano de Castilho, Manuel Pinheiro Chagas – e os poetas de Coimbra (estes últimos eram capitaneados, como não poderia deixar de ser, por Antero). Na prática, o que houve foram desaforos trocados de parte a parte, via jornal, panfletos e prefácios, além de um duelo de espadas travado entre Antero e Ramalho Ortigão – que se batia em nome de Castilho. Ambos eram amigos de Eça, e foi grande seu alívio quando tudo terminou num ferimento no braço de Ortigão, sem maiores consequências.

Depois de formado, o futuro romancista muda-se para Lisboa, onde trabalha, durante certo tempo, como advogado, no escritório de um amigo de seu pai. Enquanto entedia-se terrivelmente com a profissão, torna-se colaborador semanal na *Gazeta de Portugal*, em que publica contos macabros, satanistas, bem de acordo com a estética ultrarromântica. Tem pelo menos um fã, Jaime Batalha Reis, que vai à redação da *Gazeta* para conhecê-lo. Tornam-se amigos inseparáveis. Em *A correspondência de Fradique Mendes*, Batalha aparecerá sob o pseudônimo de J. Teixeira de Azevedo. É, ainda, na casa de Batalha Reis que se reunirá o grupo que ficaria conhecido como Cenáculo. Diferente das tertúlias de Coimbra, no Cenáculo, além de poesia e estética, discute-se, de acordo com as novas leituras e interesses – principalmente de Antero – a política, a sociedade e a economia portuguesas. Do grupo fazem parte, além de Eça, Batalha Reis e Antero, Ramalho Ortigão (as divergências entre ele e Antero haviam ficado no passado), Oliveira Martins, Luís Manuel da Natividade de Castro (o 5º Conde de Rezende) e outros. Tais reuniões dão origem a Carlos Fradique Mendes, personagem criado por certos membros do grupo para ser o autor dos poemas que publicavam nos jornais de Lisboa.

Depois de uma temporada em Évora, para onde tinha ido com o convite de dirigir um jornal partidário, o *Distrito de Évora*, Eça retorna a Lisboa e às reuniões do Cenáculo. Sem conseguir imprimir ao jornal a carga revolucionária que gostaria, Eça compreende que não é através de veículos atrelados a partidos estabelecidos que serão feitas as reformas que, na sua concepção, o país necessita. Ademais, seu campo é a arte, a literatura: fora dele, suas convicções não passam, então, de utopias.

Em 1869, viaja, a convite do Conde de Rezende – encarregado de representar o governo português na inauguração do Canal de Suez –, para o Egito. Durante sua estada no Oriente, anota tudo que vê à sua volta. Essas anotações seriam a base dos relatos de viagem que publicaria no jornal *Diário de Notícias*, sob o título "De Port-Said a Suez". As mesmas anotações dariam, depois, origem a *O Egito* (1926).

De volta a Portugal, em 1870, Eça é agraciado com o cargo de administrador da província de Leiria. Pouco antes de mudar-se para a cidade que iria administrar, inicia a publicação, junto com Ramalho Ortigão, de *O mistério da estrada de Sintra* (1884), romance folhetinesco, apresentado em capítulos no jornal *Diário de Notícias*. Aos leitores do jornal, não foi dada, a princípio, a informação de que se tratava de uma narrativa ficcional. A jogada publicitária funciona. O *Mistério* é um sucesso. Todas as semanas, o público compra o jornal para conhecer um novo desdobramento da rocambolesca trama. De

Leiria, Eça envia mais de um capítulo por semana. Ramalho tem grandes dificuldades para manter a coerência da história, cada vez mais delirante.

Em Leiria, durante os dez meses de sua administração, o que fez Eça, além de escrever desenfreadamente, foi arranjar uma amante e, assim, chocar a província. O caso em que se envolveu foi motivo de censura velada entre os padres da localidade, que frequentavam a pensão onde estava hospedado. Sua vingança contra o clero dissimulado seria, nada mais, nada menos, que *O crime do Padre Amaro* (1875).

Novamente em Lisboa, Eça encontra os amigos do Cenáculo interessados e engajados em questões políticas. As reuniões eram, agora, clandestinas, perseguidas pela polícia; Antero e Batalha Reis buscavam conscientizar o proletariado da necessidade de revolução: ambos eram, agora, leitores das teorias marxistas, cujos fundamentos apresentaram ao recém-chegado. Sem estar totalmente convencido da validade das novas diretrizes do grupo, Eça deixa-se levar pela movimentação e embarca naquela que seria a única atitude prática tomada para a implantação das provocativas ideias de inovação política e cultural: a série de conferências no Cassino de Lisboa.

Apenas metade das conferências aconteceria. Na primavera de 1871, Antero abre o evento com duas palestras intituladas, respectivamente, "O espírito das conferências" e "As causas da decadência dos povos peninsulares". Logo em seguida, Augusto Soromenho fala sobre a "Literatura portuguesa". Depois de Soromenho, Eça apresenta sua profissão de fé (naquele momento). Absolutamente convicto de que a escola realista, professada por Flaubert, Zola e outros, é não apenas o presente, mas o futuro das literaturas europeias, vai mostrar ao público a importância dessa nova concepção de arte na conferência intitulada "O realismo como nova expresssão da arte". Apenas mais uma conferência seria permitida. Era subversão demais para o gosto oficial. Por ordem direta do Marquês de Ávila, então no governo, as Conferências do Cassino são proibidas. Era o fim da utopia do Cenáculo, pelo menos para a maioria de seus integrantes. Logo aconteceria a dissolução do grupo, e seria o momento dos esforços individuais, de cada um tentar, por conta própria e na sua área, as reformas no país.

A necessidade de reformas vinha, sobretudo, da consciência da geração de 70 – a geração de Eça, dos integrantes do grupo Cenáculo – de que Portugal, país ainda predominantemente agrário, com modos de produção artesanais, conservador e, como se não bastasse, dependente do capital estrangeiro, estava política, econômica e culturalmente muito atrasado com relação ao restante da Europa industrializada, liberal e "moderna". O conservadorismo político e intelectual lusitano foi afrontado por essa geração de 70, que esperneava e gritava aos quatro ventos a necessidade de transformação, de modernização de Portugal.

O grande símbolo da modernidade europeia no século XIX era, certamente, a França, polo de reconfiguração da mentalidade ocidental. O próprio Eça, tipo exemplar de seu tempo, aponta a França como fonte de sua formação intelectual:

Os meus romances, no fundo, são franceses, como eu sou, em quase tudo, um francês – exceto num certo fundo sincero de tristeza lírica, que é uma característica portuguesa, num gosto depravado pelo fadinho e no justo amor do bacalhau de cebolada. Em tudo o mais, francês de província. Nem podia ser de outro modo; já no pátio da Universidade, já no largo do Rossio, eu fui educado, e eduquei-me a mim mesmo, com livros franceses, ideias francesas, modos de dizer franceses, sentimentos franceses e ideais franceses.[1]

Se fosse apenas um repetidor de teses, um imitador de estilos, um plagiário – como a sua autocaricatura afrancesada quer fazer crer –, Eça não teria assegurado, para sempre, o prestígio de sua obra. A originalidade, pois, que apresenta,

---

1. Carta de Eça de Queiroz a Oliveira Martins datada de 10 de maio de 1884. In.: CIDADE, Hernâni. *Século XIX – A revolução cultural em Portugal e alguns dos seus mestres*. Lisboa: Edições Ática, 1961. p. 94-95.

está no contraponto entre o realismo dos temas e o lirismo de seu estilo. Este está impregnado do caráter lusitano, enquanto aquele, sim, é, evidentemente, francês.

Em 1872, Eça assume o cargo de cônsul português em Havana, Cuba. É o início da carreira diplomática que manteria até o fim da vida. Depois de certo tempo em Cuba, consegue, em 1874, transferência para a Inglaterra. Lá, em meio às atividades oficiais, escreve *O primo Basílio*, que só julgaria pronto para publicação em 1878. Este é, sem dúvida, o romance de Eça que fez mais sucesso. O próprio autor não entendia o motivo para isso, pois achava *O crime do Padre Amaro*, fracasso de público e crítica, bem mais acabado e polêmico. Vianna Moog, em seu *Eça de Queiroz e o século XIX* (1966), apresenta uma hipótese interessante: a de que a razão do sucesso de *O primo Basílio* seria a presença, ali, de um símbolo, um personagem que encarna determinada postura, tipicamente portuguesa, mas já ultrapassada: o conselheiro Acácio. Seria o conselheiro a razão do sucesso do romance? Não há como negar que é Acácio, o personagem de gestos formais, cheio de cerimônias, sempre com uma frase enfática – e da mais clara obviedade – na ponta da língua, é o tipo mais popular da obra de Eça de Queiroz. De qualquer forma, com o sucesso de *O primo Basílio*, Eça se torna o grande romancista português que conhecemos. De *O mandarim* (1880) até *A cidade e as serras* (1902), passando por *Os Maias* (1888), não deixa jamais de cair nas graças do público, ainda que certa crítica lhe aponte defeitos, como o preciosismo descritivista.

A cidade e as serras (1902) e *A correspondência de Fradique Mendes* (1901), os dois últimos romances que Eça escreveu, mostram o autor em um momento reflexivo de sua vida, mais voltado ao bucolismo do campo do que ao deslumbramento com a cidade. O último posto diplomático que assume é em Paris, na França, o país que tanto idolatrou, e logo no momento da vida em que o que mais lhe interessa não é a agitação da grande metrópole francesa, mas o interior de Portugal.

Em seus últimos anos de vida, contrariando todas as convicções de juventude, vive de forma pacata com a esposa Emília e os filhos. Visita, regularmente, Portugal, para as reuniões dos Vencidos da Vida, grupo formado por remanescentes do Cenáculo. O nome do grupo se deve à sensação, comum a todos os integrantes, de que as grandes ambições revolucionárias do passado não tinham, afinal, vingado: lá estavam eles, aqueles que queriam mudar o país, estabelecidos economicamente, a desfrutar dos prazeres da vida, sem ter alcançado seus grandes objetivos reformistas.

Eça de Queiroz morre em 1900, junto com o século que tão bem soube representar, cercado de amigos queridos como Ramalho Ortigão e Eduardo Prado.

Série Biografias **L&PM** POCKET:

Albert Einstein – Laurent Seksik
Átila – Éric Deschodt / Prêmio "Coup de coeur en poche" 2006 (França)
Balzac – François Taillandier
Baudelaire – Jean-Baptiste Baronian
Billie Holiday – Sylvia Fol
Cézanne – Bernard Fauconnier / Prêmio de biografia da cidade de Hossegor 2007 (França)
Freud – René Major e Chantal Talagrand
Gandhi – Christine Jordis / Prêmio do livro de história da cidade de Courbevoie 2008 (França)
Júlio César – Joël Schmidt
Kafka – Gérard-Georges Lemaire
Kerouac – Yves Buin
Leonardo da Vinci – Sophie Chauveau
Luís XVI – Bernard Vincent
Marilyn Monroe – Anne Plantagenet
Michelangelo – Nadine Sautel
Modigliani – Christian Parisot
Oscar Wilde – Daniel Salvatore Schiffer
Picasso – Gilles Plazy
Rimbaud – Jean-Baptiste Baronian
Shakespeare – Claude Mourthé
Van Gogh – David Haziot / Prêmio da Academia Francesa 2008
Virginia Woolf – Alexandra Lemasson

Coleção L&PM POCKET

1. **Catálogo geral da Coleção**
2. **Poesias** – Fernando Pessoa
3. **O livro dos sonetos** – org. Sergio Faraco
4. **Hamlet** – Shakespeare / trad. Millôr
5. **Isadora, frag. autobiográficos** – Isadora Duncan
6. **Histórias sicilianas** – G. Lampedusa
7. **O relato de Arthur Gordon Pym** – Edgar A. Poe
8. **A mulher mais linda da cidade** – Bukowski
9. **O fim de Montezuma** – Hernan Cortez
10. **A ninfomania** – D. T. Bienville
11. **As aventuras de Robinson Crusoé** – D. Defoe
12. **Histórias de amor** – A. Bioy Casares
13. **Armadilha mortal** – Roberto Arlt
14. **Contos de fantasmas** – Daniel Defoe
15. **Os pintores cubistas** – G. Apollinaire
16. **A morte de Ivan Ilitch** – L.Tolstói
17. **A desobediência civil** – D. H. Thoreau
18. **Liberdade, liberdade** – F. Rangel e M. Fernandes
19. **Cem sonetos de amor** – Pablo Neruda
20. **Mulheres** – Eduardo Galeano
21. **Cartas a Théo** – Van Gogh
22. **Don Juan** – Molière / Trad. Millôr Fernandes
24. **Horla** – Guy de Maupassant
25. **O caso de Charles Dexter Ward** – Lovecraft
26. **Vathek** – William Beckford
27. **Hai-Kais** – Millôr Fernandes
28. **Adeus, minha adorada** – Raymond Chandler
29. **Cartas portuguesas** – Mariana Alcoforado
30. **A mensageira das violetas** – Florbela Espanca
31. **Espumas flutuantes** – Castro Alves
32. **Dom Casmurro** – Machado de Assis
33. **Alves & Cia.** – Eça de Queiroz
35. **Uma temporada no inferno** – A. Rimbaud
36. **A corresp. de Fradique Mendes** – Eça de Queiroz
38. **Antologia poética** – Olavo Bilac
39. **O rei Lear** – Shakespeare
40. **Memórias póstumas de Brás Cubas** – Machado de Assis
41. **Que loucura!** – Woody Allen
42. **O duelo** – Casanova
43. **Gentidades** – Darcy Ribeiro
45. **Memórias de um Sargento de Milícias** – Manuel Antônio de Almeida
46. **Os escravos** – Castro Alves
47. **O desejo pego pelo rabo** – Pablo Picasso
48. **Os inimigos** – Máximo Gorki
49. **O colar de veludo** – Alexandre Dumas
50. **Livro dos bichos** – Vários
51. **Quincas Borba** – Machado de Assis
53. **O exército de um homem só** – Moacyr Scliar
54. **Frankenstein** – Mary Shelley
55. **Dom Segundo Sombra** – Ricardo Güiraldes
56. **De vagões e vagabundos** – Jack London
57. **O homem bicentenário** – Isaac Asimov
58. **A viuvinha** – José de Alencar
59. **Livro das cortesãs** – org. de Sergio Faraco
60. **Últimos poemas** – Pablo Neruda
61. **A moreninha** – Joaquim Manuel de Macedo
62. **Cinco minutos** – José de Alencar
63. **Saber envelhecer e a amizade** – Cícero
64. **Enquanto a noite não chega** – J. Guimarães
65. **Tufão** – Joseph Conrad
66. **Aurélia** – Gérard de Nerval
67. **I-Juca-Pirama** – Gonçalves Dias
68. **Fábulas** – Esopo
69. **Teresa Filósofa** – Anônimo do Séc. XVIII
70. **Avent. inéditas de Sherlock Holmes** – Arthur Conan Doyle
71. **Quintana de bolso** – Mario Quintana
72. **Antes e depois** – Paul Gauguin
73. **A morte de Olivier Bécaille** – Émile Zola
74. **Iracema** – José de Alencar
75. **Iaiá Garcia** – Machado de Assis
76. **Utopia** – Tomás Morus
77. **Sonetos para amar o amor** – Camões
78. **Carmem** – Prosper Mérimée
79. **Senhora** – José de Alencar
80. **Hagar, o horrível 1** – Dik Browne
81. **O coração das trevas** – Joseph Conrad
82. **Um estudo em vermelho** – Arthur Conan Doyle
83. **Todos os sonetos** – Augusto dos Anjos
84. **A propriedade é um roubo** – P.-J. Proudhon
85. **Drácula** – Bram Stoker
86. **O marido complacente** – Sade
87. **De profundis** – Oscar Wilde
88. **Sem plumas** – Woody Allen
89. **Os bruzundangas** – Lima Barreto
90. **O cão dos Baskervilles** – Arthur Conan Doyle
91. **Paraísos artificiais** – Charles Baudelaire
92. **Cândido, ou o otimismo** – Voltaire
93. **Triste fim de Policarpo Quaresma** – Lima Barreto
94. **Amor de perdição** – Camilo Castelo Branco
95. **A megera domada** – Shakespeare / trad. Millôr
96. **O mulato** – Aluísio Azevedo
97. **O alienista** – Machado de Assis
98. **O livro dos sonhos** – Jack Kerouac
99. **Noite na taverna** – Álvares de Azevedo
100. **Aura** – Carlos Fuentes
102. **Contos gauchescos e Lendas do sul** – Simões Lopes Neto
103. **O cortiço** – Aluísio Azevedo
104. **Marília de Dirceu** – T. A. Gonzaga
105. **O Primo Basílio** – Eça de Queiroz
106. **O ateneu** – Raul Pompéia
107. **Um escândalo na Boêmia** – Arthur Conan Doyle
108. **Contos** – Machado de Assis
109. **200 Sonetos** – Luis Vaz de Camões
110. **O príncipe** – Maquiavel
111. **A escrava Isaura** – Bernardo Guimarães
112. **O solteirão nobre** – Conan Doyle
114. **Shakespeare de A a Z** – Shakespeare

115. **A relíquia** – Eça de Queiroz
117. **Livro do corpo** – Vários
118. **Lira dos 20 anos** – Álvares de Azevedo
119. **Esaú e Jacó** – Machado de Assis
120. **A barcarola** – Pablo Neruda
121. **Os conquistadores** – Júlio Verne
122. **Contos breves** – G. Apollinaire
123. **Taipi** – Herman Melville
124. **Livro dos desafioros** – org. de Sergio Faraco
125. **A mão e a luva** – Machado de Assis
126. **Doutor Miragem** – Moacyr Scliar
127. **O penitente** – Isaac B. Singer
128. **Diários da descoberta da América** – Cristóvão Colombo
129. **Édipo Rei** – Sófocles
130. **Romeu e Julieta** – Shakespeare
131. **Hollywood** – Bukowski
132. **Billy the Kid** – Pat Garrett
133. **Cuca fundida** – Woody Allen
134. **O jogador** – Dostoiévski
135. **O livro da selva** – Rudyard Kipling
136. **O vale do terror** – Arthur Conan Doyle
137. **Dançar tango em Porto Alegre** – S. Faraco
138. **O gaúcho** – Carlos Reverbel
139. **A volta ao mundo em oitenta dias** – J. Verne
140. **O livro dos esnobes** – W. M. Thackeray
141. **Amor & morte em Poodle Springs** – Raymond Chandler & R. Parker
142. **As aventuras de David Balfour** – Stevenson
143. **Alice no país das maravilhas** – Lewis Carroll
144. **A ressurreição** – Machado de Assis
145. **Inimigos, uma história de amor** – I. Singer
146. **O Guarani** – José de Alencar
147. **A cidade e as serras** – Eça de Queiroz
148. **Eu e outras poesias** – Augusto dos Anjos
149. **A mulher de trinta anos** – Balzac
150. **Pomba enamorada** – Lygia F. Telles
151. **Contos fluminenses** – Machado de Assis
152. **Antes de Adão** – Jack London
153. **Intervalo amoroso** – A.Romano de Sant'Anna
154. **Memorial de Aires** – Machado de Assis
155. **Naufrágios e comentários** – Cabeza de Vaca
156. **Ubirajara** – José de Alencar
157. **Textos anarquistas** – Bakunin
159. **Amor de salvação** – Camilo Castelo Branco
160. **O gaúcho** – José de Alencar
161. **O livro das maravilhas** – Marco Polo
162. **Inocência** – Visconde de Taunay
163. **Helena** – Machado de Assis
164. **Uma estação de amor** – Horácio Quiroga
165. **Poesia reunida** – Martha Medeiros
166. **Memórias de Sherlock Holmes** – Conan Doyle
167. **A vida de Mozart** – Stendhal
168. **O primeiro terço** – Neal Cassady
169. **O mandarim** – Eça de Queiroz
170. **Um espinho de marfim** – Marina Colasanti
171. **A ilustre Casa de Ramires** – Eça de Queiroz
172. **Luciola** – José de Alencar
173. **Antígona** – Sófocles – trad. Donaldo Schüler
174. **Otelo** – William Shakespeare
175. **Antologia** – Gregório de Matos
176. **A liberdade de imprensa** – Karl Marx
177. **Casa de pensão** – Aluísio Azevedo
178. **São Manuel Bueno, Mártir** – Unamuno
179. **Primaveras** – Casimiro de Abreu
180. **O noviço** – Martins Pena
181. **O sertanejo** – José de Alencar
182. **Eurico, o presbítero** – Alexandre Herculano
183. **O signo dos quatro** – Conan Doyle
184. **Sete anos no Tibet** – Heinrich Harrer
185. **Vagamundo** – Eduardo Galeano
186. **De repente acidentes** – Carl Solomon
187. **As minas de Salomão** – Rider Haggar
188. **Uivo** – Allen Ginsberg
189. **A ciclista solitária** – Conan Doyle
190. **Os seis bustos de Napoleão** – Conan Doyle
191. **Cortejo do divino** – Nelida Piñon
194. **Os crimes do amor** – Marquês de Sade
195. **Besame Mucho** – Mário Prata
196. **Tuareg** – Alberto Vázquez-Figueroa
197. **O longo adeus** – Raymond Chandler
199. **Notas de um velho safado** – Bukowski
200. **111 ais** – Dalton Trevisan
201. **O nariz** – Nicolai Gogol
202. **O capote** – Nicolai Gogol
203. **Macbeth** – William Shakespeare
204. **Heráclito** – Donaldo Schüler
205. **Você deve desistir, Osvaldo** – Cyro Martins
206. **Memórias de Garibaldi** – A. Dumas
207. **A arte da guerra** – Sun Tzu
208. **Fragmentos** – Caio Fernando Abreu
209. **Festa no castelo** – Moacyr Scliar
210. **O grande deflorador** – Dalton Trevisan
212. **Homem do princípio ao fim** – Millôr Fernandes
213. **Aline e seus dois namorados (1)** – A. Iturrusgarai
214. **A juba do leão** – Sir Arthur Conan Doyle
215. **Assassino metido a esperto** – R. Chandler
216. **Confissões de um comedor de ópio** – Thomas De Quincey
217. **Os sofrimentos do jovem Werther** – Goethe
218. **Fedra** – Racine / Trad. Millôr Fernandes
219. **O vampiro de Sussex** – Conan Doyle
220. **Sonho de uma noite de verão** – Shakespeare
221. **Dias e noites de amor e de guerra** – Galeano
222. **O Profeta** – Khalil Gibran
223. **Flávia, cabeça, tronco e membros** – M. Fernandes
224. **Guia da ópera** – Jeanne Suhamy
225. **Macário** – Álvares de Azevedo
226. **Etiqueta na prática** – Celia Ribeiro
227. **Manifesto do partido comunista** – Marx & Engels
228. **Poemas** – Millôr Fernandes
229. **Um inimigo do povo** – Henrik Ibsen
230. **O paraíso destruído** – Frei B. de las Casas
231. **O gato no escuro** – Josué Guimarães
232. **O mágico de Oz** – L. Frank Baum
233. **Armas no Cyrano's** – Raymond Chandler
234. **Max e os felinos** – Moacyr Scliar
235. **Nos céus de Paris** – Alcy Cheuiche
236. **Os bandoleiros** – Schiller

237. **A primeira coisa que eu botei na boca** – Deonísio da Silva
238. **As aventuras de Simbad, o marujo**
239. **O retrato de Dorian Gray** – Oscar Wilde
240. **A carteira de meu tio** – J. Manuel de Macedo
241. **A luneta mágica** – J. Manuel de Macedo
242. **A metamorfose** – Kafka
243. **A flecha de ouro** – Joseph Conrad
244. **A ilha do tesouro** – R. L. Stevenson
245. **Marx - Vida & Obra** – José A. Giannotti
246. **Gênesis**
247. **Unidos para sempre** – Ruth Rendell
248. **A arte de amar** – Ovídio
249. **O sono eterno** – Raymond Chandler
250. **Novas receitas do Anonymus Gourmet** – J.A.P.M.
251. **A nova catacumba** – Arthur Conan Doyle
252. **Dr. Negro** – Arthur Conan Doyle
253. **Os voluntários** – Moacyr Scliar
254. **A bela adormecida** – Irmãos Grimm
255. **O príncipe sapo** – Irmãos Grimm
256. **Confissões e Memórias** – H. Heine
257. **Viva o Alegrete** – Sergio Faraco
258. **Vou estar esperando** – R. Chandler
259. **A senhora Beate e seu filho** – Schnitzler
260. **O ovo apunhalado** – Caio Fernando Abreu
261. **O ciclo das águas** – Moacyr Scliar
262. **Millôr Definitivo** – Millôr Fernandes
264. **Viagem ao centro da Terra** – Júlio Verne
265. **A dama do lago** – Raymond Chandler
266. **Caninos brancos** – Jack London
267. **O médico e o monstro** – R. L. Stevenson
268. **A tempestade** – William Shakespeare
269. **Assassinatos na rua Morgue** – E. Allan Poe
270. **99 corruíras nanicas** – Dalton Trevisan
271. **Broquéis** – Cruz e Sousa
272. **Mês de cães danados** – Moacyr Scliar
273. **Anarquistas – vol. 1 – A idéia** – G.Woodcock
274. **Anarquistas – vol. 2 – O movimento** – G.Woodcock
275. **Pai e filho, filho e pai** – Moacyr Scliar
276. **As aventuras de Tom Sawyer** – Mark Twain
277. **Muito barulho por nada** – W. Shakespeare
278. **Elogio da loucura** – Erasmo
279. **Autobiografia de Alice B. Toklas** – G. Stein
280. **O chamado da floresta** – J. London
281. **Uma agulha para o diabo** – Ruth Rendell
282. **Verdes vales do fim do mundo** – A. Bivar
283. **Ovelhas negras** – Caio Fernando Abreu
284. **O fantasma de Canterville** – O. Wilde
285. **Receitas de Yayá Ribeiro** – Celia Ribeiro
286. **A galinha degolada** – H. Quiroga
287. **O último adeus de Sherlock Holmes** – A. Conan Doyle
288. **A. Gourmet em Histórias de cama & mesa** – J. A. Pinheiro Machado
289. **Topless** – Martha Medeiros
290. **Mais receitas do Anonymus Gourmet** – J. A. Pinheiro Machado
291. **Origens do discurso democrático** – D. Schüler
292. **Humor politicamente incorreto** – Nani
293. **O teatro do bem e do mal** – E. Galeano
294. **Garibaldi & Manoela** – J. Guimarães
295. **10 dias que abalaram o mundo** – John Reed
296. **Numa fria** – Bukowski
297. **Poesia de Florbela Espanca** vol. 1
298. **Poesia de Florbela Espanca** vol. 2
299. **Escreva certo** – E. Oliveira e M. E. Bernd
300. **O vermelho e o negro** – Stendhal
301. **Ecce homo** – Friedrich Nietzsche
302(7). **Comer bem, sem culpa** – Dr. Fernando Lucchese, A. Gourmet e Iotti
303. **O livro de Cesário Verde** – Cesário Verde
305. **100 receitas de macarrão** – S. Lancellotti
306. **160 receitas de molhos** – S. Lancellotti
307. **100 receitas light** – H. e Â. Tonetto
308. **100 receitas de sobremesas** – Celia Ribeiro
309. **Mais de 100 dicas de churrasco** – Leon Diziekaniak
310. **100 receitas de acompanhamentos** – C. Cabeda
311. **Honra ou vendetta** – S. Lancellotti
312. **A alma do homem sob o socialismo** – Oscar Wilde
313. **Tudo sobre Yôga** – Mestre De Rose
314. **Os varões assinalados** – Tabajara Ruas
315. **Édipo em Colono** – Sófocles
316. **Lisístrata** – Aristófanes / trad. Millôr
317. **Sonhos de Bunker Hill** – John Fante
318. **Os deuses de Raquel** – Moacyr Scliar
319. **O colosso de Marússia** – Henry Miller
320. **As eruditas** – Molière / trad. Millôr
321. **Radicci 1** – Iotti
322. **Os Sete contra Tebas** – Ésquilo
323. **Brasil Terra à vista** – Eduardo Bueno
324. **Radicci 2** – Iotti
325. **Júlio César** – William Shakespeare
326. **A carta de Pero Vaz de Caminha**
327. **Cozinha Clássica** – Sílvio Lancellotti
328. **Madame Bovary** – Gustave Flaubert
329. **Dicionário do viajante insólito** – M. Sclíar
330. **O capitão saiu para o almoço...** – Bukowski
331. **A carta roubada** – Edgar Allan Poe
332. **É tarde para saber** – Josué Guimarães
333. **O livro de bolso da Astrologia** – Maggy Harrisonx e Mellina Li
334. **1933 foi um ano ruim** – John Fante
335. **100 receitas de arroz** – Aninha Comas
336. **Guia prático do Português correto – vol. 1** – Cláudio Moreno
337. **Bartleby, o escriturário** – H. Melville
338. **Enterrem meu coração na curva do rio** – Dee Brown
339. **Um conto de Natal** – Charles Dickens
340. **Cozinha sem segredos** – J. A. P. Machado
341. **A dama das Camélias** – A. Dumas Filho
342. **Alimentação saudável** – H. e Â. Tonetto
343. **Continhos galantes** – Dalton Trevisan
344. **A Divina Comédia** – Dante Alighieri
345. **A Dupla Sertanojo** – Santiago
346. **Cavalos do amanhecer** – Mario Arregui
347. **Biografia de Vincent van Gogh por sua cunhada** – Jo van Gogh-Bonger

348. **Radicci 3** – Iotti
349. **Nada de novo no front** – E. M. Remarque
350. **A hora dos assassinos** – Henry Miller
351. **Flush – Memórias de um cão** – Virginia Woolf
352. **A guerra no Bom Fim** – M. Scliar
353. (1).**O caso Saint-Fiacre** – Simenon
354. (2).**Morte na alta sociedade** – Simenon
355. (3).**O cão amarelo** – Simenon
356. (4).**Maigret e o homem do banco** – Simenon
357. **As uvas e o vento** – Pablo Neruda
358. **On the road** – Jack Kerouac
359. **O coração amarelo** – Pablo Neruda
360. **Livro das perguntas** – Pablo Neruda
361. **Noite de Reis** – William Shakespeare
362. **Manual de Ecologia** – vol.1 – J. Lutzenberger
363. **O mais longo dos dias** – Cornelius Ryan
364. **Foi bom prá você?** – Nani
365. **Crepusculário** – Pablo Neruda
366. **A comédia dos erros** – Shakespeare
367. (5).**A primeira investigação de Maigret** – Simenon
368. (6).**As férias de Maigret** – Simenon
369. **Mate-me por favor (vol.1)** – L. McNeil
370. **Mate-me por favor (vol.2)** – L. McNeil
371. **Carta ao pai** – Kafka
372. **Os vagabundos iluminados** – J. Kerouac
373. (7).**O enforcado** – Simenon
374. (8).**A fúria de Maigret** – Simenon
375. **Vargas, uma biografia política** – H. Silva
376. **Poesia reunida (vol.1)** – A. R. de Sant'Anna
377. **Poesia reunida (vol.2)** – A. R. de Sant'Anna
378. **Alice no país do espelho** – Lewis Carroll
379. **Residência na Terra 1** – Pablo Neruda
380. **Residência na Terra 2** – Pablo Neruda
381. **Terceira Residência** – Pablo Neruda
382. **O delírio amoroso** – Bocage
383. **Futebol ao sol e à sombra** – E. Galeano
384. (9).**O porto das brumas** – Simenon
385. (10).**Maigret e seu morto** – Simenon
386. **Radicci 4** – Iotti
387. **Boas maneiras & sucesso nos negócios** – Celia Ribeiro
388. **Uma história Farroupilha** – M. Scliar
389. **Na mesa ninguém envelhece** – J. A. Pinheiro Machado
390. **200 receitas inéditas do Anonymus Gourmet** – J. A. Pinheiro Machado
391. **Guia prático do Português correto – vol.2** – Cláudio Moreno
392. **Breviário das terras do Brasil** – Assis Brasil
393. **Cantos Cerimoniais** – Pablo Neruda
394. **Jardim de Inverno** – Pablo Neruda
395. **Antonio e Cleópatra** – William Shakespeare
396. **Tróia** – Cláudio Moreno
397. **Meu tio matou um cara** – Jorge Furtado
398. **O anatomista** – Federico Andahazi
399. **As viagens de Gulliver** – Jonathan Swift
400. **Dom Quixote** – (v. 1) – Miguel de Cervantes
401. **Dom Quixote** – (v. 2) – Miguel de Cervantes
402. **Sozinho no Pólo Norte** – Thomaz Brandolin
403. **Matadouro 5** – Kurt Vonnegut
404. **Delta de Vênus** – Anaïs Nin
405. **O melhor de Hagar 2** – Dik Browne
406. **É grave Doutor?** – Nani
407. **Orai pornô** – Nani
408. (11).**Maigret em Nova York** – Simenon
409. (12).**O assassino sem rosto** – Simenon
410. (13).**O mistério das jóias roubadas** – Simenon
411. **A irmãzinha** – Raymond Chandler
412. **Três contos** – Gustave Flaubert
413. **De ratos e homens** – John Steinbeck
414. **Lazarilho de Tormes** – Anônimo do séc. XVI
415. **Triângulo das águas** – Caio Fernando Abreu
416. **100 receitas de carnes** – Sílvio Lancellotti
417. **Histórias de robôs**: vol. 1 – org. Isaac Asimov
418. **Histórias de robôs**: vol. 2 – org. Isaac Asimov
419. **Histórias de robôs**: vol. 3 – org. Isaac Asimov
420. **O país dos centauros** – Tabajara Ruas
421. **A república de Anita** – Tabajara Ruas
422. **A carga dos lanceiros** – Tabajara Ruas
423. **Um amigo de Kafka** – Isaac Singer
424. **As alegres matronas de Windsor** – Shakespeare
425. **Amor e exílio** – Isaac Bashevis Singer
426. **Use & abuse do seu signo** – Marília Fiorillo e Marylou Simonsen
427. **Pigmaleão** – Bernard Shaw
428. **As fenícias** – Eurípides
429. **Everest** – Thomaz Brandolin
430. **A arte de furtar** – Anônimo do séc. XVI
431. **Billy Bud** – Herman Melville
432. **A rosa separada** – Pablo Neruda
433. **Elegia** – Pablo Neruda
434. **A garota de Cassidy** – David Goodis
435. **Como fazer a guerra: máximas de Napoleão** – Balzac
436. **Poemas escolhidos** – Emily Dickinson
437. **Gracias por el fuego** – Mario Benedetti
438. **O sofá** – Crébillon Fils
439. **O "Martín Fierro"** – Jorge Luis Borges
440. **Trabalhos de amor perdidos** – W. Shakespeare
441. **O melhor de Hagar 3** – Dik Browne
442. **Os Maias (volume1)** – Eça de Queiroz
443. **Os Maias (volume2)** – Eça de Queiroz
444. **Anti-Justine** – Restif de La Bretonne
445. **Juventude** – Joseph Conrad
446. **Contos** – Eça de Queiroz
447. **Janela para a morte** – Raymond Chandler
448. **Um amor de Swann** – Marcel Proust
449. **À paz perpétua** – Immanuel Kant
450. **A conquista do México** – Hernan Cortez
451. **Defeitos escolhidos e 2000** – Pablo Neruda
452. **O casamento do céu e do inferno** – William Blake
453. **A primeira viagem ao redor do mundo** – Antonio Pigafetta
454. (14).**Uma sombra na janela** – Simenon
455. (15).**A noite da encruzilhada** – Simenon
456. (16).**A velha senhora** – Simenon
457. **Sartre** – Annie Cohen-Solal

458. **Discurso do método** – René Descartes
459. **Garfield em grande forma (1)** – Jim Davis
460. **Garfield está de dieta** (2) – Jim Davis
461. **O livro das feras** – Patricia Highsmith
462. **Viajante solitário** – Jack Kerouac
463. **Auto da barca do inferno** – Gil Vicente
464. **O livro vermelho dos pensamentos de Millôr** – Millôr Fernandes
465. **O livro dos abraços** – Eduardo Galeano
466. **Voltaremos!** – José Antonio Pinheiro Machado
467. **Rango** – Edgar Vasques
468(8). **Dieta mediterrânea** – Dr. Fernando Lucchese e José Antonio Pinheiro Machado
469. **Radicci 5** – Iotti
470. **Pequenos pássaros** – Anaïs Nin
471. **Guia prático do Português correto – vol.3** – Cláudio Moreno
472. **Atire no pianista** – David Goodis
473. **Antologia Poética** – García Lorca
474. **Alexandre e César** – Plutarco
475. **Uma espiã na casa do amor** – Anaïs Nin
476. **A gorda do Tiki Bar** – Dalton Trevisan
477. **Garfield um gato de peso (3)** – Jim Davis
478. **Canibais** – David Coimbra
479. **A arte de escrever** – Arthur Schopenhauer
480. **Pinóquio** – Carlo Collodi
481. **Misto-quente** – Bukowski
482. **A lua na sarjeta** – David Goodis
483. **O melhor do Recruta Zero (1)** – Mort Walker
484. **Aline: TPM – tensão pré-monstrual (2)** – Adão Iturrusgarai
485. **Sermões do Padre Antonio Vieira**
486. **Garfield numa boa (4)** – Jim Davis
487. **Mensagem** – Fernando Pessoa
488. **Vendeta** seguido de **A paz conjugal** – Balzac
489. **Poemas de Alberto Caeiro** – Fernando Pessoa
490. **Ferragus** – Honoré de Balzac
491. **A duquesa de Langeais** – Honoré de Balzac
492. **A menina dos olhos de ouro** – Honoré de Balzac
493. **O lírio do vale** – Honoré de Balzac
494(17). **A barcaça da morte** – Simenon
495(18). **As testemunhas rebeldes** – Simenon
496(19). **Um engano de Maigret** – Simenon
497(1). **A noite das bruxas** – Agatha Christie
498(2). **Um passe de mágica** – Agatha Christie
499(3). **Nêmesis** – Agatha Christie
500. **Esboço para uma teoria das emoções** – Sartre
501. **Renda básica de cidadania** – Eduardo Suplicy
502(1). **Pílulas para viver melhor** – Dr. Lucchese
503(2). **Pílulas para prolongar a juventude** – Dr. Lucchese
504(3). **Desembarcando o diabetes** – Dr. Lucchese
505(4). **Desembarcando o sedentarismo** – Dr. Fernando Lucchese e Cláudio Castro
506(5). **Desembarcando a hipertensão** – Dr. Lucchese
507(6). **Desembarcando o colesterol** – Dr. Fernando Lucchese e Fernanda Lucchese
508. **Estudos de mulher** – Balzac
509. **O terceiro tira** – Flann O'Brien
510. **100 receitas de aves e ovos** – J. A. P. Machado
511. **Garfield em toneladas de diversão** (5) – Jim Davis
512. **Trem-bala** – Martha Medeiros
513. **Os cães ladram** – Truman Capote
514. **O Kama Sutra de Vatsyayana**
515. **O crime do Padre Amaro** – Eça de Queiroz
516. **Odes de Ricardo Reis** – Fernando Pessoa
517. **O inverno da nossa desesperança** – Steinbeck
518. **Piratas do Tietê (1)** – Laerte
519. **Rê Bordosa: do começo ao fim** – Angeli
520. **O Harlem é escuro** – Chester Himes
521. **Café-da-manhã dos campeões** – Kurt Vonnegut
522. **Eugénie Grandet** – Balzac
523. **O último magnata** – F. Scott Fitzgerald
524. **Carol** – Patricia Highsmith
525. **100 receitas de patisseria** – Sílvio Lancellotti
526. **O fator humano** – Graham Greene
527. **Tristessa** – Jack Kerouac
528. **O diamante do tamanho do Ritz** – Scott Fitzgerald
529. **As melhores histórias de Sherlock Holmes** – Arthur Conan Doyle
530. **Cartas a um jovem poeta** – Rilke
531(20). **Memórias de Maigret** – Simenon
532(4). **O misterioso sr. Quin** – Agatha Christie
533. **Os analectos** – Confúcio
534(21). **Maigret e os homens de bem** – Simenon
535(22). **O medo de Maigret** – Simenon
536. **Ascensão e queda de César Birotteau** – Balzac
537. **Sexta-feira negra** – David Goodis
538. **Ora bolas – O humor de Mario Quintana** – Juarez Fonseca
539. **Longe daqui aqui mesmo** – Antonio Bivar
540(5). **É fácil matar** – Agatha Christie
541. **O pai Goriot** – Balzac
542. **Brasil, um país do futuro** – Stefan Zweig
543. **O processo** – Kafka
544. **O melhor de Hagar 4** – Dik Browne
545(6). **Por que não pediram a Evans?** – Agatha Christie
546. **Fanny Hill** – John Cleland
547. **O gato por dentro** – William S. Burroughs
548. **Sobre a brevidade da vida** – Sêneca
549. **Geraldão (1)** – Glauco
550. **Piratas do Tietê (2)** – Laerte
551. **Pagando o pato** – Ciça
552. **Garfield de bom humor (6)** – Jim Davis
553. **Conhece o Mário?** vol.1 – Santiago
554. **Radicci 6** – Iotti
555. **Os subterrâneos** – Jack Kerouac
556(1). **Balzac** – François Taillandier
557(2). **Modigliani** – Christian Parisot
558(3). **Kafka** – Gérard-Georges Lemaire
559(4). **Júlio César** – Joël Schmidt
560. **Receitas da família** – J. A. Pinheiro Machado
561. **Boas maneiras à mesa** – Celia Ribeiro
562(9). **Filhos sadios, pais felizes** – R. Pagnoncelli

563(10). **Fatos & mitos** – Dr. Fernando Lucchese
564. **Ménage à trois** – Paula Taitelbaum
565. **Mulheres!** – David Coimbra
566. **Poemas de Álvaro de Campos** – Fernando Pessoa
567. **Medo e outras histórias** – Stefan Zweig
568. **Snoopy e sua turma (1)** – Schulz
569. **Piadas para sempre (1)** – Visconde da Casa Verde
570. **O alvo móvel** – Ross Macdonald
571. **O melhor do Recruta Zero (2)** – Mort Walker
572. **Um sonho americano** – Norman Mailer
573. **Os broncos também amam** – Angeli
574. **Crônica de um amor louco** – Bukowski
575(5). **Freud** – René Major e Chantal Talagrand
576(6). **Picasso** – Gilles Plazy
577(7). **Gandhi** – Christine Jordis
578. **A tumba** – H. P. Lovecraft
579. **O príncipe e o mendigo** – Mark Twain
580. **Garfield, um charme de gato (7)** – Jim Davis
581. **Ilusões perdidas** – Balzac
582. **Esplendores e misérias das cortesãs** – Balzac
583. **Walter Ego** – Angeli
584. **Striptiras (1)** – Laerte
585. **Fagundes: um puxa-saco de mão cheia** – Laerte
586. **Depois do último trem** – Josué Guimarães
587. **Ricardo III** – Shakespeare
588. **Dona Anja** – Josué Guimarães
589. **24 horas na vida de uma mulher** – Stefan Zweig
590. **O terceiro homem** – Graham Greene
591. **Mulher no escuro** – Dashiell Hammett
592. **No que acredito** – Bertrand Russell
593. **Odisséia (1): Telemaquia** – Homero
594. **O cavalo cego** – Josué Guimarães
595. **Henrique V** – Shakespeare
596. **Fabulário geral do delírio cotidiano** – Bukowski
597. **Tiros na noite 1: A mulher do bandido** – Dashiell Hammett
598. **Snoopy em Feliz Dia dos Namorados! (2)** – Schulz
599. **Mas não se matam cavalos?** – Horace McCoy
600. **Crime e castigo** – Dostoiévski
601(7). **Mistério no Caribe** – Agatha Christie
602. **Odisséia (2): Regresso** – Homero
603. **Piadas para sempre (2)** – Visconde da Casa Verde
604. **À sombra do vulcão** – Malcolm Lowry
605(8). **Kerouac** – Yves Buin
606. **E agora são cinzas** – Angeli
607. **As mil e uma noites** – Paulo Caruso
608. **Um assassino entre nós** – Ruth Rendell
609. **Crack-up** – F. Scott Fitzgerald
610. **Do amor** – Stendhal
611. **Cartas do Yage** – William Burroughs e Allen Ginsberg
612. **Striptiras (2)** – Laerte
613. **Henry & June** – Anaïs Nin
614. **A piscina mortal** – Ross Macdonald
615. **Geraldão (2)** – Glauco
616. **Tempo de delicadeza** – A. R. de Sant'Anna
617. **Tiros na noite 2: Medo de tiro** – Dashiell Hammett
618. **Snoopy em Assim é a vida, Charlie Brown! (3)** – Schulz
619. **1954 – Um tiro no coração** – Hélio Silva
620. **Sobre a inspiração poética (Íon)** e ... – Platão
621. **Garfield e seus amigos (8)** – Jim Davis
622. **Odisséia (3): Ítaca** – Homero
623. **A louca matança** – Chester Himes
624. **Factótum** – Bukowski
625. **Guerra e Paz: volume 1** – Tolstói
626. **Guerra e Paz: volume 2** – Tolstói
627. **Guerra e Paz: volume 3** – Tolstói
628. **Guerra e Paz: volume 4** – Tolstói
629(9). **Shakespeare** – Claude Mourthé
630. **Bem está o que bem acaba** – Shakespeare
631. **O contrato social** – Rousseau
632. **Geração Beat** – Jack Kerouac
633. **Snoopy: É Natal! (4)** – Charles Schulz
634(8). **Testemunha da acusação** – Agatha Christie
635. **Um elefante no caos** – Millôr Fernandes
636. **Guia de leitura (100 autores que você precisa ler)** – Organização de Léa Masina
637. **Pistoleiros também mandam flores** – David Coimbra
638. **O prazer das palavras** – vol. 1 – Cláudio Moreno
639. **O prazer das palavras** – vol. 2 – Cláudio Moreno
640. **Novíssimo testamento: com Deus e o diabo, a dupla da criação** – Iotti
641. **Literatura Brasileira: modos de usar** – Luís Augusto Fischer
642. **Dicionário de Porto-Alegrês** – Luís A. Fischer
643. **Clô Dias & Noites** – Sérgio Jockymann
644. **Memorial de Isla Negra** – Pablo Neruda
645. **Um homem extraordinário e outras histórias** – Tchékhov
646. **Ana sem terra** – Alcy Cheuiche
647. **Adultérios** – Woody Allen
648. **Para sempre ou nunca mais** – R. Chandler
649. **Nosso homem em Havana** – Graham Greene
650. **Dicionário Caldas Aulete de Bolso**
651. **Snoopy: Posso fazer uma pergunta, professora? (5)** – Charles Schulz
652(10). **Luís XVI** – Bernard Vincent
653. **O mercador de Veneza** – Shakespeare
654. **Cancioneiro** – Fernando Pessoa
655. **Non-Stop** – Martha Medeiros
656. **Carpinteiros, levantem bem alto a cumeeira & Seymour, uma apresentação** – J.D.Salinger
657. **Ensaios céticos** – Bertrand Russell
658. **O melhor de Hagar 5** – Dik e Chris Browne
659. **Primeiro amor** – Ivan Turguêniev
660. **A trégua** – Mario Benedetti
661. **Um parque de diversões da cabeça** – Lawrence Ferlinghetti
662. **Aprendendo a viver** – Sêneca
663. **Garfield, um gato em apuros (9)** – Jim Davis

664. **Dilbert 1** – Scott Adams
665. **Dicionário de dificuldades** – Domingos Paschoal Cegalla
666. **A imaginação** – Jean-Paul Sartre
667. **O ladrão e os cães** – Naguib Mahfuz
668. **Gramática do português contemporâneo** – Celso Cunha
669. **A volta do parafuso** *seguido de* **Daisy Miller** – Henry James
670. **Notas do subsolo** – Dostoiévski
671. **Abobrinhas da Brasilônia** – Glauco
672. **Geraldão (3)** – Glauco
673. **Piadas para sempre (3)** – Visconde da Casa Verde
674. **Duas viagens ao Brasil** – Hans Staden
675. **Bandeira de bolso** – Manuel Bandeira
676. **A arte da guerra** – Maquiavel
677. **Além do bem e do mal** – Nietzsche
678. **O coronel Chabert** *seguido de* **A mulher abandonada** – Balzac
679. **O sorriso de marfim** – Ross Macdonald
680. **100 receitas de pescados** – Sílvio Lancellotti
681. **O juiz e seu carrasco** – Friedrich Dürrenmatt
682. **Noites brancas** – Dostoiévski
683. **Quadras ao gosto popular** – Fernando Pessoa
684. **Romanceiro da Inconfidência** – Cecília Meireles
685. **Kaos** – Millôr Fernandes
686. **A pele de onagro** – Balzac
687. **As ligações perigosas** – Choderlos de Laclos
688. **Dicionário de matemática** – Luiz Fernandes Cardoso
689. **Os Lusíadas** – Luís Vaz de Camões
690(11). **Átila** – Éric Deschodt
691. **Um jeito tranquilo de matar** – Chester Himes
692. **A felicidade conjugal** *seguido de* **O diabo** – Tolstói
693. **Viagem de um naturalista ao redor do mundo** – vol. 1 – Charles Darwin
694. **Viagem de um naturalista ao redor do mundo** – vol. 2 – Charles Darwin
695. **Memórias da casa dos mortos** – Dostoiévski
696. **A Celestina** – Fernando de Rojas
697. **Snoopy: Como você é azarado, Charlie Brown! (6)** – Charles Schulz
698. **Dez (quase) amores** – Claudia Tajes
699(9). **Poirot sempre espera** – Agatha Christie
700. **Cecília de bolso** – Cecília Meireles
701. **Apologia de Sócrates** *precedido de* **Êutifron** *e seguido de* **Críton** – Platão
702. **Wood & Stock** – Angeli
703. **Striptiras (3)** – Laerte
704. **Discurso sobre a origem e os fundamentos da desigualdade entre os homens** – Rousseau
705. **Os duelistas** – Joseph Conrad
706. **Dilbert (2)** – Scott Adams
707. **Viver e escrever** (vol. 1) – Edla van Steen
708. **Viver e escrever** (vol. 2) – Edla van Steen
709. **Viver e escrever** (vol. 3) – Edla van Steen
710(10). **A teia da aranha** – Agatha Christie
711. **O banquete** – Platão
712. **Os belos e malditos** – F. Scott Fitzgerald
713. **Libelo contra a arte moderna** – Salvador Dalí
714. **Akropolis** – Valerio Massimo Manfredi
715. **Devoradores de mortos** – Michael Crichton
716. **Sob o sol da Toscana** – Frances Mayes
717. **Batom na cueca** – Nani
718. **Vida dura** – Claudia Tajes
719. **Carne trêmula** – Ruth Rendell
720. **Cris, a fera** – David Coimbra
721. **O anticristo** – Nietzsche
722. **Como um romance** – Daniel Pennac
723. **Emboscada no Forte Bragg** – Tom Wolfe
724. **Assédio sexual** – Michael Crichton
725. **O espírito do Zen** – Alan W.Watts
726. **Um bonde chamado desejo** – Tennessee Williams
727. **Como gostais** *seguido de* **Conto de inverno** – Shakespeare
728. **Tratado sobre a tolerância** – Voltaire
729. **Snoopy: Doces ou travessuras? (7)** – Charles Schulz
730. **Cardápios do Anonymus Gourmet** – J.A. Pinheiro Machado
731. **100 receitas com lata** – J.A. Pinheiro Machado
732. **Conhece o Mário?** vol.2 – Santiago
733. **Dilbert (3)** – Scott Adams
734. **História de um louco amor** *seguido de* **Passado amor** – Horacio Quiroga
735(11). **Sexo: muito prazer** – Laura Meyer da Silva
736(12). **Para entender o adolescente** – Dr. Ronald Pagnoncelli
737(13). **Desembarcando a tristeza** – Dr. Fernando Lucchese
738. **Poirot e o mistério da arca espanhola & outras histórias** – Agatha Christie
739. **A última legião** – Valerio Massimo Manfredi
740. **As virgens suicidas** – Jeffrey Eugenides
741. **Sol nascente** – Michael Crichton
742. **Duzentos ladrões** – Dalton Trevisan
743. **Os devaneios do caminhante solitário** – Rousseau
744. **Garfield, o rei da preguiça (10)** – Jim Davis
745. **Os magnatas** – Charles R. Morris
746. **Pulp** – Charles Bukowski
747. **Enquanto agonizo** – William Faulkner
748. **Aline: viciada em sexo (3)** – Adão Iturrusgarai
749. **A dama do cachorrinho** – Anton Tchékhov
750. **Tito Andrônico** – Shakespeare
751. **Antologia poética** – Anna Akhmátova
752. **O melhor de Hagar 6** – Dik e Chris Browne
753(12). **Michelangelo** – Nadine Sautel
754. **Dilbert (4)** – Scott Adams
755. **O jardim das cerejeiras** *seguido de* **Tio Vânia** – Tchékhov
756. **Geração Beat** – Claudio Willer
757. **Santos Dumont** – Alcy Cheuiche
758. **Budismo** – Claude B. Levenson
759. **Cleópatra** – Christian-Georges Schwentzel
760. **Revolução Francesa** – Frédéric Bluche, Stéphane Rials e Jean Tulard

761. **A crise de 1929** – Bernard Gazier
762. **Sigmund Freud** – Edson Sousa e Paulo Endo
763. **Império Romano** – Patrick Le Roux
764. **Cruzadas** – Cécile Morrisson
765. **O mistério do Trem Azul** – Agatha Christie
766. **Os escrúpulos de Maigret** – Simenon
767. **Maigret se diverte** – Simenon
768. **Senso comum** – Thomas Paine
769. **O parque dos dinossauros** – Michael Crichton
770. **Trilogia da paixão** – Goethe
771. **A simples arte de matar** (vol.1) – R. Chandler
772. **A simples arte de matar** (vol.2) – R. Chandler
773. **Snoopy: No mundo da lua!** (8) – Charles Schulz
774. **Os Quatro Grandes** – Agatha Christie
775. **Um brinde de cianureto** – Agatha Christie
776. **Súplicas atendidas** – Truman Capote
777. **Ainda restam aveleiras** – Simenon
778. **Maigret e o ladrão preguiçoso** – Simenon
779. **A viúva imortal** – Millôr Fernandes
780. **Cabala** – Roland Goetschel
781. **Capitalismo** – Claude Jessua
782. **Mitologia grega** – Pierre Grimal
783. **Economia: 100 palavras-chave** – Jean-Paul Betbèze
784. **Marxismo** – Henri Lefebvre
785. **Punição para a inocência** – Agatha Christie
786. **A extravagância do morto** – Agatha Christie
787. (13).**Cézanne** – Bernard Fauconnier
788. **A identidade Bourne** – Robert Ludlum
789. **Da tranquilidade da alma** – Sêneca
790. **Um artista da fome** *seguido de* **Na colônia penal e outras histórias** – Kafka
791. **Histórias de fantasmas** – Charles Dickens
792. **A louca de Maigret** – Simenon
793. **O amigo de infância de Maigret** – Simenon
794. **O revólver de Maigret** – Simenon
795. **A fuga do sr. Monde** – Simenon
796. **O Uraguai** – Basílio da Gama
797. **A mão misteriosa** – Agatha Christie
798. **Testemunha ocular do crime** – Agatha Christie
799. **Crepúsculo dos ídolos** – Friedrich Nietzsche
800. **Maigret e o negociante de vinhos** – Simenon
801. **Maigret e o mendigo** – Simenon
802. **O grande golpe** – Dashiell Hammett
803. **Humor barra pesada** – Nani
804. **Vinho** – Jean-François Gautier
805. **Egito Antigo** – Sophie Desplancques
806. (14).**Baudelaire** – Jean-Baptiste Baronian
807. **Caminho da sabedoria, caminho da paz** – Dalai Lama e Felizitas von Schönborn
808. **Senhor e servo e outras histórias** – Tolstói
809. **Os cadernos de Malte Laurids Brigge** – Rilke
810. **Dilbert** (5) – Scott Adams
811. **Big Sur** – Jack Kerouac
812. **Seguindo a correnteza** – Agatha Christie
813. **O álibi** – Sandra Brown
814. **Montanha-russa** – Martha Medeiros
815. **Coisas da vida** – Martha Medeiros
816. **A cantada infalível** *seguido de* **A mulher do centroavante** – David Coimbra
817. **Maigret e os crimes do cais** – Simenon
818. **Sinal vermelho** – Simenon
819. **Snoopy: Pausa para a soneca** (9) – Charles Schulz
820. **De pernas pro ar** – Eduardo Galeano
821. **Tragédias gregas** – Pascal Thiercy
822. **Existencialismo** – Jacques Colette
823. **Nietzsche** – Jean Granier
824. **Amar ou depender?** – Walter Riso
825. **Darmapada: A doutrina budista em versos**
826. **J'Accuse...!** – **a verdade em marcha** – Zola
827. **Os crimes ABC** – Agatha Christie
828. **Um gato entre os pombos** – Agatha Christie
829. **Maigret e o sumiço do sr. Charles** – Simenon
830. **Maigret e a morte do jogador** – Simenon
831. **Dicionário de teatro** – Luiz Paulo Vasconcellos
832. **Cartas extraviadas** – Martha Medeiros
833. **A longa viagem de prazer** – J. J. Morosoli
834. **Receitas fáceis** – J. A. Pinheiro Machado
835. (14).**Mais fatos & mitos** – Dr. Fernando Lucchese
836. (15).**Boa viagem!** – Dr. Fernando Lucchese
837. **Aline: Finalmente nua!!!** (4) – Adão Iturrusgarai
838. **Mônica tem uma novidade!** – Mauricio de Sousa
839. **Cebolinha em apuros!** – Mauricio de Sousa
840. **Sócios no crime** – Agatha Christie
841. **Bocas do tempo** – Eduardo Galeano
842. **Orgulho e preconceito** – Jane Austen
843. **Impressionismo** – Dominique Lobstein
844. **Escrita chinesa** – Viviane Alleton
845. **Paris: uma história** – Yvan Combeau
846. (15).**Van Gogh** – David Haziot
847. **Maigret e o corpo sem cabeça** – Simenon
848. **Portal do destino** – Agatha Christie
849. **O futuro de uma ilusão** – Freud
850. **O mal-estar na cultura** – Freud
851. **Maigret e o matador** – Simenon
852. **Maigret e o fantasma** – Simenon
853. **Um crime adormecido** – Agatha Christie
854. **Satori em Paris** – Jack Kerouac
855. **Medo e delírio em Las Vegas** – Hunter Thompson
856. **Um negócio fracassado e outros contos de humor** – Tchékhov
857. **Mônica está de férias!** – Mauricio de Sousa
858. **De quem é esse coelho?** – Mauricio de Sousa
859. **O burgomestre de Furnes** – Simenon
860. **O mistério Sittaford** – Agatha Christie
861. **Manhã transfigurada** – Luiz Antonio de Assis Brasil
862. **Alexandre, o Grande** – Pierre Briant
863. **Jesus** – Charles Perrot
864. **Islã** – Paul Balta
865. **Guerra da Secessão** – Farid Ameur
866. **Um rio que vem da Grécia** – Cláudio Moreno
867. **Maigret e os colegas americanos** – Simenon
868. **Assassinato na casa do pastor** – Agatha Christie
869. **Manual do líder** – Napoleão Bonaparte
870. (16).**Billie Holiday** – Sylvia Fol
871. **Bidu arrasando!** – Mauricio de Sousa
872. **Desventuras em família** – Mauricio de Sousa
873. **Liberty Bar** – Simenon

874. **E no final a morte** – Agatha Christie
875. **Guia prático do Português correto – vol. 4** – Cláudio Moreno
876. **Dilbert (6)** – Scott Adams
877(17). **Leonardo da Vinci** – Sophie Chauveau
878. **Bella Toscana** – Frances Mayes
879. **A arte da ficção** – David Lodge
880. **Striptiras (4)** – Laerte
881. **Skrotinhos** – Angeli
882. **Depois do funeral** – Agatha Christie
883. **Radicci 7** – Iotti
884. **Walden** – H. D. Thoreau
885. **Lincoln** – Allen C. Guelzo
886. **Primeira Guerra Mundial** – Michael Howard
887. **A linha de sombra** – Joseph Conrad
888. **O amor é um cão dos diabos** – Bukowski
889. **Maigret sai em viagem** – Simenon
890. **Despertar: uma vida de Buda** – Jack Kerouac
891(18). **Albert Einstein** – Laurent Seksik
892. **Hell's Angels** – Hunter Thompson
893. **Ausência na primavera** – Agatha Christie
894. **Dilbert (7)** – Scott Adams
895. **Ao sul do lugar nenhum** – Bukowski
896. **Maquiavel** – Quentin Skinner
897. **Sócrates** – C.C.W. Taylor
898. **A casa do canal** – Simenon
899. **O Natal de Poirot** – Agatha Christie
900. **As veias abertas da América Latina** – Eduardo Galeano
901. **Snoopy: Sempre alerta! (10)** – Charles Schulz
902. **Chico Bento: Plantando confusão** – Mauricio de Sousa
903. **Penadinho: Quem é morto sempre aparece** – Mauricio de Sousa
904. **A vida sexual da mulher feia** – Claudia Tajes
905. **100 segredos de liquidificador** – José Antonio Pinheiro Machado
906. **Sexo muito prazer 2** – Laura Meyer da Silva
907. **Os nascimentos** – Eduardo Galeano
908. **As caras e as máscaras** – Eduardo Galeano
909. **O século do vento** – Eduardo Galeano
910. **Poirot perde uma cliente** – Agatha Christie
911. **Cérebro** – Michael O'Shea
912. **O escaravelho de ouro e outras histórias** – Edgar Allan Poe
913. **Piadas para sempre (4)** – Visconde da Casa Verde
914. **100 receitas de massas light** – Helena Tonetto
915(19). **Oscar Wilde** – Daniel Salvatore Schiffer
916. **Uma breve história do mundo** – H. G. Wells
917. **A Casa do Penhasco** – Agatha Christie
918. **Maigret e o finado sr. Gallet** – Simenon
919. **John M. Keynes** – Bernard Gazier
920(20). **Virginia Woolf** – Alexandra Lemasson
921. **Peter e Wendy** *seguido de* **Peter Pan em Kensington Gardens** – J. M. Barrie
922. **Aline: numas de colegial (5)** – Adão Iturrusgarai
923. **Uma dose mortal** – Agatha Christie
924. **Os trabalhos de Hércules** – Agatha Christie
925. **Maigret na escola** – Simenon
926. **Kant** – Roger Scruton
927. **A inocência do Padre Brown** – G.K. Chesterton
928. **Casa Velha** – Machado de Assis
929. **Marcas de nascença** – Nancy Huston
930. **Aulete de bolso**
931. **Hora Zero** – Agatha Christie
932. **Morte na Mesopotâmia** – Agatha Christie
933. **Um crime na Holanda** – Simenon
934. **Nem te conto, João** – Dalton Trevisan
935. **As aventuras de Huckleberry Finn** – Mark Twain
936(21). **Marilyn Monroe** – Anne Plantagenet
937. **China moderna** – Rana Mitter
938. **Dinossauros** – David Norman
939. **Louca por homem** – Claudia Tajes
940. **Amores de alto risco** – Walter Riso
941. **Jogo de damas** – David Coimbra
942. **Filha é filha** – Agatha Christie
943. **M ou N?** – Agatha Christie
944. **Maigret se defende** – Simenon
945. **Bidu: diversão em dobro!** – Mauricio de Sousa
946. **Fogo** – Anaïs Nin
947. **Rum: diário de um jornalista bêbado** – Hunter Thompson
948. **Persuasão** – Jane Austen
949. **Lágrimas na chuva** – Sergio Faraco
950. **Mulheres** – Bukowski
951. **Um pressentimento funesto** – Agatha Christie
952. **Cartas na mesa** – Agatha Christie
953. **Maigret em Vichy** – Simenon
954. **O lobo do mar** – Jack London
955. **Os gatos** – Patricia Highsmith
956(22). **Jesus** – Christiane Rancé
957. **História da medicina** – William Bynum
958. **O Morro dos Ventos Uivantes** – Emily Brontë
959. **A filosofia na era trágica dos gregos** – Nietzsche
960. **Os treze problemas** – Agatha Christie
961. **A massagista japonesa** – Moacyr Scliar
962. **A taberna dos dois tostões** – Simenon
963. **Humor do miserê** – Nani
964. **Todo o mundo tem dúvida, inclusive você** – Édison de Oliveira
965. **A dama do Bar Nevada** – Sergio Faraco
966. **O Smurf Repórter** – Peyo
967. **O Bebê Smurf** – Peyo
968. **Maigret e os flamengos** – Simenon
969. **O psicopata americano** – Bret Easton Ellis
970. **Ensaios de amor** – Alain de Botton
971. **O grande Gatsby** – F. Scott Fitzgerald
972. **Por que não sou cristão** – Bertrand Russell
973. **A Casa Torta** – Agatha Christie
974. **Encontro com a morte** – Agatha Christie
975(23). **Rimbaud** – Jean-Baptiste Baronian
976. **Cartas na rua** – Bukowski
977. **Memória** – Jonathan K. Foster
978. **A abadia de Northanger** – Jane Austen
979. **As pernas de Úrsula** – Claudia Tajes
980. **Retrato inacabado** – Agatha Christie

981. **Solanin (1)** – Inio Asano
982. **Solanin (2)** – Inio Asano
983. **Aventuras de menino** – Mitsuru Adachi
984(16). **Fatos & mitos sobre sua alimentação** – Dr. Fernando Lucchese
985. **Teoria quântica** – John Polkinghorne
986. **O eterno marido** – Fiódor Dostoiévski
987. **Um safado em Dublin** – J. P. Donleavy
988. **Mirinha** – Dalton Trevisan
989. **Akhenaton e Nefertiti** – Carmen Seganfredo e A. S. Franchini
990. **On the Road – o manuscrito original** – Jack Kerouac
991. **Relatividade** – Russell Stannard
992. **Abaixo de zero** – Bret Easton Ellis
993(24). **Andy Warhol** – Mériam Korichi
994. **Maigret** – Simenon
995. **Os últimos casos de Miss Marple** – Agatha Christie
996. **Nico Demo** – Mauricio de Sousa
997. **Maigret e a mulher do ladrão** – Simenon
998. **Rousseau** – Robert Wokler
999. **Noite sem fim** – Agatha Christie
1000. **Diários de Andy Warhol (1)** – Editado por Pat Hackett
1001. **Diários de Andy Warhol (2)** – Editado por Pat Hackett
1002. **Cartier-Bresson: o olhar do século** – Pierre Assouline
1003. **As melhores histórias da mitologia: vol. 1** – A.S. Franchini e Carmen Seganfredo
1004. **As melhores histórias da mitologia: vol. 2** – A.S. Franchini e Carmen Seganfredo
1005. **Assassinato no beco** – Agatha Christie
1006. **Convite para um homicídio** – Agatha Christie
1007. **Um fracasso de Maigret** – Simenon
1008. **História da vida** – Michael J. Benton
1009. **Jung** – Anthony Stevens
1010. **Arsène Lupin, ladrão de casaca** – Maurice Leblanc
1011. **Dublinenses** – James Joyce

UMA SÉRIE COM MUITA HISTÓRIA PRA CONTAR

Alexandre, o Grande, Pierre Briant | **Budismo**, Claude B. Levenson | **Cabala**, Roland Goetschel | **Capitalismo**, Claude Jessua | **Cérebro**, Michael O'Shea | **China moderna**, Rana Mitter | **Cleópatra**, Christian-Georges Schwentzel | **A crise de 1929**, Bernard Gazier | **Cruzadas**, Cécile Morrisson | **Dinossauros**, David Norman | **Economia: 100 palavras-chave**, Jean-Paul Betbèze | **Egito Antigo**, Sophie Desplancques | **Escrita chinesa**, Viviane Alleton | **Existencialismo**, Jacques Colette | **Geração Beat**, Claudio Willer | **Guerra da Secessão**, Farid Ameur | **História da medicina**, William Bynum | **Império Romano**, Patrick Le Roux | **Impressionismo**, Dominique Lobstein | **Islã**, Paul Balta | **Jesus**, Charles Perrot | **John M. Keynes**, Bernard Gazier | **Kant**, Roger Scruton | **Lincoln**, Allen C. Guelzo | **Maquiavel**, Quentin Skinner | **Marxismo**, Henri Lefebvre | **Mitologia grega**, Pierre Grimal | **Nietzsche**, Jean Granier | **Paris: uma história**, Yvan Combeau | **Primeira Guerra Mundial**, Michael Howard | **Revolução Francesa**, Frédéric Bluche, Stéphane Rials e Jean Tulard | **Santos Dumont**, Alcy Cheuiche | **Sigmund Freud**, Edson Sousa e Paulo Endo | **Sócrates**, Cristopher Taylor | **Tragédias gregas**, Pascal Thiercy | **Vinho**, Jean-François Gautier

L&PM POCKET ENCYCLOPÆDIA
Conhecimento na medida certa

IMPRESSÃO:

Santa Maria - RS - Fone/Fax: (55) 3220.4500
www.pallotti.com.br